Heißes Knistern
Thorsten Redlin

Thorsten Redlin

Heißes Knistern
- Extravagante intime Geständnisse

Außergewöhnliche erotische Kurzgeschichten

DeBehr

Herausgeber: Verlag DeBehr, Radeberg
ISBN: 9783957533937
Erstauflage: 2017

INHALT

VORWORT

Erotik und Sex liegen so dicht beieinander, dass man die Grenze nicht eindeutig ziehen kann.

Es ist in jedem Kopf und wird in Millionen Fantasien verarbeitet, aber sprechen darf man darüber nicht. Wir sind Menschen mit Gefühlen, und damit auch mit individuellen Bedürfnissen und Sehnsüchten. Alte Einstellungen verbieten uns scheinbar immer wieder, bestimmte Gefühle haben zu dürfen. Dennoch sind sie da und füllen einen großen Raum in unserem Leben und der Gesellschaft. Moral und Feigheit lassen es nicht zu, dass wir uns offen über Gefühle unterhalten können. Deshalb leiden viele Menschen, fühlen sich extrem einsam. Das alles nur, weil niemand zugeben will, dass er Träume hat, sexuelle Wünsche und erotische Bedürfnisse?

Ich versuche nur anzustupsen, Varianten anzubieten, in denen sich der eine oder andere oder die eine oder andere wiederfinden könnte. Und wer sich hier findet, der sollte sich fragen, ob das wirklich nur in geheimsten Träumen möglich sein darf. Wer sich austauschen kann, wird feststellen, es gibt Tausende, Millionen Menschen, die genau solche oder doch ähnliche Wünsche in sich tragen. Reden hilft und kann vieles leichter machen! Natürlich gibt es immer auch ein Risiko, wer sich öffnet, wird angreifbar. Ach ja, eines bleibt aber immer erhalten, Menschen, die dieses oder jenes nicht begreifen, zulassen können und versuchen, es zu bekämpfen. Dabei ist es egal, ob jemand schwul ist, lesbisch, einen dünnen Partner sucht oder einen korpulenteren. Niemals werden wir allen Leuten gerecht werden, aber das ist auch nicht nötig. Allein uns selbst und

unseren Beziehungen sind wir es schuldig, immer zu sein, wer und was wir sind! Wir essen nicht alles, was es auf Erden gibt und doch respektieren wir andere Vorlieben, so soll es auch mit Erotik und Sex sein. Jedem das seine. Wir sollten auch nicht vergessen, was in Fantasien erlaubt ist, muss nicht der Realität entsprechen. Was aber Realität ist, dürfen wir auch nicht ignorieren. Gefühle kann niemand abschaffen, also müssen wir lernen, unsere und die der anderen zu respektieren und soweit es möglich ist zu leben. Wenn Geheimnisse eine unerträgliche Last werden, dann kann das auch mal völlig nach hinten losgehen, das will auch niemand. Dann schauen Sie mal in sich rein und erkunden einmal, wer Sie tief in sich sind.

DAS JUNGE DING

Ich setze mich auf die Mauer, die nicht weit vom See das Ufer stützen soll. Im Schatten der großen Linden kann ich die Wärme des Sommers ganz gut aushalten. Mein Blick wandert über das Wasser und begleitet die weißen Segel der unzähligen kleinen und großen Segelboote. Die Möwen kreischen wie üblich im Streit um das wenige Futter und die Leute unterstützen sie dabei mit Brotkrumen. Da kommt ein junges Ding auf mich zu und setzt sich neben mich.

Meine Schätzung geht von 16 bis 17 Jahren aus, genauer kann ich es nicht sagen. Zugegeben, ein bezaubernd schönes Mädchen, das mit ihren langen dunklen Haaren und einem knappen Top ihre heranwachsenden Brüste sehr offen präsentiert. Ein heißes Höschen trägt sie über ihren hauchzarten Leggings. Ihre Füße stecken in Ballerina, die mit Strasssteinchen besetzt sind und so reichlich in der Sonne glänzen. Die tollen Proportionen lassen den Schluss zu, aus diesem jungen Ding wird einmal eine bezaubernd schöne Frau werden, die von jedermann und vielleicht auch von vielen Frauen begehrt werden wird. Nachdem ich nun festgestellt habe, wie sie mir begegnet ist, muss ich auch zugeben, ich finde es etwas zu früh für die Kleine, sich auch stark mit Schminke und Schmuck herauszuputzen. Ein wenig mehr Natürlichkeit würde ihr sicher besser stehen. Warum macht sie das bloß? Allerdings spüre ich sehr deutlich, dass dieses Mädchen mich begeistert und fasziniert. Tief in mir ist plötzlich eine Wärme, die ich so nicht kenne. Ich spüre ein Begehren und will mich in Fantasien flüchten.

Mein Blick folgt einem Motorboot, welches sich zwischen den Segelbooten hindurch manövriert und diese mit seiner Fahrwelle heftig ins Schaukeln bringt. Unvernunft lässt grüßen.

„Hi, ganz schön warm heute.“ Ich schaue mich um und blicke geradezu ins Gesicht dieser jungen Dame.

„Ja, es geht, schön warm, wie es sich für den Sommer gehört.“

„Du sitzt hier so allein, wieso, hast du keine Freunde oder eine Frau?“

„Du bist ja gar nicht neugierig.“

„Na ja, ich habe auch niemanden, mit dem ich hier sein könnte.“

„Du und niemanden haben, das kann ich ja gar nicht glauben. Dir müssen die Jungs doch reihenweise hinterherlaufen. Und was ist mit Freundinnen? Ich kann mir gar nicht vorstellen, dass du keine hast.“

„Nichts dergleichen, ich habe weder einen Freund noch eine Freundin. Ich komme ganz gut ohne aus.“ Ich schaue sie an und versuche herauszufinden, ob sie mir einen Bären aufbinden will. Sie betrachtet mich mit einem selbstbewussten Blick. „Du sitzt doch auch alleine hier, wieso hast du denn niemanden?“

„Na ja, ich bin eben etwas schwierig, mit mir kommen die Leute nicht so gut zurecht. Ich genieße es auch immer wieder, hier zu sitzen und meine Ruhe zu haben.“

„Entschuldigung, ich wollte ja nicht stören.“

„Schon gut, ist schon in Ordnung.“ Schweigend sitzen wir nebeneinander und verfolgen das Leben auf dem Wasser. Plötzlich steht sie auf, geht zwei Schritte vorwärts und legt sich dann auf das kräftig satte Grün der Uferbefestigung. Direkt vor

mir liegt sie da, ihre Brüste für mich einladend präsentiert, die Beine aufgestellt und als Blickfang hin und her schwankend. Oh ja, ich gebe es zu, sie anzuschauen ist schon toll. Wenn sie älter wäre, oh weh, ich würde glatt …

Sie schaut mich an. Ihre Augen senden mir einen Blick zu, den ich nicht erwartet habe. Dieses kleine Ding?

Es ist eine Woche her, dass ich hier gesessen und mit dem jungen Ding geplaudert hatte. Ich bin nicht sicher, ob ich nur hier bin wegen der Ruhe oder vielleicht doch auch, um dieses bezaubernde Geschöpf wiederzusehen. Gerade widme ich mich dieser Frage, als mich etwas an meine Schulter tippt. Ich drehe mich um und sehe dieses kleine weibliche Wesen, das sich noch damenhafter herausgeputzt hat und mit ihrer tollen Erscheinung sicher die Männerwelt verrückt macht. „Hallo, auch mal wieder hier?“

„Wie du siehst, ich komme öfter her.“ Schon sitzt sie neben mir und dieses Mal ganz dicht an meiner Seite. Ein betörender Duft steigt mir in die Nase, ich sauge ihn mit aller Kraft ein und genieße es. Oh nein, ich muss verrückt sein, ein so junges Ding und ich denke an Sachen, die man nur mit einer Frau machen würde, dürfte.

Bin ich verrückt? Bin ich pervers? Mir gehen viele Gedanken durch den Kopf, nur weil ich mir eingestehe, dieses Mädchen hat mich gefangen, fesselt mich und lässt Fantasien in mir entstehen, die ich mir bislang nie erträumt hatte. Die transparente Bluse, die ihren BH leicht durchblicken lässt, zeigt sehr deutlich ihre heranwachsende Weiblichkeit. Ein Hingucker, ein Blickfang, sicher nicht nur für mich. Ich denke, wenn sie er-

wachsen sein wird, steht da viel „Holz vor der Hütte". Die Hüften wiegen sich bei jedem ihrer Schritte. Dieses junge Ding sieht aus wie 20 und hat eine berauschende Ausstrahlung, wie man es nur in seinen kühnsten Träumen zulässt. Kaum lasse ich diesen Gedanken zu, spüre ich etwas, dass ich nicht spüren dürfte, aber es fühlt sich unglaublich gut an.

„Was sagen deine Eltern dazu, wenn du dich so aufbrezelst und dich hier rumtreibst?" Jetzt schaut sie so, als würde sie nachdenken, welche Wahrheit sie mir anbieten sollte. „Denen ist das nicht wichtig, Hauptsache ich bin abends wieder zu Hause."

„Musst du nicht in die Schule?"

„Nicht um diese Zeit. Die Nachmittagsstunden fallen derzeit wegen Krankheit aus."

„Dann machst du also am Abend deine Hausaufgaben?"

„Ja, auch."

„Was machst du denn sonst so?" Sie fixiert mich mit ihrem Blick, mustert mich genau und schweigt sich aus. „Was ist, willst du mir nicht erzählen, was du so machst? Muss ja schlimm sein oder hängst du nur so rum?" Immer noch schaut sie mich prüfend an. Ihr Blick bekommt etwas Trauriges, da ist etwas, das ihr nicht so leicht von den Lippen kommen will.

„Na ja, du machst einen sympathischen Eindruck, gehst mir nicht auf den Geist und lässt mich einfach hier sein. Wenn ich bei dir bin, dann ist es so schön stressfrei. Bei meinen Eltern ist es immer so heftig angespannt, ich weiß nie, was sie von mir erwarten."

„Eltern können sicher anstrengend sein, aber sie meinen es meistens doch nur gut."

„Meine sind da anders, ganz anders.“ Stille macht sich erneut breit. Heute kann ich meinen Blick nicht auf dem Wasser bei den Booten lassen, immer wieder zieht es ihn zu diesem jungen Ding, welches ich von Minute zu Minute immer reizvoller wahrnehme. „Nun ja, ich werde mir mal eine ruhigere Stelle suchen, hier sind mir heute zu viele Leute.“ Ich stehe auf und drehe mich weg von dem Mädchen. „Darf ich dich begleiten?“

„Wenn du möchtest, gerne, ich habe nichts dagegen.“ Schon sind wir zusammen auf dem Weg zu einer verborgenen Stelle am See, die nur wenige Menschen aufsuchen.

Wir erreichen die kleine Wiese, die, von wem auch immer gemäht wurde und so einen weichen Rasenteppich anbietet. Zum Wasser geht es noch etwa drei Meter eine Böschung hinunter. Ich setze mich auf die Kante und lasse meinen Blick schweifen. Die junge Dame setzt sich neben mich und schaut ebenfalls über die Weite des Wassers. „Ganz schön warm heute.“

„Ja, wir haben Sommer, da wollen wir doch, dass es warm ist.“ Sie zieht ihre Bluse aus und legt sich einfach auf die kurz gemähte Wiese. Der dunkelgrüne BH steht ihr ausgezeichnet, ob sie wohl auch einen entsprechenden Slip dazu trägt? Ich will mir diese Gedanken nicht verbieten, es sind ja nur Gedanken. „Ist dir nicht auch sehr warm? Willst du dich nicht auch etwas freier machen, dein Hemd kannst du ruhig ausziehen.“ Ich bin überrascht, doch ich lasse ihre Worte als Aufforderung gelten und befreie mich von meinem Oberhemd. Dann lege ich mich neben sie und genieße die Sonne und den leichten Sommerwind, der uns sanft streichelt. Schon entführen mich Fantasien

in eine Traumwelt. Dort erlebe ich mit diesem jungen Ding etwas, das in der Realität nicht zulässig wäre. Plötzlich spüre ich eine Hand, die meinen Oberkörper berührt und diesen zart streichelt. Ich schaue sie etwas überrascht an, sie schaut mit einem Blick zurück, der fordernd ist und den ich einer Frau zumuten würde, aber nicht dieser jungen Heranwachsenden. Gegen jede Vernunft lasse ich es zu und genieße diese Berührungen. Als sie meine Brustwarzen erreicht, zucke ich zusammen. Ohne es zu wissen, hat sie eine hochsensible, erogene Stelle gefunden. Sie küsst meine Nippel und ich bin hin und weg, doch auch die Vorsicht kann ich nicht einfach aufgeben.
„Warum tust du das? Bin ich nicht ein wenig zu alt für dich?"

„Nein, ich denke nicht. Ich finde es superschön und möchte noch ganz viel mehr erleben,

so wie …"

„So wie? So wie was?"

„Ich weiß nicht, ich sollte nicht darüber reden."

„Also wenn du den Mut hast, mich so anzumachen, dann kannst du mir auch erzählen, wieso du das tust. Und so ganz fremd sind wir uns ja auch nicht mehr." Sie küsst meine Brustwarzen erneut, ich zucke vor Erregung zusammen und in meiner Hose wird eine Beule deutlich sichtbar. Sie bemerkt dies und legt eine Hand auf diese bedürftige Stelle. „Na ja, meine Eltern machen das schon lange mit mir. Mein Vater hatte mich damals immer wieder in meinem Zimmer aufgesucht und mich gestreichelt. Dass seine Hand dabei unter meinem Nachthemd auf meiner Haut lag, war mir nicht negativ bewusst, aber es fühlte sich auch nicht schlecht an. Als er dann meine heranwachsende Brust streichelte und meine Lippen

nicht erlaubt ist. Was erwartest du von mir?“

„Ich möchte es mit dir machen, du bist so anders, und ich fühle mich in deiner Nähe sehr wohl. Findest du mich nicht schön genug?“

„Oh doch, ich bin fasziniert von deiner Schönheit und deiner Ausstrahlung. Deine Gegenwart lässt in mir Gefühle erwachen, die ich nicht haben dürfte. Doch ja, ich finde es einfach schön, mit dir hier zu sein.“ Schon spüre ich, wie ihre Hand sich fest um meinen Schaft drückt. Was für ein geiles Gefühl, eine viel zu junge Dame macht mir eine Erregung möglich, die unglaublich und wundervoll ist und die ich schon sehr, sehr lange nicht mehr spürte. Sie presst ihren Körper an den meinen und legt ihre Lippen auf meinen Mund. Ich lasse mich auf ein leidenschaftliches Knutschen ein. Meine Hände streicheln ihren schlanken Körper und berühren jede Stelle, die möglich ist. Als ich ihren Po ertaste, will ich ihn an mich drücken. Dieses weibliche Wesen öffnet meine Hose und zieht sich zwischen meine Beine zurück. Kurz darauf spüre ich ihre heißen Lippen, wie sie sich gekonnt über meinen Schwanz stülpen und ihn zauberhaft verwöhnen. Es ist schon zu lange her, dass ich etwas Ähnliches erleben konnte, so komme ich schon sehr schnell. Sie saugt mich aus und nascht genüsslich.

Einige Tage sind vergangen, mein schlechtes Gewissen ist nicht von mir gewichen. Zweimal haben wir uns noch dort getroffen und extrem bezaubernden Sex gehabt. Ihre Brüste zu küssen und zu liebkosen, ist himmlisch schön. Auch sie oral zu verwöhnen machte mir große Freude. Sie hat mich gerade angerufen und will mehr, will noch mehr Sex mit mir erleben.

So schön das auch ist, ich kann es nicht mehr tun, ich werde mich stellen und so dieser Schande ein Ende bereiten. Dabei sieht sie doch gar nicht so jung aus. Aufgebrezelt kann man sie für 18 Jahre halten und sich einfach einlassen. Für viele Menschen sicher verständlich, gar eine erwünschte Situation, aber ich muss in den Spiegel schauen können und das wird immer schwerer. Wenn das nicht verboten wäre, ich würde noch viele Stunden mit ihr zusammen bezaubernde Gefühle erleben. Sie ist unglaublich gut darin und ich so unendlich bedürftig.

Und was ist, wenn ich es einfach auch weiterhin genieße?

DIE REIFEN DAMEN

Christa ist eine Frau von 45 Jahren, schlank gebaut mit üppigen Brüsten und langen, welligen, kastanienbraunen Haaren. Sie steht in einem Laden und schaut sich Oberteile an. Mit drei Exemplaren verschwindet sie in der Umkleidekabine.

Ilona, eine Dame Anfang fünfzig, durchstöbert ebenfalls dieses Geschäft. Auch sie verschwindet mit zwei Oberteilen in einer Kabine. Der große Spiegel, der zwischen den Kabinen hängt, erlaubt einen anderen, besseren Blick auf den Sitz dieser interessanten Kleidung. Wie der Zufall es will, stehen beide Frauen nebeneinander und betrachten sich und natürlich auch die andere im Spiegel. Frauen können nicht anders.

Nachdem sie sich gegenseitig beraten hatten, jede sich ihre Wünsche erfüllt hatte, wollten sie sich nicht voneinander trennen. Nicht dass eine etwas gesagt hätte, nein, es waren die Blicke, die sich zwischen den Damen wie Blitze hin und her bewegten. „Ich bin Christa, danke für ihren Rat."

„Ilona, es war mir ein Vergnügen, das meine ich ganz im Ernst." Die Augen der Frauen strahlten und jedem, der sie sehen konnte, käme der Gedanke, die kennen sich schon lange. Christa schaute diese neue Bekanntschaft an und spürte in sich etwas, das immer stärker wurde. Die Frau vor ihr faszinierte sie, erfüllte sie mit einer Wärme, wie sie sie noch nie gespürt hatte. Vorrangig war es das Gesicht, das lieblich und weich darauf zu warten schien, gestreichelt zu werden. Die ebenfalls langen Haare reichten bis auf den Busen herunter, was zu einer Besichtigung des gesamten Körpers einlud.

Der wohlproportionierte Körperbau erschien ihr perfekt zu sein. Die weiblichen Rundungen ließen Wünsche in Christa entstehen, wie sie sie nicht kannte. Sie konnte sich nicht sattsehen und fürchtete bereits den Abschied von dieser, ihr doch völlig fremden Frau, die ihr dennoch gefühlt so nahe war: „Hätten sie Lust, mit mir essen zu gehen, nur so um die Ecke, nichts Besonderes.“ Fragender Blick, Stille, dann nickt Christa.

In dem kleinen Restaurant finden sie Platz an einem Fenster. Sie sitzen sich gegenüber und schauen sich in die Augen. Etwas zwischen ihnen ist so anders als bei anderen Menschen. Christa ist fasziniert von diesen Augen, die sie so unglaublich fesseln. Für Ilona scheint das nicht neu zu sein, sie schaut mit einem Blick, der sich tief ins Herz hineinbrennt. Ein Salat und die Tagessuppe, kombiniert mit einem Glas Wein, reichen den beiden völlig aus. Stille beherrscht den Moment, aber es knistert laut. Die Damen sind voneinander so ergriffen, dass sie kein Wort herausbringen. Diese Situation ist so neu, so angenehm, so gewollt und für beide ein Bedürfnis. Die Temperatur steigt, allerdings nur in der Wahrnehmung der Frauen. Etwas geschieht mit ihnen, sie genießen es. Für Ilona ist das wie gesagt nicht neu, doch Christa kennt solche Gefühle gegenüber einer Frau nicht von sich. „Was machen Sie, wenn sie nicht gerade einkaufen oder essen gehen?“ Christa konnte es nicht mehr aushalten, sie fühlte sich unsicher und nervös, gleichzeitig aber so unbeschreiblich und überwältigend gut.

„Ich bin Psychologin und Physiotherapeutin, derzeit im Urlaub.“

„Das klingt interessant, da treffen Sie auf viele Menschen mit

sehr unterschiedlichen Problemen.“ Ilona grinst. „Verzeihung, aber wäre ein du nicht viel besser, mir würde es einiges leichter machen?“

„Wie …, ja …, ich denke schon.“ Ilona lacht laut los und Christa stimmt mit ein.

„Ich bin Ilona.“

„Christa, ich meine, ich bin Christa.“

„Was machen sie …, was machst du, Entschuldigung, denn so, wenn du nicht mit mir hier sitzt?“

„Ich arbeite als Steuerfachfrau in einer großen Firma. Leider habe ich keinen Urlaub, nur einen freien Tag.“ Dabei schauen sich die Damen immer noch suchend und sehnsuchtsvoll in die Augen.

„Es ist kurz nach eins, hast du nicht Lust, mit mir zu kommen, bei mir können wir bequemer sitzen und uns ungestörter unterhalten.“ Christa ist überrascht, fühlt sich überwältigt, überrollt von ihren Gefühlen und dieser Einladung, daher stimmt sie zu.

Sie betreten die Wohnung, die nicht weit entfernt von ihrem Esstisch gelegen ist. Christa bemerkt sofort, wie angenehm ihr diese Räume begegnen, nicht so groß, beinahe kuschelig. Warme Farben lassen jeden Besucher ein Gefühl von Harmonie entwickeln. „Setz dich, fühl dich wie zu Hause. Kann ich dir etwas anbieten?“ Die 45-jährige Frau setzt sich und spürt sofort in sich ein unglaubliches Bedürfnis zu kuscheln. Sie schiebt sich ganz tief in die vielen Kissen hinein, die auf der Couch feinsäuberlich aneinandergereiht wurden. Ein wundervoller Duft erfüllt den Raum, es fühlt sich so gut an, es ist so

beruhigend, so entspannend, einfach herrlich angenehm. „Oh verzeih, ich habe dir nicht geantwortet. Ein Kaffee wäre nicht schlecht, türkisch reicht völlig aus.“

„Mit oder ohne?“

„Kaffeesahne wäre toll.“ Ilona verschwindet in der Küche. Christa schaut sich interessiert und neugierig um. Da fällt ihr auf, es gibt auffällig viele Regenbogenfarben in diesem Raum. „Regenbogenfarben, das ist doch ein Zeichen für …, nein.“ Leise hat sie vor sich hin gesprochen, fast unhörbar, dennoch hat Ilona es mitbekommen. Als sie den Kaffee hereinträgt, fragt sie ganz offen: „Ja, Regenbogenfarben stehen für die Schwulen und Lesben. Wusstest du das etwa nicht?“

„Doch schon, aber ich kam gerade nicht darauf. Ich meine, ich hatte nichts bemerkt, was mich auf diesen Gedanken gebracht hätte.“

„Und nun?“

„Jetzt ist es da, es hat mich irgendwie tief bewegt. Ich spüre ein Gefühl aufkommen, welches ich nicht kenne, etwas zwischen Unwohlsein und wunderschön.“

„Für mich ist das nichts Besonderes, denn ich weiß es schon, seit ich 15 war. Ich bin lesbisch und genieße es, so oft ich kann. Hast du ein Problem damit? Wenn dich das irritiert oder gar abstößt, dann respektiere ich das natürlich.“ Christa schaut Ilona an und schweigt. Jetzt färbt sich ihr Gesicht rötlich, in ihr reagiert etwas Neues immer heftiger. „Nein, ich meine, ich habe kein Problem damit. Jeder soll nach seinem Gefühl leben.“

„Schön, wie ist das mit dir? Hast du schon einmal daran gedacht oder gar gespürt, wie es mit einer Frau sein könnte?“

Aus dem rötlich wird nun eine glühend rote Farbe und Christa wird es beinahe unerträglich warm. Noch nie hatte sie auch nur ansatzweise an Erotik mit einer Frau gedacht.

Ilona setzt sich zu ihr, rückt ganz dicht an sie heran. Beide schauen sich in die Augen und versuchen zu erspüren, was die andere denkt. Den Damen wird so extrem heiß, sie scheinen sich gegenseitig verbrennen zu wollen. Vorsichtig greift Christa zu ihrem Kaffee. Sie will trinken, doch ihre Hand zittert. Nicht der heiße Kaffee ist schuld, es ist die unbekannte Erregung, die in ihr aufsteigt und sie immer mehr vereinnahmt. Als sie die Tasse an ihre Lippen hält, strömt auch der bezaubernde Duft ihrer neuen Bekanntschaft intensiv in ihre Nase. Es ist ihr so unglaublich heiß, sie möchte sich am liebsten von ihrer Kleidung trennen. Doch sie ist Gast hier und darf sich nicht ungehörig benehmen. „Ist dir auch so warm?“ Ilona geht bereits jetzt frontal auf ihre begehrenswerte Besucherin zu. Die ist so unter Druck geraten, spürt, dass sie sich dieser Situation nicht entziehen kann und will. Sie möchte es nicht, das sagt ihr ihre Erziehung, aber sie beginnt, sich ihren Gefühlen zuzuwenden, sie zuzulassen, möchte sich doch einlassen, fallen lassen.

Langsam versteht sie sich immer besser. Schon als junges Mädchen bemerkte sie Gefühle für ihre Freundinnen und für die älteren Mädels, insbesondere für die Muttis der Klassenkameraden. Damals wollte sie das nicht zulassen, empfand es gar als schlimm, nicht zulässig und pervers. Heute verweigert sie sich deutlich weniger, die Zeiten haben sich verändert. Es scheint der Moment gekommen zu sein, an dem sie sich neu entdecken darf. Vielleicht wird Ilona sie motivieren, sie auf ihrem zukünftig neuen Weg begleiten.

Diese vertrauenserweckende Dame ist wie der Engel, den man hin und wieder braucht oder wie man ihn zu spüren wünscht. Die erste heftige Aufregung legt sich ganz langsam, aber die Erregung steigert sich enorm. Christa spürt in sich ein Begehren, wie sie es noch nie empfunden hatte und sie ist sich sicher, sie will dieses Neue heute mit dieser Frau erleben, es ungehemmt ausleben. Ilona hat sich in Christa verliebt, Liebe auf den ersten Blick. „Weißt du, Ilona, ich habe schon früh gespürt, dass ich irgendwie anders empfand, als ich es durfte, aber erst heute kann ich die Verbindung zum Regenbogen erkennen und mehr als deutlich spüren. Ich fühle mich unsicher und irgendwie überfordert, aber da sind auch so zauberhafte Gefühle, die mich bei dir sein lassen."

„Das ist ganz normal, ich vermute, jeder, der irgendwann feststellt, dass er Gefühle in sich spürt, die öffentlich nicht oder nur wenig Akzeptanz bekommen, der wird sich so wahrnehmen. Unter uns Mädels war es damals unauffällig, wir waren Freundinnen und die haben ja immer alles zusammen gemacht. Dass Frauen sich auch küssen, war und ist nichts Ungewöhnliches. Freundinnen schlafen auch gerne mal in einem Bett. Bisweilen bleiben solche Gefühle beinahe unbemerkt. Am Anfang verunsicherte es mich auch, heute lebe ich es aus, wenn sich die Gelegenheit bietet. Du bist mir begegnet und ich habe mich sofort in dich verknallt."

„Übertreibst du da nicht etwas?"

„Nein, ganz und gar nicht. Zuerst sah ich dein Spiegelbild, diese wunderschönen Augen und die Haare. Später betrachtete ich deine Rundungen, diese unglaubliche Weiblichkeit in deiner Ausstrahlung.

Plötzlich bemerkte ich in mir eine Reaktion, die mich dazu veranlasste, mit dir in Kontakt zu treten. Je länger ich dich anschaute, desto mehr baute sich in mir ein Begehren auf.“ Christa schaut Ilona mit einem neugierigen, sehnsuchtsvollen Blick an.

„Ja, ich glaube ich weiß, was du meinst, mir ist nur allzu klar, wovon du sprichst. Zuerst war ich extrem aufgeregt, jetzt bin ich so erregt, dass ich es mir kaum gestatten möchte. Entschuldige bitte. Es ist mein erstes Mal, eine Art Premiere, dass ich meine Gefühle dieser Art zulasse. Du machst es mir heute möglich und das fühlt sich berauschend schön an.“ Ilona drückt ihren Körper an Christa und legt ihren Arm auf deren Schultern. Noch immer suchen sie, sich mit den Augen zu verstehen, die Blicke verschmelzen miteinander. Ilona zieht Christa an sich, die legt ihren Kopf an die Schulter ihrer Neubekanntschaft und schließt die Augen. Sie will nur noch erspüren, was sich ihr jetzt bietet, was sich in ihr und mit ihr entwickelt. Ilona streichelt das Gesicht ihrer neuen Freundin, die genießt es, kuschelt sich ganz eng an. Immer mehr erhöht sich der Druck, den diese Frau auf sie ausübt. Ilona fühlt, dass sich ihr Wunsch heute endlich mal wieder erfüllt und sie in wenigen Minuten diese bezaubernde Frau vernaschen wird. „Ich finde es heute extrem heiß, geht es dir auch so?“ Christa schaut sehnsuchtsvoll, beinahe schon wie in Trance und stimmt zu. Das Blinzeln der Augen dieser reizvollen Frau, das man durchaus als Betteln interpretieren kann, lässt Ilona aktiver werden. „Dann sollten wir vielleicht …, ich meine nur, wir könnten uns ja etwas freizügiger bewegen. Natürlich nur, wenn du das auch möchtest.“ Da Christa keinen Laut von sich gibt, beginnt Ilona sogleich,

ihre neue Liebe langsam zu entkleiden. In einer Art Rausch helfen sie sich gegenseitig, schnell liegen die Kleidungsstücke frei im Raum verteilt. Den Weg ins Schlafzimmer gehen sie Hand in Hand. Dort steht das große Bett, mit vielen Kissen, seidigen Tüchern und einigen Kuscheltieren. Der Raum ist erfüllt von einem Duft, der ihre Gefühle noch verstärkt. Es ist nicht nur das Parfüm, es ist noch intensiver und füllt den ganzen Raum aus.

Ilona schiebt Christa auf das Bett, wo sie sich auf den Rücken legt. Ilona kniet auf der Bettkante und lässt ihre Hände über die Füße ihrer lieblichen neuen Lesbe gleiten. Die macht sich mit einigen Lauten bemerkbar und gibt damit an, dass sie diese Berührungen sehr genießt. Schon wandern die Hände über die Waden, die Knie, die Schenkel bis über die Hüfte hoch zum Bauch. Dort liegen sie kurz knapp unterhalb des Bauchnabels nebeneinander und drücken sanft in den Bauch hinein. Das löst bereits ein leises Stöhnen aus und Ilona ist sich sicher, dass sie auf dem richtigen Weg ist. Nach einer kurzen Pause schieben sich die Hände weiter hoch, so sanft, fast berühren sie die Haut nicht mehr, erreichen die unteren Rippenbögen. Diese zarte Berührung ist für Christa hocherregend. Dann erreichen die weichen Finger die Brüste, ertasten sie, massieren sie sanft und sensibel. Wie von Zauberhand stellen sich die Brustwarzen von Christa auf und werden ganz fest. Ilona weiß nun, sie hat gewonnen, ihre Zärtlichkeit hat das erwünschte Ziel erreicht und macht diese bezaubernde Frau immer geiler. Ihre Erregung steigert sich immer weiter, Christa wünscht sich nur ganz kurz einen Höhepunkt herbei.

Plötzlich spürt sie, wie sich der Körper von Ilona auf den ihren legt, sich die Lippen aufeinanderpressen und die Zungen einen leidenschaftlichen Tanz beginnen. Vier Hände pressen diese beiden Körper zusammen und lassen sie nicht wieder auseinander. Die Zungen drohen sich zu verknoten, so heftig intensiv tanzen sie ihren sexuellen Reiztanz. Die Gegenwart verschwindet, sie gleiten beide ab in einen erotischen Traum, der nicht enden will. Einer der Körper macht sich dann ganz langsam auf den Weg nach unten. Erst als der Kopf zwischen den Schenkeln Platz findet und der Mund den Eingang der Liebeshöhle gut erreichen kann, bleibt der Körper liegen. Christa spürt, wie sich etwas in ihrem Intimbereich extrem zart ans Werk macht und sie zu Gefühlen treibt, die ihr so noch nicht bekannt waren. Während die Zunge ihre reizvolle Perle umkreist und sie zu lautem Stöhnen veranlasst, dringt ein Finger in ihre Lustgrotte ein. Für Christa ist es eine Premiere von der berauschendsten Art. Sie möchte, dass es nie wieder aufhört, und sehnt sich doch immer mehr nach dem großen Höhepunkt, einem Megaorgasmus. Dabei greifen ihre Finger in die Haare der aktiven Dame, die ihr heute zeigt, wie herrlich der Sex zwischen Frauen sein kann. Ilona presst den Kopf in den Schritt von Christa, die genießt diese unglaublichen Momente. Als diese immer lauter stöhnt, sich ein Orgasmus anzubahnen scheint, da löst sich Ilona von ihr. Schon hält sie ein Fläschchen in ihrer Hand, gießt das Massageöl auf die Brust und den Bauch von Christa. Die ist etwas verunsichert, denn sie kennt solche Spiele nicht. Doch dann spürt sie erneut die warmen, weichen Hände, die sich daranmachen, dieses warme Öl auf ihrer Haut zu verteilen und es sanft einzumassieren. Sie ist un-

glaublich überrascht, wie sehr sie dieses Verwöhnprogramm genießen kann. Der Körper glänzt reizvoll im gedämmten Licht und ihre Brüste flutschen unter den Fingern von Ilona hin und her. Keine will sich das entgehen lassen, beide sind so extrem heiß und wollen, dass es niemals aufhört. Schon bewegen sich die Hände über die Bauchdecke in Richtung Vulva. Das Öl hat bereits den Weg gefunden und die ersten Finger folgen ihm. Sie ölen den Scheideneingang komplett ein und suchen sogleich die Perle. Dort kreisen sie ein wenig, spüren diese kleine Veränderung und die massiven Gefühle von Christa, die sich nun durch ein lautes Stöhnen und das Winden ihres Körpers deutlich machen. Zwei Münder pressen ihre Lippen aufeinander. Die Leidenschaft lässt sie sich vereinen, der nahende Orgasmus treibt Christa in einen sexuellen Rausch, in den sie ganz tief abtaucht und nur noch diesen irre geilen Sex spüren kann und will. Nie hat sie Derartiges erlebt, nun weiß sie, was sie in den vielen Jahren versäumt hat. Lesbische Gefühle sind so unglaublich schön, so anders und so bezaubernd schön, dass sie sich fragt, weshalb sie diese nie zugelassen hatte. Und dann spürt sie ihn, diesen Rausch, dieses einmalige Gefühl, den Wahnsinn, wie sich ein Megaorgasmus seinen Weg bahnt und ihren Körper ganz vereinnahmt. Fast schreit sie dieses Gefühl heraus und Ilona ist sich sicher, es war nur ein zauberhafter Anfang einer irre tollen Beziehung.

In den folgenden Wochen erleben beide viele Stunden intensiver Zweisamkeit und eine ganze Reihe von Orgasmen, die so unglaublich und traumhaft schön sind. Ihnen steht eine wundervolle Zukunft bevor, Liebe ist eben auch für reife Damen unschlagbar.

DA WAR DIESES ÄLTERE EHEPAAR

Es ist ja nicht so, dass ich die beiden erst kürzlich kennenlernte, das geschah schon vor vielen Jahren, aber etwas hat sich verändert. Wie immer umarmte ich die Frau, gefühlvoll und mit Liebe, ihm reichte ich ehrwürdig die Hand. Er ist ja schließlich schon Mitte achtzig und die Gesundheit hat bereits heftig gelitten. Seine Frau hingegen erscheint immer voller Energie und Kraft und sie sieht bemerkenswert gut aus. Damit ergeben sich aber auch Probleme für die beiden, die irgendwie gelöst werden sollten.

Wie seit Jahren freue ich mich, wenn ich die beiden sehe und diese bezaubernde Frau umarmen darf. Sie ist wohl so um die fünfundsechzig, ich dagegen ein junger Spund von Ende vierzig. Solange ich die beiden kenne, immer fühlte sich diese Dame toll an, so warm und geschmeidig. Heute aber scheint mir etwas anders zu sein. Diese Umarmung war nicht so wie sonst, da war etwas anderes dabei. Zumindest hatte ich das Gefühl, dass sie mich viel fester hielt als sonst, mich an sich presste, als würde sie mich festhalten wollen. Klar, meine Einschätzung ist nur eine Hypothese, aber ich vertraue auf mein Bauchgefühl.

Meine Wahrnehmung wurde in den letzten Monaten, in denen wir uns seltsamerweise immer öfter trafen, weiter gefestigt. Heute treffe ich die beiden erneut und werde sehr sensibel darauf achten, was mir begegnet.

In meinem Kopf überschlagen sich die Gedanken, alles nur Hypothesen, Vermutungen, aber nichts Handfestes.

Da sind sie, ich bin aufgeregt, positiv aufgeregt, das möchte ich betonen. Die bezaubernde Frau kommt direkt auf mich zu und lächelt mich an. Sie legt ihre Arme um mich und drückt mich fest an sich. Ich nutze den Augenblick und umarme sie mit Leidenschaft. Wow, ist das ein tolles Gefühl, nur die Gedanken, die in mir auftauchen, die muss ich besser verdrängen. Dann begrüße ich ihren Mann, es tut gut, ihn immer wieder zu treffen und ihn meistens freundlich und strahlend wahrzunehmen. Natürlich übersehe ich seine körperlichen Probleme nicht, die wohl niemand ignorieren könnte. Beide sind, wie es scheint, gut drauf. Die Dame spricht mich an und fragt, ob ich nicht etwas Zeit für sie hätte, denn sie müssten etwas mit mir bereden. Ich stimme zu.

Wir gehen in ein kleines Restaurant, setzen uns an einem Fenster in die Sonne. „Es ist schön, dass du Zeit für uns hast. Ich will gar nicht lange um den heißen Brei herumreden. Wir haben da ein Problem, eine Frage, die du sicher nicht erwartest, aber wir sind uns einig, sie muss gestellt werden." Ihr Mann schaut mich seltsam an, dann wirft er ihr einen seltsamen Blick zu, er nickt zustimmend. „Wir kennen uns nun schon so viele Jahre, da ist es doch ganz normal, dass ich euch mein Ohr leihe. Schieß los, was kann ich für euch tun?" Beide schauen sich mit einem prüfenden Blick an, dann wendet sich diese reife, aber wunderschöne Frau mir zu. „Es ist so, du weißt ja schon, dass wir einige gesundheitliche Probleme haben, insbesondere mein Mann. Leider betreffen die Folgen auch einen Bereich, der sehr sensibel ist. Ich weiß gar nicht, wie das ausdrücken soll, aber mein Gatte ist nicht mehr in der Lage mich zu lieben,

körperlich." Ich schaue sie an, verdutzt, überrascht und verwirrt, denn damit hatte ich nicht gerechnet. „Das kann ich verstehen, aber was könnte ich da tun?"

„Du bist uns so sympathisch, wir mögen dich sehr, da haben wir uns gefragt, ob du uns nicht helfen könntest."

„Ich? Wie könnte ich euch da helfen?"

„Sage ihm, was wir besprochen haben, es muss sein, wir wollen es doch beide." Ihr Mann ist fordernd, traut sich selber wohl nicht und drängt nun seine Frau zu einer ausreichenden Antwort. Er selbst hält sich lieber zurück. Sie schaut ihn irritiert an, dann mich. Ich spüre, sie ist sehr unruhig und nervös.

„Dass mein Ehemann seine Liebesleistung mit der Zeit immer mehr verloren hatte, haben wir bemerkt. Wir versuchten, uns der Situation anzupassen, aber das gelang nur teilweise. Er hatte in der Folge weniger damit Schwierigkeiten, aber ich konnte mich nicht von meinen Sehnsüchten und Bedürfnissen trennen. Immer wieder spürte ich diese heftigen Wünsche in mir, deshalb besorgten wir uns einige Sextoys, Filme und andere Hilfsmittel, aber es half nur sehr begrenzt. Ohne die rechte Lust kann er sich nicht entsprechend einbringen, ich leide immer öfter und stärker darunter. So sprachen wir über unser Dilemma, suchten nach einer Lösung und da fiel dein Name. Wir mögen dich sehr und finden dich unglaublich sympathisch. Ich sagte meinem Gatten, dass ich mir vorstellen könnte, mit dir sehr, sehr gerne Erotik und Sex zu erleben. Es waren deine Umarmungen, die mich dazu inspirierten. Es war immer wieder so wunderschön, wenn sich deine Arme um meinen Körper legten und mich festhielten. Dabei meinte ich immer zu spüren, dass du mich gerne und mich als Frau ebenfalls als sehr ange-

nehm empfunden hast. Habe ich mich da geirrt?“ Ich bin etwas überrascht und verwirrt, habe ich das gerade richtig verstanden?

„Nein, ganz und gar nicht, ich mag dich sehr und empfinde dich als ein bezaubernd schönes weibliches Wesen. Doch, was genau ist euer Anliegen, was stellt ihr euch vor?“

„Ich sagte meinem Mann, dass ich nicht ohne körperliche Berührungen leben wollte und könnte. Er bemüht sich ja, aber es fehlt etwas, das ich unbedingt erleben möchte. Ich bin nicht mehr so jung und mein Gatte ist bereits ein alter und gesundheitlich sehr eingeschränkter Herr. Es tat ihm weh, dass ich ihn mit meinem Problem belästigte. Nicht, dass ich es ihm erzählt habe, ist schlimm, eher dass er mir nicht geben kann, was ich so sehr brauche.“

„Und ich soll dazu in der Lage sein oder wie?“

„Na ja, ich selbst mag dich sehr und ich könnte mir gut vorstellen, mit dir solche schönen Erfahrungen zu machen. Du musst ja auch nicht gleich antworten, aber wir wollten es dir doch wenigstens antragen. Allerdings hat mein Männe eine Bedingung geäußert. Er will dabei sein, möchte sehen, wie wir es treiben, ob ich damit wirklich zufrieden sein werde.“

Ich bin noch mehr überrascht, verwirrt und verunsichert. Habe ich das gerade richtig begriffen, ich soll, nein, sie möchte mit mir ins Bett gehen und ihr Mann will uns dabei zuschauen? Ich glaube, ich träume. Klar, sie sieht toll aus und ist mir nicht unsympathisch, aber dass uns dabei jemand zusieht, das ist für mich schon nicht so leicht zu ertragen. Es könnte ja bedeuten, dass ich es gar nicht bringe. „Also, wenn ich euch richtig verstanden habe, dann würdest du gerne mit mir ins Bett gehen

und ein Verwöhnprogramm erleben wollen. Du hingegen möchtest uns nicht allein lassen und unbedingt dabei zuschauen?“

„Ja, so in etwa ist das richtig.“

„Ich weiß nicht, ob das geht und ob das gut ist. Möglicherweise kann ich es gar nicht mit dir machen, ich bin kein Schauspieler. Dass mir dabei jemand zuschaut, erscheint mir sehr grenzwertig. Auch wenn ich euch wohl verstehen mag, das ist für mich nicht so leicht zu machen.“ Beide senken die Köpfe, scheinen bitter enttäuscht zu sein. „Wenn ihr mich nicht drängt, wenn ihr keine Erwartungen an mich stellt und wir die Sache ganz langsam angehen können, so will ich es gerne versuchen. Wenn ich euch beiden damit einen Gefallen tun kann, so soll es sein. Aber wie gesagt, ich kann nichts versprechen.“ Sie schaut mich mit einem erlösten, aber auch gierigen Blick an, er hat dabei so einen Glanz in seinen Augen, was tief blicken lässt. Beide scheinen damit zufrieden zu sein.

Es ist Samstagabend, wir treffen uns in ihrem Haus. Ich betrete das Wohnzimmer, wo bereits Sekt auf dem Tisch steht. Pralinen, etwas zum Knabbern und ein guter Tropfen sollen es leichter machen, uns einzustimmen. Ich begrüße die beiden wie immer, heute eher etwas zurückhaltender als sonst. Er ist aktiver und bittet mich, Platz zu nehmen. Sie trägt einen leichten Sommerrock, der kurz über den Knien endet. Die Beine sind bestrumpft, die Haare frisch vom Friseur gelegt, ein bezaubernder Duft steigt in meine Nase, ich sauge ihn gierig auf. Die Bluse ist transparent und hat Trompetenärmel. Es schimmert ein stahlblauer BH hindurch, der meine Aufmerksamkeit er-

regt. Eine wunderschöne Frau, eine bezaubernd schöne und reizvolle Dame sitzt jetzt neben mir und ich bin geneigt, mich auf sie einzulassen. Noch aber fällt es mir schwer, dass ihr Mann uns ständig beobachtet.

Kling, kling, schon läuft der edle Tropfen die Kehle herunter. Mir wird so warm, ob das schon an diesem kleinen Schluck liegen kann? Er sitzt uns gegenüber. Seine Frau und ich berühren uns bereits und ich kann nicht sagen, dass es mir unangenehm wäre. Nur die Stille ist für mich erdrückend, ich habe das Gefühl, ich werde einfach in etwas hineingedrückt und kann nichts dagegen tun, verliere gar die Kontrolle. Zu sagen habe ich leider auch nichts, nichts was mir jetzt hilfreich wäre, aber versuchen muss ich es. „Du siehst ja hinreißend aus, wenn ich das so sagen darf. Ein bezaubernd schönes weibliches Wesen sitzt neben mir, ich bin begeistert."

„Danke!"

„Früher habe ich sie auch so betrachtet und sie mit meinen Augen vernascht, heute sehe ich das wohl auch noch, aber es bleibt ohne eine entsprechende Reaktion, leider." Ihr Gatte sieht traurig aus, doch meine ich auch, er würde eine Erwartung in sich verbergen, eine Hoffnung, dass ihr Konzept aufgehen wird. Ich stoße mit ihr an, unsere Blicke treffen sich und verharren ineinander. Plötzlich spüre ich in mir ein aufkommendes Begehren, ich möchte diese Dame gerne küssen. Sie bemerkt dies und schiebt ihr Gesicht immer dichter an meines heran. Unsicher und zurückhaltend lasse ich meine Lippen auf ihrer Wange landen. Oh ja, das ist schön, das fühlt sich toll an, ich lasse es zu, küsse sie immer heftiger. Leidenschaft trägt mich voran und wir lassen uns von Minute zu Minute immer

mehr ein. Ich lege meinen Arm um sie, spüre diesen zarten Stoff ihrer Bluse und ihre weiblichen Rundungen. Mit wachsender Kraft ziehe ich sie an mich heran. Beide Arme umschlingen diese reizvolle Dame und meine Hände wandern über ihren erregenden Körper. Als ich ihre Bluse erfasse, um sie aus dem Rock zu ziehen, halte ich ein. Verunsichert denke ich an ihren Mann, der anscheinend genüsslich dasitzt und zuschaut. Sie spürt den leichten Zug an ihrer Kleidung und öffnet darauf ihren Rock, um es mir leichter zu machen. Meine Hand wandert ruhig über ihren Rock, die Schenkel bis zu ihren Knien. Jetzt spüre ich den Strumpf, oh Mann ist das geil. Strümpfe deshalb, weil ich die Strumpfhalter bemerkte, als ich über ihren Schenkel gefahren bin. Diese Beine fühlen sich irre toll an, ich bin begeistert und bereits heftig erregt. Sie schaut mich mit einem Blick an, den ich nur als megageil bezeichnen kann, dann sieht sie zu ihrem Mann, der nickt ihr zu. Sie steht auf, fasst meine Hand und zieht mich hinter sich her ins Schlafzimmer. Dort steht ein großes Doppelbett, davor ein Stuhl, ein alter gemütlicher, gepolsterter Stuhl. Ich meine, er hat Charakter, es ist ein ehrwürdiges Möbelstück, auf dem der Zuschauer Platz nimmt. Sie zieht mich gleich bis auf das Bett. Schon liegt sie rücklings vor mir. Ich befreie sie von ihrem jetzt überflüssigen Rock. Der Anblick ist irre schön, ich bin hin und weg und total begeistert von dieser faszinierenden und extrem reizvollen Frau. Der passende Slip zum stahlblauen BH ist für mich von extremer Wirkung. Ich starre sie an, kann mich nicht von diesem Anblick lösen. Natürlich gehört der Strapsgürtel zum Set und vervollständigt diese bezaubernde Kleidung, die für mich diese unglaubliche Weiblichkeit abrundet.

Meine Hände wandern über ihre bestrumpften Beine, die bezaubernde Reizwäsche und ihren unglaublichen Körper. Meine Erregung ist kaum noch auszuhalten, alle können sie deutlich sehen. Mein Schwanz ist megasteif und fest wie eine Eiche. Dass auch sie total geil ist, erkenne ich an ihren hart aufgestellten Nippeln, die sich durch den zarten BH drücken. „Zieh dich aus, die Sachen brauchst du nicht für unser schönes Treiben." In meiner Geilheit habe ich völlig vergessen, dass ich noch bekleidet bin. Es dauert auch nicht lange, bis ich mich von allem Überflüssigem getrennt habe. Jetzt will ich mich auf sie legen, doch vorher muss ich noch einmal zu ihrem Mann schauen. Der sitzt da und stiert uns an, was mag er jetzt wohl denken? Egal, diese wundervolle Frau liegt vor mir auf dem Bett und wartet auf mich, also lege ich mich auf sie. Oh, wie schön sich das anfühlt. Der immer noch feste Körper dieser reifen Dame ist eine himmlische Verführung. Meine Lippen presse ich auf die ihren, dann schiebe ich meine Zunge in ihren Mund. Schon tanzen unsere Zungen einen harmonischen und irre geilen Tanz der Leidenschaft. Unsere Körper schmiegen sich aneinander, drohen miteinander zu verschmelzen. Meine Erregung liegt auf ihrem Venushügel und giert nach Einlass in ihre Liebeshöhle. Da schiebt sie mich zur Seite und wird ihrerseits aktiv. Ihre Küsse erreichen jeden Punkt meiner Haut, nichts wird ausgelassen. Als ihre Hände über meine Brustwarzen streichen, lösen sie einen extremen sexuellen Reiz aus. Mein Körper windet sich vor Verlangen und Begierde nach dieser Frau. Ich will den wundervollen Sex mit dieser Dame. So überraschend dieses Angebot auch war, jetzt bin ich nur noch in der Welt der Erotik und der sexuellen Bedürftigkeit.

Dass da noch ihr Mann sitzt, ist mir in diesem Moment eigentlich völlig egal, beinahe empfinde ich es sogar als reizvoll, gesehen zu werden von diesem Ehegatten, während ich seine Frau vögele. Ihre Finger legen sich um meinen Schaft, massieren diesen sanft und gekonnt. Plötzlich spüre ich eine extrem angenehme Wärme auf meinem Schwanz, ihr Mund hat sich seiner bemächtigt. Tief saugt sie ihn hinein und ihre Zungenspritze kreist über meine Eichel. Es ist wie ein Rausch, alles scheint so weit weg zu sein, nur sie und ich in diesem Bett, irre geil. Ich spüre, wenn ich jetzt nicht eine Pause einlege, dann komme ich gleich. Daher schiebe ich sie meinerseits weg und lasse meine Hände wandern. Ihr Gesicht ist heiß, sie strahlt eine ungeahnte Begierde aus, die ich so noch nie empfunden habe. Meine Finger streichen zärtlich über ihre Stirn, umschmeicheln die Augen. Jetzt lasse ich sie über ihre Nase gleiten, bis ich diese weichen und vollen Lippen erreiche. Sie leckt und küsst meine Finger, saugt sie in ihren Mund und lutscht sie heftig. Dann lasse ich sie über ihre Wangen streichen und ertaste den Hals. Schon bewegen sie sich hinunter zu ihren Brüsten. Ich spüre den zarten BH und hole eine Brust aus dem schönen Kleidungsstück. Die harte Brustwarze küsse ich und sauge, als wollte ich einen lieblichen Saft herausbekommen. Der Reiz lässt die Nippel noch ein Stück wachsen. Während ich ihre Brust küsse, wandern meine Finger über ihren Bauch zu ihrem Venushügel und suchen dann den Weg in ihr Höschen. Schon spüre ich diese feuchte Wärme, die ihre gierige Liebeshöhle austeilt. Langsam lasse ich meine Finger eindringen und kreisen. An einer Stelle reagiert diese heiße Frau heftiger als an anderen. Die Perle, der Orgasmus auslösende

Punkt, scheint gefunden. Das hochgereizte Weibsbild wird immer lauter unter meinem Verwöhnprogramm. Das Kreisen über ihre Liebesperle macht sie immer heißer und gieriger. Sie windet sich und ihr Becken kreist bereits so heftig, dass ihr ganzer Körper wie eine Schlange im Bett hin und her schwingt. Ihr Stöhnen wird lauter und dann möchte sie, dass ich nicht mehr aufhöre. Ich bin maximal erregt und so daran interessiert, dass diese wundervolle, geile und megareizvolle Dame jetzt zu ihrem Orgasmus kommt. Die liebliche Nässe nimmt zu, dann spüre ich es, sie kommt.

Es muss ein unglaublicher Orgasmus sein, der durch ihren Körper fährt und sie jetzt glücklich macht. Sie bäumt sich auf, schreit diesen Höhepunkt heraus, fällt dann entspannt zurück auf das Bett. In mir fühlt es sich supergut an, ich bin geneigt zu glauben, dass ich ihr das gegeben habe, was sie sich gewünscht hatte. Für einen Moment liegen wir eng umschlungen beieinander.

„Das war gut, aber nun bist du dran." Ich schaue sie etwas verwirrt an und warte auf das, was nun geschehen wird. Sie legt sich auf mich, schiebt ihren nassen und immer noch geilen Körper auf meinem entlang, bis ihre Lippen meinen Schwanz erreichen. Heiße Küsse verwöhnen meinen Schaft, dann kreist ihre Zungenspitze über meine Eichel. Ihre Arme lang ausgestreckt, die Fingerspitzen auf meinen Brustwarzen, saugt sie meine erregte Männlichkeit in ihren zauberhaften Mund. Ich ergebe mich völlig in ihre wohltuende Tätigkeit und genieße jede Bewegung dieses massiv saugenden Rachens. Ich liege da und lasse dieses teuflische Weib an meinem Schwanz arbeiten. Dann macht sich dieses ach so wundervolle Gefühl breit, es

kündigt sich in mir ein heftiger Orgasmus an. Der erreicht mich bereits nur einen kurzen Moment später. Mein Körper windet und krümmt sich vor extremer Geilheit, dann schießt es durch den, nach diesem Gefühl lechzenden, lange vernachlässigten Mann. Mit lautem Stöhnen ergießt sich eine große Ladung Samen in ihren Mund, den sie gierig aufnimmt und schluckt.

Einige Minuten sind vergangen, jetzt fällt mir der Ehemann wieder ein, der uns unbedingt beobachten wollte. Er sieht gut aus, es scheint ihm gefallen zu haben. Seine Ehefrau liegt neben mir und genießt diesen Augenblick, den sie schon seit einigen Jahren so vermisst hatte.

„Das sollten wir öfter machen, meint ihr nicht?“ Ihr Mann wird plötzlich munter und ergreift das Wort. „Hier, das sind fünfhundert Euro, ich hoffe, das reicht.“

„Ich bitte sie, das geht gar nicht. Ich habe das nicht für Geld gemacht, es war mir ein Bedürfnis mit dieser wundervollen und scharfen Frau zu schlafen. Wollen sie mich beleidigen?“

Ihr Mann sieht überrascht aus, steckt das Geld etwas verwirrt wieder ein. „Wenn sie es möchten, können wir das gerne noch ganz oft wiederholen.“ Er schaut seine Frau an, die zustimmend nickt.

OH JE …

Oh je, ich soll mitgehen zum Tanzen. Meine Frau will unbedingt, dass wir einen Tanzkurs belegen und ich habe keinen Bock darauf. Allerdings hat sie mich unter Druck gesetzt, entweder das Tanzen oder die Stammtischrunde am Freitagabend ist gestrichen. Ich schätze, ich muss mich fügen.

Oh je es geht los. Wir sind zum ersten Mal im Tanzstudio angekommen und wissen natürlich nicht, wie das ablaufen soll. Eine junge Dame empfängt uns herzlich. Ich bin geneigt, mich dem Gedanken hinzugeben, sie will mit ihrer Freundlichkeit nur unser Geld haben, gelöhnt wird noch vor Beginn. Dennoch mache ich ein positives Gesicht und versuche, mich so gut ich kann einzubringen. Wir betreten den Tanzsaal, wo wir auf die anderen Kursteilnehmer treffen. Mein Blick sucht als Erstes nach attraktiven Frauen, wenn ich schon hier sein muss, dann aber doch wenigstens mit tollen, schönen Weibern im Auge. Wie gut, dass sich da in der Ecke ein Tresen befindet, auf dem bereits Getränke vorbereitet stehen. Ja, ich würde jetzt gerne einen Schluck zu mir nehmen. Zu Hause durfte ich ja nicht, man könnte es riechen und mich für einen Säufer halten. Ein schlechtes Licht wollte meine Frau nicht gleich auf uns gezogen wissen. Nach der offiziellen Begrüßung geht es dann endlich auch an den Tresen, wo ich nach harten Sachen schaue, aber nur Sektgläser vorfinde. Immerhin, besser als gar nichts.

Einige Minuten später stehen wir auf dem Parkett und die junge Dame, welche uns im Foyer empfangen hatte, hält einen Typen an der Hand. Sie stellt sich und ihren Partner vor, dann

sollen wir uns bewegen. Musik startet wie von Geisterhand und wie zu erwarten war, geht es mit Discomusik los. Gott sei Dank kenne ich meine Frau schon so viele Jahre, dass wir diese Art der Bewegung ganz gut hinbekommen. Unsere Tanzlehrer laufen herum und machen sich ein Bild über die Fähigkeiten ihrer Schüler. Plötzlich wechselt der Rhythmus, aus dem allseits bekannten Dicofox wurde nun ein Tango. Ich habe keine Ahnung von diesem Tanz und ich will eigentlich auch nichts davon wissen. Meine Frau zieht mich am Arm und fordert von mir, mich mit ihr zu bewegen. Wie ich es schon im Fernsehen gesehen hatte, improvisiere ich einfach etwas und hoffe auf Zustimmung. Kaum meine ich, in Fahrt gekommen zu sein, wechselt die Musik abermals den Rhythmus. „Das Haus am See“ von Peter Fox gefällt mir ganz gut, doch kann ich mich nicht wirklich danach bewegen. Also mache ich das, was ich am besten kann, ich spiele einfach eine Rolle und hoffe, ich kann damit Aufmerksamkeit erregen. Meine Variation wird wahrgenommen und ruft lautes Gelächter hervor. Noch bin ich nicht sicher, ob das nur ein negatives Auslachen oder ein zustimmendes freundliches Lachen gewesen sein könnte. Mein Versuch, eine tolle Show abzuliefern, endet leider mit einem Sturz. Ich rutsche auf dem glatten Parkett aus und liege meiner Frau zu Füßen. Jetzt ist klar, alle lachen über diesen ungewollten Patzer, über den ich hinwegzuspielen versuche. Nur keine Blöße geben und nichts tun, was diesen Verlauf als negativen Unfall anzeigen würde. Dann ist es still. Ich erhebe mich und geleite meine Frau zu den Stühlen, wo wir uns setzen. Lobend wird meine Einlage von den Tanzlehrern als bemerkenswerter Einsatz anerkannt, dann geht es los.

Wir sehen von unseren Lehrern zunächst einen Langsamen Walzer. Das sieht gut aus, ist aber nicht mein Ding. Nur schwerfällig folge ich meiner energischen Ehefrau auf die Fläche. Einen Schritt mit dem rechten Fuß nach vorn, linken Fuß zur Seite und mit dem rechten schließen. Linker Fuß zurück, nach rechts zur Seite, dann mit dem linken Fuß schließen. Laut der Ansage dieser Dame war das schon ein Langsamer Walzer, ich bin weder begeistert noch empfinde ich irgendeine Freude dabei, ich folge einfach den Anweisungen und meiner Frau.

Es sind nun schon drei Wochen, in denen wir uns jeden Mittwoch treffen, um diese Schritte zu erlernen. Langsamer Walzer, Quickstepp, Tango und immer wieder eine lustige Einlage von unseren Meistern. Meine Frau macht Druck, viel Druck und ich kann ihr nicht so folgen, wie sie es sich wünscht.

Wieder betreten wir den Tanzsaal, sie freut sich auf eine weitere Tanzstunde. Heute fällt mir eine Frau auf, die sich richtig schön gekleidet hat. Ein weit schwingendes Kleid mit einem Schal und sie ist leicht geschminkt. Kenne ich die? Warum ist sie mir bislang nie aufgefallen, die sieht ja supertoll aus? Ich bin ganz fasziniert von dieser Schönheit und meine Frau ist sauer. Na sicher hat sie meine gierigen Blicke längst bemerkt. Eifersüchtig zieht sie mich hinter sich her, nur nicht loslassen, ich könnte ja abtrünnig werden. Diese Dame ist ein Grund, mich positiver einzubringen. Diese reizvolle, weibliche Erscheinung hat etwas verändert, ich habe plötzlich Lust am Tanzen bekommen.

In einer kurzen Pause versuche ich, Kontakt zu der reizenden Frau zu bekommen. „Ich, nein wir sind neu hier und zum ers-

ten Mal in einem Tanzkurs.“

Sie lächelt mich an, ein bezauberndes Lächeln. Die strahlenden Augen fesseln mich und meine Fantasie wird angeregt. Mit etwa 170 cm ist sie schön groß gewachsen, ihre Haare sind leicht gewellt und reichen weit über ihre Schultern. Sie trägt Tanzschuhe, was mir sagt, dass sie bereits einige Erfahrungen haben muss. „Sie haben wohl schon öfter solche Lehrgänge besucht?“

„Wie kommen sie darauf?“

„Sie tragen spezielle Tanzschuhe, was ungewöhnlich für Anfänger sein dürfte.“ Überrascht schaut sie mich an, positiv überrascht möchte ich meinen. „Gut aufgepasst, ja, ich habe schon öfter einen Versuch gestartet und suche noch einen gut aussehenden, passenden Tanzpartner.“

„Ich hoffe, sie finden ihn. Ich werde mal wieder zu meiner Frau gehen, die Pause wird gleich zu Ende sein.“ Sie wirft mir einen Blick zu, den ich als vielsagend interpretiere und der mich in Fantasien abtauchen lässt. Auf der anderen Seite ist diese Person eine Anstrengung wert, mich in Zukunft intensiver dem Tanzen zu widmen.

Von dieser Stunde an bemühe ich mich, alles zu lernen, was gutes Tanzen erfordert. Meine Frau ist erfreut und positiv überrascht, dass ich mich so einbringe. Ihre Freude überdeckt ihre Eifersucht, sie scheint glücklich zu sein. Wahrlich, wir erarbeiten uns mit Leidenschaft das Tanzpaar, das sich auf jeder Fläche sehen lassen kann. Ich bemerke auch die interessierten Blicke der gewissen Dame, die unsere Entwicklung ebenfalls aufmerksam verfolgt.

Jetzt stehen wir kurz vor dem Ende dieses Kurses und dürfen überlegen, ob wir einen weiteren Kurs für Fortgeschrittene anstreben wollen. Es ist der letzte Abend vor dem Abschlussfest. Wir betreten das Parkett und schweben, für unsere Verhältnisse, beinahe über die Tanzfläche. Die Augen unserer Lehrer folgen uns mit Bewunderung. Dann fordert die Tanzlehrerin den Kurs auf, einen Partnerwechsel zu absolvieren, damit wir uns auch mit anderen Partnern ausprobieren können. Das Schicksal treibt mich zu der Dame, die mich so motiviert hatte und die mich beobachtet hat und deren Blicke von Bewunderung sprechen. Bin ich schon so weit, dass ich eine gute Chance hätte, mit ihr gutes und schönes Tanzen zeigen zu können, geht es mir durch den Kopf. Die Rhythmen wechseln, plötzlich bleiben alle um uns herumstehen, sie sind begeistert von unseren Darbietungen. Ich schaue zu meiner Frau und sehe, was ich nicht sehen wollte, sie platzt gleich. Doch ich genieße diese Frau in meinen Armen und führe sie über das Parkett, wobei ich beinahe die Welt vergesse. Meine Gemahlin ist erstaunt und begeistert von meiner Entwicklung und dabei doch extrem eifersüchtig geblieben. Sie weiß wohl gerade nicht, was sie tun soll. Ich schiebe meine eigene Unsicherheit so weit weg, wie ich kann. Später aber muss auch ich mich entscheiden, was ich in Zukunft tun will. Klar ist, beide Frauen werde ich kaum an mich binden können, auch wenn ich es gerne möchte. Zwischen mir und meiner Frau haben die vielen Jahre der Ehe etwas verändert. Es fehlt mir etwas, etwas, das ich nicht beschreiben kann oder will. In dieser mysteriösen Dame scheine ich zu finden, was mir immer mehr fehlt.

Der letzte Schritt ist getan und alle verlassen die Tanzschule.

Meine Frau und ich sprechen kein Wort miteinander, was jeder sicher verstehen kann.

Wir sind zu Hause. Es ist schwer, ein Gespräch zu beginnen, wenn ich doch immer mit der heftigen Eifersucht meiner Gattin rechnen muss. Doch es hilft nicht, ich muss es tun, wenn ich weiterhin morgens in den Spiegel schauen möchte und mich nicht selbst verachten will. „Du siehst nicht besonders glücklich aus." Sie dreht sich um und schaut mich mit einem Blick an, der mich töten könnte. „Was bitte erwartest du von mir nach dieser Vorstellung? Und ich dachte wirklich, du würdest wegen mir tanzen lernen und nicht wegen dieser Schlampe."

„Du kennst sie doch gar nicht, es war einfach Schicksal, es sollte so sein. Warst du denn wirklich glücklicher, bevor wir mit dem Tanzen begonnen hatten? Vermutlich haben wir uns bisher geweigert, unsere Situation klarer zu formulieren. Wir müssen uns jetzt mal fragen, wie wir seit Jahren miteinander leben." Meine Ehefrau steht da und schweigt. Sie sieht nachdenklich aus.

„Ja, ja, ich denke, ich war glücklich, du etwa nicht?"

„Nein!" Es platzte einfach so raus.

„Ach! Wieso das denn?"

„Nein ich war nicht wirklich glücklich. Wir haben uns so aneinander gewöhnt und dabei vergessen, dass wir noch Träume haben, noch neugierig sind und Wünsche in uns tragen. Ich jedenfalls habe mich immer weiter zurückgenommen und ja, ich habe das hinter Bier und den Kumpels versteckt. Ich wollte es nicht wissen, nicht fühlen, dass ich doch nicht so zufrieden war, wie ich es sein sollte, für dich sein wollte."

„Was fehlt dir denn?“ Ihr Blick ist energisch und aggressiv. Jetzt bin ich dabei nachzudenken.

„Wir haben kaum noch Sex, unsere Leidenschaft ist übergegangen in notwendige Umarmungen und kurze Lippenberührungen. Dieses Knistern gibt es doch schon lange nicht mehr. Damals waren wir so voller Liebe, wir haben die Erotik gelebt und waren so heiß aufeinander. Mit den Jahren haben wir uns anscheinend selbst verloren, uns hinter dem Alltag versteckt. Als ich diese Dame sah, da passierte etwas in mir. Plötzlich spürte ich wieder Bedürfnisse und Wünsche, die ich schon lange tief in mir vergraben hatte. Eine Zeit lang habe ich versucht zu verstehen, dann schien es leichter zu sein, mich mit Bier und den Kumpels abzulenken. Nein, es lag nicht an dir, wir waren es beide, die einfach vergessen hatten, dass wir mehr sind, als das, was andere zu sehen glaubten. Wir haben uns beide aneinander verloren. Als ich diese Frau in meinen Armen hielt, da entfachte ein Feuer, wie ich es in unserer Jugend dir gegenüber empfand. Hast du so etwas nie erlebt?“ Völlig verunsichert schaue ich sie an und warte auf ihre Antwort.

„Ehrlich gesagt, ich habe es einfach nicht bemerkt. Ich spürte nichts in mir, das mir sagte, dass etwas nicht stimmen würde. Klar habe ich immer in dir die Ursache gesucht und nicht bei mir. Ich war der Meinung, dass mir nichts fehlen würde. Aber möglicherweise habe ich mich da hinter dir oder meiner Eifersucht versteckt. Was machen wir denn jetzt?“

„Ich weiß es nicht. Ernsthaft, ich weiß auch nicht. Was wir tun sollen und wie wir weiter miteinander leben wollen, können oder sollen, das müssen wir neu ergründen.“

„Was hoffst du, wird dir diese Frau geben können, das ich

nicht imstande bin, ebenso zu tun?“

„Vor einiger Zeit hätte ich gesagt, nichts, doch heute glaube ich, das Feuer ist gerade nicht groß genug. Ganz langsam und unbemerkt hat sich zu viel Asche ergeben, die nun die Glut bedeckt. Du siehst immer noch reizend aus, dennoch kann ich nicht diese Neugier, die Begierde in mir feststellen, die notwendig ist, um dich so zu begehren, wie es sein sollte, wie du es dir wünschst.

Ich weiß es selber nicht genau. Eigentlich möchte ich dich nicht verlieren und doch möchte ich mit dieser Frau zusammen sein und Dinge erleben, die wir schon sehr lange nicht mehr als wichtig angesehen haben.“

„Du willst sie und mich aber nicht aufgeben?“

„Ja, so ist es, ich will dich nicht aufgeben, aber ich brauche auch dieses andere Gefühl, dieser Traum möchte erfüllt werden. Obwohl ich nicht einmal weiß, ob sie das ähnlich sieht oder ich nur meinem Wunschgedanken folge.“ Dann ist Stille, eine erdrückende Stille.

„Lass uns darüber schlafen und morgen weiterreden. Dass dies nötig ist, bestreite ich nicht. Sei mir nicht böse, doch ich bin völlig überfordert. Ich hatte das nicht geplant, es kam so einfach über mich und hat mich fest im Griff. Ich schätze, wir können beide etwas Zeit brauchen, um nachzudenken.“

„Na gut, sicher hast du recht, wir würden uns vermutlich nur weiter verlaufen.“ Schweigend geht sie ins Bad, später liegen wir beide wach nebeneinander und finden keine Ruhe.

Die Sonne scheint durch unser Schlafzimmerfenster. Wenn auch das Problem noch lange nicht geklärt sein wird, so habe

ich ein positives Gefühl im Bauch. Beim Frühstück schweigen wir uns an. Eine solche Krise haben wir in den vielen Ehejahren nicht erlebt. Ich habe das Gefühl, wo immer ich hintrete, ich werde mich stets an des Messers Schneide verletzen. Wie ich mich auch entscheide, immer könnte ich einer der Damen das Gefühl geben, sie zurückzustoßen. Irgendwie möchte ich die Zeit zurückdrehen und mir diesen Stress ersparen. Andererseits habe ich diese Wünsche, Fantasien und Bedürfnisse in mir, die ich nicht mehr verleugnen kann und will. Meine Frau reicht mir den Brotkorb. „Und, hat die Nacht eine Erleuchtung gebracht?“ Ich schaue sie überrascht und gereizt an. Wie hat sie das nun gemeint?

„Ich habe leider kein Wunder erfahren und keine Lösung, die uns jetzt helfen könnte.“

„Nun gut, dann will ich dir etwas vorschlagen. Du willst unbedingt mit dieser Frau zusammen sein, verstehe ich das richtig?“

„Ja, ich würde es gerne anders sagen, aber nein, ich muss beim Ja bleiben.“

„Ein Vorschlag zur Güte, wir haben ja morgen unseren Abschlussabend, sollte sie mit dir etwas anfangen, dann gebe ich dich solange frei.“

„Ich weiß doch gar nicht, ob sie mit mir …“

„Das spielt keine Rolle. Sollte sich da tatsächlich etwas ergeben, dann verlange ich von dir, dass ihr es hier treibt.“

„Wie bitte? Habe ich das gerade richtig vernommen, du möchtest dass ich mit ihr, im Falle des Falles, hier in unseren Betten …?“

„Ja, das habe ich gesagt und ich mache das zur Bedingung.

Du kannst dich natürlich auch gleich entscheiden, ob du mit ihr oder mit mir leben möchtest." Ich bin verwirrt und total durcheinander. Meine Frau möchte, dass ich mit dieser fremden Frau in unser Bett steige? Entweder werde ich verrückt oder meine Gattin hat den Verstand verloren.

„Also gut, sollte sich da tatsächlich etwas anbahnen, dann werden wir uns hier in unseren Betten vergnügen, auch wenn ich nicht nachvollziehen kann, warum das so wichtig für dich ist."

„Versprich es mir!"

„Ja, ich verspreche es!" Ich begreife die Welt nicht mehr, aber ich versprach es, denn ich will ja diese Dame spüren. Ich jage wohl nur meiner Fantasie hinterher, aber sie ist so irre schön. Es gibt bislang auch keinen Anhalt dafür, dass mich diese weibliche, überaus reizvolle Erscheinung überhaupt in einem solchen Zusammenhang betrachtet hat. Was wir hier besprechen, ist reine Spekulation, es ist nur unsere Beziehung, die zur Diskussion steht. Einerseits finde ich es ja toll, dass wir endlich auch über solche Themen reden, doch reden ist ja sicher übertrieben. Ich selbst bin nicht einmal sicher, was genau ich in dieser Frau sehe oder sehen will. Und weshalb meine Ehefrau unbedingt möchte, dass ich mit dieser Dame in unser Ehebett krieche, das bleibt mir völlig schleierhaft.

Wir betreten fein zurechtgemacht den Tanzsaal. Alle Kursteilnehmer haben sich schön gemacht und erwarten ein fröhliches Fest. Die gewisse Dame erscheint mit ihrem Tanzpartner. Sie hat sich bezaubernd schön gekleidet und sieht aus wie eine Prinzessin. Ich kann meine Augen nicht von ihr lassen, das

bemerke ich deutlich, als mich meine Frau in den Arm kneift und mich anlächelt. Es ist richtig seltsam, das Kneifen habe ich verstanden, doch ihr Lächeln ist nicht negativ besetzt, ich empfinde sogar eine gewisse Zustimmung. Im Laufe des Abends drängt mich meine Gattin immer wieder, mich doch dieser Dame zu nähern und mit ihr sehr oft zu tanzen. Ich tue es, aber ich weiß nicht, was abgeht, ich verstehe die Situation nicht mehr. Eigentlich müsste sie doch extrem ungehalten sein, sie aber forciert sogar den Kontakt mit meiner heimlichen Königin dieses Festes. Ich nutze die Gelegenheit und tanze, was das Zeug hält. Während des Tanzes reden wir miteinander. Diese Frau himmelt mich an und ich bin so fasziniert und gefesselt, dass ich am liebsten gleich mit ihr …, na ja, es ist nun mal so. Die Worte meiner Frau im Kopf, verabrede ich mich mit ihr.

Nachdem wir uns zu einem Kaffee getroffen, schön miteinander geredet hatten, schauten wir uns intensiv in die Augen und dieses Mal war die Stille eine Einladung. Unsere Lippen kamen sich näher, pressten sich aufeinander. Zwei Körper von Armen umschlungen, sich heftig aneinanderpressend in einem leidenschaftlichen Kuss verbunden, wollten mehr. Da fiel mir die Bedingung meiner Frau ein. Also schlug ich vor, zu mir zu fahren, um dort weiter an diesen zauberhaften Gefühlen zu arbeiten. Die Dame schaute mich fragend und verwundert an, doch dann gab sie nach und kam mit mir. Unterwegs erzählte ich ihr von der Bedingung meiner Frau.

Wir betreten unsere Wohnung. Ich suche nach meiner Ehefrau oder ob wir wirklich allein wären, doch niemand ist hier.

„Dort ist die Küche, hier das Wohnzimmer, dort unser Schlafzimmer.“ Die Dame schaut in jeden Raum. Als sie ihren Blick im Schlafgemach wandern lässt, betritt sie dieses auch sogleich.

„Ehrlich gesagt, verstehe ich das nicht ganz. Ich meine, ich möchte mit dir zusammen sein und noch mehr, aber in eurem Schlafzimmer? Wie kann eine Frau das als Bedingung stellen, ich verstehe sie nicht.“

„Ich auch nicht, aber ich könnte mir denken, sie möchte lieber, dass wir es hier machen, als irgendwo in einem dunklen Zimmer eines Stundenhotels. Keine Ahnung, wieso, aber ich für meinen Teil finde es auch geil, wenn wir uns hier verwöhnen können. Meine Arme legen sich um ihren reizenden Körper und meine Lippen wollen unbedingt küssen. Dabei wandern meine Hände über ihre heißen und wohlgeformten weiblichen Rundungen. Sie sieht so megageil aus, ich will sie. Sie zieht mir das Hemd aus der Hose und knöpft es auf. Ich lasse meine Finger unter ihre Bluse gleiten und versuche die weiche Haut zu spüren. Da streift sie mir das Hemd ab und das Unterhemd, sie ist schon intensiv an meiner Hose beschäftigt. Mein Zustand ist mehr als deutlich zu erkennen und zu spüren. Sie greift einfach hin, dann rutscht meine Hose zu Boden. Meine extreme Geilheit ist nicht zu übersehen, sie ergreift sofort die Gelegenheit, massiert meinen Steifen sanft und gekonnt. Nur um ihre Bluse loszuwerden, lässt sie kurz von mir ab und hebt ihre Arme. Darunter trägt sie einen knappen BH in Weinrot. Er sieht aus, als würde er mit zwei aufrechtstehenden Dreiecken ihre fülligen Brüste nur unzureichend bedecken. Bei jeder Bewegung könnten sie ihm entgleiten. Der passende String sieht

an ihr berauschend schön aus. Ich bin einfach nur begeistert und megageil. Dann schiebe ich sie auf das Bett und lege mich neben sie, lasse meine Hände über ihren bezaubernden weiblichen Körper gleiten und lasse dabei keinen Quadratmillimeter aus. Als ich so über ihren knappen Slip wandere, spüre ich, wie sie immer begehrlicher wird und anscheinend nur darauf wartet, dass ich sie in ihrem Schritt berühre. Sie hingegen hält meine erregte Männlichkeit fest und massiert diese ganz langsam, sodass der irre steife Ständer nur noch darauf wartet, ihr etwas Gutes tun zu dürfen. Unsere Lippen berühren sich zärtlich, die Zungen tanzen einen leidenschaftlichen und supererotischen Tanz. Ungeduldig will ich die Stelle finden, an der sie sich ganz einlässt und hoffentlich zu einem tollen Orgasmus kommen wird. Meine Hand schiebt den String beiseite …, da springt die Tür auf.

Meine Frau steht in der offenen Tür und ich zumindest bin zu Tode erschrocken. Mein Blick ist nur noch auf diese Überraschung gerichtet und erst ganz langsam bemerke ich, sie steht da, an die eine Seite gelehnt, den anderen Arm etwas höher im Türrahmen platziert, in einem blauen Morgenmantel, der transparent durchblicken lässt, dass sie einen ebenso blauen BH und ein Babydoll mit einem String darunter trägt. Der Strumpfhalter mit sechs Strapsen hält die bezaubernd schön anmutenden Strümpfe. Ich bin so überrascht wie fasziniert, was macht diese Frau mit mir? Schon kommt sie näher, sagt kein Wort und legt sich zu meiner Geliebten. Dann schiebt sie ihre Hände über diesen Körper, der mich so anmacht, wie ich es wohl noch nie erlebt hatte. Und was, mein Gott, macht meine Eroberung?

Sie küsst meine Frau und streichelt ihre Haare. Ich kann noch immer nicht begreifen, was hier abgeht. Doch die Frauen sind heftig dabei, sich miteinander zu beschäftigen. „Was, bist du etwa schon fertig oder möchtest du uns nicht helfen, eine tolle Nacht zu erleben?“ Meine Geliebte ist gar nicht überrascht, es scheint beinahe so, als hätte sie es erwartet. „Natürlich möchte ich mit dir, nein euch, na ja, es war gerade so wundervoll, so irre gei …“

„War?“

„Ja, nein, ich meine, ich bin so überwältigt und kann es kaum fassen. Meine Frau liegt mit mir und meiner Geliebten im Bett und wir haben zu dritt Sex. Und ja, Schatz, du siehst irre heiß aus, wieso habe ich das nicht mehr so gesehen?“

„Ist jetzt egal, lasst uns die Zeit genießen.“ Dann schiebe ich meine Hand erneut in das bisschen Stoff und lasse meine Finger finden, wonach sie gerade noch gesucht hatten. Dass ich am richtigen Punkt angelangt bin, ist deutlich an den Reaktionen des weiblichen Körpers zu bemerken. Er windet sich und ein leises Stöhnen deutet darauf hin, dass es ihr richtig guttut. Während ich ihre Perle so reize, küsse ich meine Frau und empfinde sie, als wären wir frisch verliebt. Das Stöhnen wird lauter, wir schauen die Dame an und können miterleben, wie sich ein Megaorgasmus den Weg durch ihren Körper bahnt. Mit einem lauten Schrei schießt er sie in den siebenten Himmel. Oh ja, das sieht geil aus, das gefällt mir und ich möchte das noch öfters spüren dürfen. Kurz darauf legt sich meine Frau auf den heißen und sexverschwitzten, reizenden, weiblichen Korpus.

Meine Hand ergreift sofort die Gelegenheit und wandert über

ihren Rücken. Sie ist etwas üppiger gebaut als meine Eroberung, aber ich mag es, wenn die Frau etwas mehr weibliche Rundungen zu bieten hat. Als ich über ihren Po streiche, da fühle ich mich von diesem angezogen und lasse meine Lippen darüber kreisen. Die Damen küssen sich leidenschaftlich und meine Finger fahren von hinten in ihre Liebeshöhle ein. Die Wünsche meiner Frau kenne ich noch gut genug, schon beginnt sich der Hintern zu bewegen, ich habe sie an der richtigen Stelle erwischt. Meine zarten Küsse auf ihren ach so weiblichen Po sind köstlich und reizen mich immer mehr. Meine Finger sind konzentriert bei ihrer Arbeit, da dauert es auch nicht lange, bis sie ihr Ziel erreichen, ein Orgasmus lässt meine Frau erbeben. Ich spüre, wie ihre liebliche, heiße Feuchtigkeit sich verbreitet. Ich lasse meine Finger stecken, bis sie richtig schön nass sind, ehe ich sie in meinen Mund stecke und genüsslich den Liebessaft von ihnen abschlecke. Die Frauen küssen sich weiter, dann schauen sie sich nur an. Schon schiebt sich meine Ehefrau von der Dame und diese zieht mich in ihre Mitte. Ich liege da, so zwischen zwei bezaubernd schönen weiblichen Wesen, es ist einfach nur irre und berauschend. Es duftet nach Parfüm, nach Schminke, die Haare riechen verführerisch und all das vermischt sich mit dem Sex, der sich mit der Hitze in der Luft ausbreitet. Der liebliche Saft, der in die Haut einzieht, durch meinen Mund in den Magen gewandert ist und einen megageilen Nachgeschmack hinterlässt, der macht gierig auf mehr.

Die Damen liebkosen mich und streicheln meinen Körper. Als sie, als hätten sie sich abgesprochen, meine Brustwarzen erreichen, lecken, küssen und reiben sie diese sanft, aber intensiv. Meine Reaktion ist extrem heftig, denn genau da bin ich

unglaublich intensiv reizbar, das macht mich noch geiler als ich ohnehin schon bin. Beide saugen sich fest, sie sind supergut, sie können mich total fertigmachen. Ich genieße es, als ihre Hände sich zwischen meinen Schenkeln gütlich tun. Schon gleiten Finger meinen Schaft entlang. Für zwei Hände einfach nicht genug zum Spielen. Da setzt sich meine Geliebte auf mich, ihre Muschi direkt vor mein Gesicht platziert. Ich sauge den Duft in meine Nase. Schon spüre ich diesen enormen Wunsch, diesen heißen Eingang zu lecken und zu küssen. Meine Zunge sucht sich den Weg und ich bin begeistert von dieser wollüstigen Weiblichkeit. Da schiebt meine Gattin meine Beine etwas auseinander. Ich spüre, wie sie meine Eichel küsst. Niemals zuvor hat sie so etwas getan, ich bin überrascht, mit welcher Perfektion sie sich an mir betätigt, aber auch verwirrt von der überwältigenden Qualität, mit der meine Frau mich bearbeitet und von der Schönheit und der reizvollen Erscheinung dieser beiden Frauen. Mein Schwanz ist zum Bersten steif und hart. Meine Zunge spielt mit der Perle meiner Geliebten und mein Ständer wird tief in den Mund meiner Frau gesaugt. Das auf mir sitzende himmlische Wesen stöhnt laut und zuckt bereits immer heftiger, als auch ich deutlich spüre, wie sich ein Megaorgasmus ankündigt. Nur ganz kurz kommt mir der Gedanke, was meine Frau da eigentlich macht, das gab es noch nie, schon schießt es durch mich hindurch, ich spritze in ihrem Mund ab. Sie nimmt alles auf und schluckt gierig den lieblichen Saft. Keinen Tropfen lässt sie sich entgehen, ich bin fix und fertig aus verschiedenen Gründen.

Etwas später sitzen wir gemeinsam im Wohnzimmer und trinken noch ein Glas Wein. „Sagt mal, bei allem, was recht ist, es war einfach himmlisch schön, ich hätte es mir kaum so fantasieren können, aber so ganz verstehe ich das noch nicht. Da war diese Bedingung, die ich nicht nachvollziehen konnte. Dann stehst du in der Tür und keine von euch Damen ist in irgendeiner Weise erschrocken, überrascht oder ähnliches, da stimmt doch etwas ganz und gar nicht oder?“

„Na ja, jetzt kannst du es ja erfahren.“ Meine Gattin schaut meine Geliebte, dann schauen beide mich mit einem Blick an, der Bände spricht. „Weißt du, wir beide sind zusammen zur Schule gegangen. Damals waren wir die besten Freundinnen. Wir verliebten uns ineinander, lebten unsere lesbische Seite voll aus. Als wir so 15-16 Jahre alt waren, kamen Jungs in unser Leben und deine Geliebte, die mir damals geschworen hatte, mich niemals zu verlassen, verliebte sich in einen Kerl. Von da an gingen wir verschiedene Wege. Ich war verletzt, wütend und bockig sein konnte ich supergut. Die Zeit verging und ich hätte gemeint, ich habe das alles längst hinter mich gebracht, als sie plötzlich beim Tanzkurs im Raum stand. Sofort spürte ich meine alte Abneigung und was du als Eifersucht beschreiben würdest, war nur meine alte Wut, die mich plötzlich mit unermesslicher Macht an meine erste Liebe erinnerte. Eines Tages trafen wir uns zufällig in der Stadt, sie sprach mich an. Vermutlich kam in mir die alte Liebe wieder zum Vorschein und übernahm erneut die Führung, sodass wir uns ganz super verstanden. Im Gespräch stellten wir fest, wir haben beide zwar Männer geheiratet, aber tief in uns war auch diese lesbische Seite stark ausgeprägt.

Irgendwann saßen wir bei deiner Geliebten und erlebten so erneut wundervolle Stunden, wie wir es nicht erwartet hatten. Dann aber stellte sich die Frage, wie bringen wir es dir bei, da ihr Mann ja schon vor einigen Jahren verstorben ist. Also nutzten wir deine geilen Blicke und spielten unser Spiel. Wir hoffen beide, dass du uns nicht allzu böse bist, es war ja auch nicht böse gemeint. So wie es aussieht, ist der Plan gut gelungen. Nein, ich denke, das Ergebnis hat unsere Vorstellungen noch um Einiges übertroffen. Ich kann klar sagen, für mich wäre es schön, wenn dies nur ein Anfang wäre."

Ich sitze da und bin platt. Vielleicht wäre ich stinksauer, wenn es anders gelaufen wäre, aber mit dem, was ich gerade erlebte, kann ich nur sagen, das war megaheftig, so irre geil und einfach nur wunderschön.

„Ich bin überrascht, zugegeben, aber wenn das euer Plan gewesen war, dann habt ihr ihn ganz sicher übererfüllt. Ich fand es einfach himmlisch schön. Das mit dem Anfang, diese Eifersuchtsszene, jetzt gefällt es mir auch gut. Allerdings hatte ich schon ganz schön Schiss vor den Konsequenzen. Dass es so laufen würde, konnte ich ja nun gar nicht ahnen. Niemals wäre ich auf den Trichter gekommen, ihr könntet euch kennen und zusammen einen solch gemeinen Plan ausarbeiten. Aber das heute, das war, ist und wird einfach unglaublich schön bleiben. Danke!"

Meine, nein, unsere Geliebte erhebt das Glas und spricht einen Toast aus.

„Oh je, das hätte ich nie geahnt! Zum Wohl!"

TRAUM ODER WIRKLICHKEIT

Sie lag da, in bezaubernd schöne Wäsche gekleidet, und wartete. Was sie wollte, war eindeutig zu erkennen. Traumhaft schön dieser BH und der Strapsgürtel in verschiedenfarbig schimmerndem dunklen Grün. Die Kurven, die wundervollen Rundungen des weiblichen Körpers wurden so noch viel mehr betont. Der vollschlanke Frauenkörper in Reizwäsche und sexy Strümpfen wartete darauf, von einem Mann verwöhnt zu werden. Doch ich fange mal am Anfang an.

Ich war so nervös und unruhig, konnte aber einfach nicht ergründen, weshalb. Mit allem unzufrieden und dazu noch extrem unkonzentriert, das musste eine Ursache haben. So suchte ich die Ablenkung im Internet. Einkaufen kann ja so schön dazu beitragen, sich auf andere Gedanken zu bringen, deshalb suchte ich im Internet nach etwas, das mich inspirieren, was mich fesseln würde. Also schaute ich zunächst nach Spielereien, nach Quadrocopter und anderen technischen Raffinessen. Und wie das im Internet nun einmal so ist, gibt es reichlich viel Werbung, ganz dezent, ganz nebenbei. Plötzlich war da Damenkleidung zu sehen, ich wollte es schon ignorieren, doch dann sah ich Slips, Leggings und andere Dinge. In mir regte sich etwas, das ich einmal nur Neugier nennen möchte. Ich klickte auf eine der Leggings, schon war ich im Geschäft für weibliche Kleidung aller Art. Da wurden aber nicht nur Leggings gezeigt, auch Strümpfe und Strumpfhosen und ich spürte in mir den dringenden Wunsch, mehr sehen zu wollen.

Da auf den Bildern nicht nur die gesuchte Wäsche zu sehen

war, sondern auch noch einige andere Stücke gezeigt wurden, weitete ich meine Suche aus. Schon reagierte ich auf zarte Babydolls, auf wunderschöne BHs, auf reizvoll formende Miederware, die unglaublich schöne Frauenkörper irritierend darstellten und ich konnte einfach nicht genug bekommen. Da ich sehr deutlich spürte, wie mein Körper auf diese Präsentationen reagierte, zog es mich auch auf die Seiten der Erotikläden. Meine Erregung war enorm, ich hatte schon lange nicht mehr zugelassen, was mir doch so gut gefiel und was ich anscheinend dringend brauchte. Dann erschien eine Werbung, in der man mich dazu anregen wollte, mir Seiten anzuschauen, auf denen ich willige Frauen aus meiner Region finden würde, die voller Lust seien. Vorsicht! Ja, ich werde sogleich skeptisch, wenn ich das sehe, und habe Angst da einen Fehler zu machen, der mich teuer zu stehen kommen könnte. Also suchte ich nur sehr langsam und ließ mich nicht von meiner Erregung treiben. Obwohl, wenn ich es genau nehme, es war nichts anderes als meine Gier nach mehr Erotik und Sex. Ich spürte, wie es mich immer weiter trieb und ich kaum noch in der Lage war, mich mit der Vernunft zu bremsen. Daher riss ich mich zusammen und beendete diesen Internetausflug.

Natürlich ließ mich dieses Geschehen nicht so einfach wieder los. Es schwirrten immer wieder Fantasien in meinem Kopf herum, deren ich mich nicht erwehren konnte. Da ich aus Angst nicht erneut auf diesen Seiten suchen wollte, dachte ich daran, mich in einem Portal anzumelden, auf dem ich vielleicht Frauen finden könnte, die ebenso neugierig und sehnsuchtsvoll wären wie ich selbst. Ein schweres Unterfangen, wie ich

schnell feststellen konnte. Allein das Thema Sex war kaum anzubringen und wenn ich dies versuchte, dann bekam ich massive Beschimpfungen als Rückmeldung. Das böse Wort Sex, das schreibt niemand ungestraft in einem Forum, vor allem wenn es dabei um reifere Menschen geht. Beinahe hätte ich aufgegeben, als sich eine Dame meldete und sich positiv über meine schriftlichen Darlegungen äußerte. Wir tauschten uns öffentlich aus, so konnten auch alle anderen mitlesen und sich ihre Gedanken machen. Kurz dachten wir daran, dies in einem persönlichen Nachrichtenaustausch zu tun, doch alle sollten mitbekommen, was wir da machen. Erstaunlicherweise meldeten sich im Verlauf auch andere Damen und Herren zu Wort. Und auch wenn ich es gar nicht glauben wollte, plötzlich war dieses Thema nicht mehr schmutzig und tabu, es war Normalität und jeder fand es toll, dass wir es wagten, uns so offen darüber auszutauschen. Dies war wohl der Tatsache geschuldet, dass ganz viele sich selbst öffneten und in sich hineinspürten, weil wir uns nicht zurückgezogen hatten.

Ich will es gar nicht in die Länge ziehen, wir verabredeten uns auf einen Kaffee. Wie viel Interessierte es gab, konnten wir sehr schnell feststellen, als wir uns schließlich im „Café Rothe“ trafen. Viele der anwesenden Gesichter kannten wir, die Profilfotos aus der Plattform machten es möglich. Diese erschienen ja immer, wenn sich jemand zu Wort meldete, sodass wir relativ gut wussten, wer unserem Treffen beiwohnte.

Nun gut, zu vielen Themen, die wir eigentlich besprechen wollten, kamen wir aufgrund der vielen Aufpasser nicht.

Es war für uns zu ungewohnt, dass sich so viele Leute für uns

interessierten. Dennoch redeten wir über den Grund unseres Zusammentreffens.

Ich saß einer schönen reifen Dame gegenüber, etwa 173 cm groß, mit fantastischer Oberweite und Haaren wie aus einem Märchen. Kastanienbraunes, langes Haar, genau, wie ich es mir immer wieder erträumt hatte. Sie trug ein bezauberndes Sommerkleid und Sandaletten mit Pfennigabsätzen, was sie größer erscheinen ließ und ihre vollschlanke Figur etwas schlanker aussehen ließ. Ich gebe es einfach gerne zu, diese Frau war acht Jahre älter als ich, aber sie sah zum Anbeißen aus. Zugegeben, ich selbst war noch nie richtig schlank, immer blieb ich etwas zu klein für mein Gewicht, was dieser Dame aber nichts auszumachen schien, eher wollte sie mich mit ihrem Blick bereits vernaschen. Am Ende unseres Treffens wurden wir uns dahingehend einig, wir waren heftig bedürftig und vollgepackt mit Wünschen und Träumen.

Wieder im Forum, redeten wir auch über die vielen Besucher, die neugierig, wie sie nun einmal waren, sich selbst eingeladen hatten. Ich wiederholte, was ich ihr bereits bei unserem Treffen gestanden hatte, schwärmte davon, wie wunderschön sie ausgesehen habe und wie überaus reizvoll ich sie empfunden hatte. Meine Erwähnung ihres Sommerkleides, mit den passenden Schuhen, die diese bezaubernden, bestrumpften Beine trugen und wie sie mich fasziniert hatte, freute sie sehr. Solche Schwärmerei war für sie und alle anderen nicht zu erwarten gewesen. Ganz offen verabredeten wir uns für ein weiteres Date, dieses Mal aber bei ihr zu Hause. Damit hatten wir alle Neugierigen ausgeschlossen und konnten uns so ganz unseren

Wünschen widmen. Zumindest konnten wir so endlich über die Dinge sprechen, die tief in uns schlummerten. Wir wollten über Gefühle reden, was wir brauchten, uns sehnlichst wünschten.

Zwei Minuten vor drei Uhr klingelte ich an ihrer Tür. Sie öffnete, stand in einem kurzen Rock und einer transparenten Bluse vor mir. Die Haare, frisch vom Friseur gestylt, wehten leicht im Wind der sich öffnenden Tür. Ich trat ein. Sie bat mich in ihr Wohnzimmer und bot mir Platz an. Der Kaffee stand bereits auf dem Tisch. Ganz in Ruhe ließen wir unsere Blicke schweifen. Ich gefesselt von ihr, diese Frau machte mich so neugierig und zog mich auf eine Weise an sich, dass ich es nicht wirklich erklären konnte. Ich musterte sie von oben bis unten und wieder hinauf. Sie bemerkte dies natürlich und setzte sich entsprechend in Szene. Die welligen Haare, kastanienbraun, reichten fast bis zu ihrem Busen. Der lag einladend in einer Bluse und einem BH versteckt und wartete sicher darauf, endlich berührt zu werden. Die übergeschlagenen, bestrumpften Beine schauten unter dem Rock hervor, der etwa eine Hand breit über dem Knie endete. Mein Blick wanderte weiter nach unten und bestaunte ihre zarten Füße, welche in etwa 7 cm hohe Sandalen gebettet waren. Ein wenig Schmuck und etwas Schminke unterstützten diese unglaublich reizvolle und begehrenswerte Erscheinung. Ich liebe Lippenstift und Nagellack, so hatte sie alles, was ich mir immer erträumte. Sie schien meine Blicke zu genießen und wartete auf etwas, so empfand ich es zumindest.

„Du siehst hinreißend aus, ich bin total fasziniert. Entschuldigung."

„Ach ja? Gefalle ich dir also? Das ist doch nicht schlimm,

wofür entschuldigen?“

„Ich kann gar nicht sagen, wie gut du mir gefällst, ich bin hin und weg, würde zu gerne …“

„Was denn, was würdest du gerne?“ Ich schaute sie an und wusste nicht genau, ob ich mich trauen sollte, ihr meine Gedanken mitzuteilen. Dann aber überzeugte ich mich selbst davon, dass wir uns ja aus genau diesem Grund getroffen hatten. „Ich sehe dich an und ich bin verzaubert. Du siehst so irre gut aus, da liegt so ein Knistern in der Luft, ich möchte dich unglaublich gerne berühren. Dein Haar ist so wunderschön, es ist weich und duftet wundervoll. Deine Lippen sehen so einladend aus, dass ich die meinen liebend gern darauf platzieren möchte.“

„Dann tue es doch, ich warte!“ Dass es so leicht gehen würde, hatte ich nicht geglaubt, aber nun konnte und wollte ich nicht mehr zurück, ich wollte es wissen, also rückte ich dichter an ihre Seite. Ich saß da, verschüchtert, unsicher und voller Sehnsucht, sog die Luft aus ihrer näheren Umgebung in mich hinein und genoss diesen berauschenden Duft von Weiblichkeit. Meine Nase ergötzte sich an ihren Haaren und dem Geruch des Lippenstiftes, all das eingehüllt in den bezaubernden Raum, den ihr Parfüm einnahm. Allein das intensive Einatmen erfüllte mich mit einer Sehnsucht nach mehr, dass ich mich nur mit Mühe zurückhalten konnte. Meine Hand erreichte ihren Kopf, berührte zärtlich diese langen, traumhaft schönen Haare. Langsam ließ ich sie über die Wellen gleiten, spürte dabei, wie weich sie sich anfühlten. So erspürte ich ihren Kopf und ihren Hals. Sanft schob ich sie weiter über ihre Schulter am Arm herunter, bis meine Hand ihre Hüfte streichelte.

Wie verzaubert wanderte meine Hand über ihren Schenkel bis auf ihr Knie, wo sie die Strumpfware genüsslich spürte. Ich war konzentriert und vernünftig, doch dann riss mich meine Bedürftigkeit mit sich. Ich legte meine Arme um diese bezaubernd schöne Frau, drückte sie fest an mich und presste meine Lippen auf die ihren. Sie tat es mir gleich, wir genossen den Augenblick dieser faszinierenden Zweisamkeit. Mit einem Arm umfasste ich sie, zog sie noch dichter an mich, während ich mit der anderen Hand über ihre Taille, die Hüfte und über ihre Schenkel fuhr. Alles war so märchenhaft, so wie in einem Traum, ich schien genau das zu erleben, wovon ich so viele Jahre nur fantasieren durfte. Der Geschmack ihrer Lippen war verführerisch und verzauberte mich. Dass diese Frau älter war als ich, spielte keine Rolle, nur diese unermessliche Bedürftigkeit, sie zu spüren, zu riechen und zu schmecken, lenkte meine Gedanken.

Aus einem gierigen Kuss wurde ein leidenschaftliches Knutschen. Meine Hände wanderten unruhig und gierig über ihren Körper, als sie unter dem Rock den bestrumpften Beinen folgten. Ich erspürte die Strapse und berührte ihre weiche Haut. Sie blieb nicht unbeteiligt, ließ ihre Hände ebenfalls auf Reisen gehen. Da spürte ich, wie sie meine Erregung ertastete. Ich war so heftig heiß auf diese bezaubernde Dame, dass ich es gar nicht mehr hätte ändern können. Im ersten Augenblick war es mir unangenehm, denn ich ließ zu, dass diese Frau meine ganze Bedürftigkeit in Form einer extremen Erregung spüren konnte. Es war eine Offenbarung meiner Gefühle, wie ich es noch nie erlebt hatte. Ich konnte nicht anders, war beinahe berauscht und drückte so dieses engelhafte Wesen noch fester an mich.

Meine Hand unter ihrem Rock spürte den Slip, der glatt war, wie aus Seide. Sie zuckte leicht zusammen, als ich ihren Schritt berührte. Ein kurzer Moment nur, schon spreizte sie etwas die Beine, um mir mehr Platz zu gewähren. „Entschuldige, aber ich finde dich unglaublich schön, dennoch behindert uns die Kleidung, findest du das nicht auch?“

„Du hast recht, ich sollte mich etwas freier machen, das könnte dir auch nicht schaden.“ Sie ergriff meine Hand und zog mich in ihr Schlafzimmer. Dort knöpfte sie ihre Bluse langsam auf, ich meinte schon, in einem Film mitzuspielen. Fasziniert und megageil erregt schaute ich ihr zu. Unter ihrer Bluse leuchtete ein weinroter BH, der mich sogleich fesselte. Den Reißverschluss öffnen, den Sicherheitshaken lösen, schon fiel der Rock zu Boden. Die Bluse folgte ihm schnell, sodass diese Frau in glänzender, weinroter Wäsche vor mir stand, die mich maßlos aufheizte. Wenn ich bis dahin schon geil gewesen war, dann spürte ich nun noch eine deutliche Steigerung in meiner Hose. Meine Hände wollten diesen unglaublich reizvollen Körper berühren, als sie mich abwies. Ich stutzte. „Nur ich? Was ist mit dir, möchtest du dich nicht auch etwas entkleiden, dich aus der Enge deiner Hose befreien?“ Etwas verdutzt schaute ich diesen „Engel“ an, der präzise auf meine Erregung anspielte. „Natürlich, entschuldige, doch du hast mich so maximal fasziniert, dass ich das gar nicht bemerkt habe.“ Sie setzte sich auf die Bettkante und schaute mir zu. Als die Hose gefallen war, ergriff sie die Initiative und zog mir die Unterhose runter. Meine Männlichkeit stand fest vor ihrem Gesicht. Ihre Finger glitten zärtlich über meinen Ständer und liebkosten meine Hoden. Es war irre schön, ich wollte noch sehr viel mehr.

Als hätte sie meine Gedanken gelesen, küsste sie die Spitze und ließ ihre Lippen über diese heftige Erregung gleiten. Dann saugte sie ihn hinein. Es war so unglaublich schön, wie ich es noch nie empfunden hatte. Ich drückte ihren Kopf in meinen Schritt und ließ sie das tun, was sie wollte und was mir so unglaublich schöne Gefühle bereitete. Da ich nicht so schnell kommen wollte, entzog ich mich ihrem heißen Mund und schob sie vor mich auf das Bett, sodass sie vor mir auf dem Rücken lag. Ihre Beine waren so faszinierend gut gebaut, dass ich sie sogleich streichelte. Nie hatte ich so etwas gespürt, doch plötzlich wollte ich ihre Füße küssen, was ich auch tat. In dem Moment war alles nur megageil und von unangenehm nichts zu bemerken. Langsam folgte ich den Strümpfen, bis ich die Strapse erneut spürte. Meine Finger suchten hastig den Weg zu ihrer Liebeshöhle. Ich schob sie unter den glatten, reizenden Stoff ihres Slips und tauchte sie ein in den heißen Schlund des Verlangens. Sanft ließ ich sie dort wandern und suchen, bis sie eine Stelle fanden, die diese Frau deutlich spürbar stimulierte. Ihr Körper begann sich zu winden und genüsslich stöhnte sie in den Raum, in dem die Luft knisterte. Ich genoss diesen Augenblick, diesen Moment von höchster Erregung und von einem Vertrauen erfüllt, das unbeschreibliche Gefühle ermöglichte. Dann bäumte sie sich auf und ein Megaorgasmus durchströmte ihren bezaubernden Körper. Liebevoll ließ ich meine Finger weiter um diese Superperle kreisen. Natürlich war ich noch immer in heftiger Erregung. Da drückte sie mich weg, deutete mir an, mich auf den Rücken zu legen und dann spürte ich es. Die heißen Küsse auf meiner Haut erzeugten Gefühle, wie ich sie nicht gekannt hatte und sie mir nicht einmal vorstellen

konnte. Ihre weichen Lippen erreichten abermals meine steife Männlichkeit und legten sich über sie. Als mein Ständer in ihrem Mund verschwand, da wollte ich, dass es nie wieder aufhört. Sie konnte blasen, wie ich es nicht erwartet hatte, als ich mit heftigen Zuckungen einen Megaorgasmus erlebte. All der Liebessaft ergoss sich in ihren Mund, sie saugte und schluckte genüsslich auch den letzten Tropfen.

Im Forum der Plattform beschrieben wir nur sehr zurückhaltend unsere Erlebnisse. Dennoch wurde für jeden deutlich, wir beide hatten ein irre geiles, erotisches Abenteuer erlebt. Erstaunlich war, dass die anderen nicht nur lesen wollten, einige fragten sogar nach und es schien so, als hätten wir mit unserer Offenheit andere angeregt, Ähnliches versuchen zu wollen. Meine Errungenschaft war schon viele Jahre in diesem Forum und kannte daher einige Leute. Eine Freundin von ihr war besonders neugierig und wollte alles ganz genau wissen. Die ungewohnte Offenheit erlaubte es, dass wir auch über die unglaublich schönen Gefühle berichteten. Überraschend war dann aber doch, dass diese Freundin eine besondere Anfrage stellte. Sie fragte, ob sie nicht einmal dabei sein dürfte. Für mich war das unverständlich, was ich auch sehr deutlich machte. Sie meinte aber, sie und ihr Freund, ebenfalls ein Bekannter dieser Plattform, würden gerne mit uns über unsere Erfahrung reden. Da wir beide, wie bereits erwähnt, sehr offen waren und nichts zu verheimlichen hatten. Wir waren sogar daran interessiert, dass auch andere Menschen sich öffnen könnten und sich das Leben schöner machen würden, also ließen wir uns auf ein Treffen zum Reden ein.

Dieses Mal kamen alle bei dieser Freundin zusammen. Kaffee und Kuchen sollten es leichter machen, ins Gespräch zu kommen. Die Stille, die jeder spürte, als sich Kaffee und Kuchen verinnerlichten, ist beinahe unerträglich. „Was genau wolltet ihr mit uns besprechen?“, meine Partnerin eröffnet das Hearing. „Nun ja, wir haben auch schon mal über solche Gefühle gesprochen, aber da man im Forum ja nicht wirklich offen und ehrlich darüber reden kann, zogen wir uns immer wieder zurück. Für uns schien es immer so, als würden diese Gefühle nicht erlaubt sein, wir könnten uns gar strafbar machen. Dann habt ihr einfach geschrieben und gelebt, was wir dachten und fühlten. Um uns selbst etwas Mut zu machen, wollten wir mit euch darüber reden, weil ihr es ja akzeptiert. Wir sind immer wieder an unsere anerzogenen Grenzen gestoßen, sodass wir nicht einmal ausreichend miteinander über diese Gefühle reden konnten.“

„Wir haben nichts anderes getan, als uns ganz natürlich zu geben und somit auch unsere Bedürfnisse und Wünsche geäußert. Dabei stellten wir fest, es war gar nichts Besonderes, andere empfinden ganz genau so, nur haben wir älteren es nie gelernt uns auf diese Weise wahrzunehmen, über uns so zu reden. Tabuthemen sind für uns eine Normalität, selbst wenn wir darunter leiden und krank werden. Wir wollten diese Grenze überschreiten und schauen, was sich ergeben würde.

Es wurde wunderschön, einfach traumhaft.“

„Ja, das haben wir auch so wahrgenommen“, fährt der Freund fort. „Wir schöpften Hoffnung durch eure Freiheit, durch eure Offenheit und dass ihr euch nicht zurückgezogen hattet. Es schien so, als würde sich etwas verändern. Etwas in uns brach

auf und ließ spürbar werden, was wir schon so lange unterdrückt hatten, weil man das eben so tun musste. Unsere Erziehung und unsere Art zu leben hatte uns diese Gefühle verwehrt. Jetzt brauchen wir nur noch ein wenig Hilfe und schon könnte auch unser Leben völlig anders verlaufen."

„Das klingt ja nicht schlecht, doch wie können wir euch helfen?" Ich schaue mein weibliches Gegenüber neugierig an. „Na ja, wir meinten, wir könnten uns über unsere Wünsche unterhalten und ob diese nicht vielleicht krank, überzogen oder gar unzulässig sind."

„Das klingt wirklich interessant. Was für Wünsche sind denn das?" Beide Pärchen schauen sich gegenseitig unsicher an. Meine Geliebte ist aufgeregt neugierig.

„Na, nun raus mit der Sprache, was für Wünsche sind euch denn so suspekt?"

„Ich habe schon öfter Fantasien gehabt, in denen ich von zwei Männern verwöhnt wurde. Dann wieder wollte ich unbedingt mit meiner Freundin, also mit dir ins Bett gehen. Natürlich ist das nicht richtig, aber ich gebe zu, es ist tatsächlich in mir, ich bin durch eure Geschichte so voller Sehnsucht, dass ich mich anvertrauen wollte, nein, musste."

„Das ist doch nichts Schlimmes, ich finde es total normal und sogar schön. Auch ich habe solche Fantasien schon durchlebt und sie haben mir mächtig gut gefallen. Wenn ich dabei so extrem erregt bin, kann das doch nicht falsch sein, dann fehlt nur die Umsetzung, also Menschen, mit denen ich das tun möchte und kann." Meine Errungenschaft ist sichtlich erfreut und der Angelegenheit gegenüber positiv aufgeschlossen. Ich schaue sie mit einem bestätigenden Lächeln an.

Unsere Gastgeber sind rot geworden, das Thema ist ihnen noch sehr fremd, wenn auch deutlich für sie spürbar. „Und was gibt es da noch? Ihr seht so aus, als wäre das nur ein Teil der Wahrheit."

„Wir haben uns ja auch nicht ohne Grund gerade mit euch getroffen. Neugier ist eine Sache, aber wir sind noch voller Wünsche, die erfüllt werden möchten. So haben wir Bedürfnisse, die beiderseitig das Gleichgeschlechtliche betreffen. Dass Frauen gerne auch mal mit einer Freundin ins Bett gehen, ist nicht so neu und wird weitläufig akzeptiert, doch dass Männer ebenfalls solche Wünsche in sich tragen, ist immer noch ein Tabu, ein Unding. Ich zumindest gebe es offen zu, ich möchte auch mal spüren, wie es ist, mit einem Mann ins Bett zu gehen." Die Augen sind groß geworden und aus dem Rot wurde ein Glühen. Wir sitzen dem gastgebenden Paar gegenüber und spüren deutlich die Wärme, die von ihnen herüberkommt. „Ich denke, wir können und sollten es einfach ausprobieren. Jeder wird spüren, ob es ihm guttut oder nicht und ein Nein steht jedem frei. Grundsätzlich darf sich jeder zu jeder Zeit drauf verlassen, dass einem Stopp auch ein Stopp folgt. Sei es um eine Pause einzulegen oder um sich von etwas zu distanzieren, ein Stopp wird garantiert." Die Augen meiner Partnerin leuchten, schon steht natürlich die Frage im Raum, wann könnte das geschehen?

„Ich weiß ja nicht, wie ihr das seht, aber wenn wir schon einmal hier sind und den Mut hatten, uns all dies zu erzählen, weshalb nicht auch noch einen Versuch starten?" Die gastgebende Freundin erbittet sich eine Denkpause, möchte diese bis zum Abend ausweiten.

Es ist gerade 19 Uhr, als es klingelt. Die Hilfesuchenden stehen vor unserer Tür und sehen unsicher aus. „Kommt rein, schön, dass ihr es euch überlegt habt. Setzt euch, möchtet ihr vielleicht ein Glas Sekt zum Anwärmen?"

„Ich brauche keinen Sekt, ich glühe auch so schon vor Aufregung. Meine Freundin hat sich entsprechend angezogen, was mich schon heftig bewegt hatte. Sekt würde nun nicht wirklich helfen."

„Keine Sorge, wir müssen ja nichts tun, was wir nicht wollen. Du musst gar nichts tun, weder Sekt trinken noch andere Dinge, wenn du es nicht willst. Wir haben uns auch ein wenig vorbereitet, also lasst es uns ganz ruhig angehen." Meine Geliebte und ich küssen uns, um den anderen zu zeigen, dass sie sich nicht schämen oder zurückhalten müssen. Dabei überkommt uns die Leidenschaft und wir knutschen ausgiebig. Unsere Gäste sitzen noch immer steif da, trauen sich wohl noch immer nicht. Wir stoppen, schauen uns an, dann gehen wir zu ihnen herüber und setzen uns neben die beiden. So ganz eng beieinander wird die Wärme unerträglich. Daher macht meine Freundin darauf aufmerksam, wir können uns doch auch freier machen, wenn jemand es denn wünscht. Schon fallen erste Kleidungsstücke. Der sich anbahnende Partnertausch läuft langsam an, braucht etwas Zeit, damit sich jeder einlassen kann. Das anfängliche Zögern verwandelt sich in leidenschaftliche Zuwendungen. Oh ja, diese andere Frau ist nicht schlecht gebaut und wenn ihre Haut auch nicht mehr ganz glatt und straff ist, für mich empfinde ich sie sehr faszinierend. Meine Hände beginnen sanft und vorsichtig über ihren Körper zu wandern, ich möchte sie überall berühren. Als meine Hand

unter ihren langen Rock fährt, hält sie diese auf. Sie legt ihre Hand auf die meine und presst sie gegen ihre Schenkel. Ob ihr das schon zu viel ist? Doch dann löst sie den Druck und schiebt meine Hand weiter in Richtung ihres Höschens. Das ist für mich die Einladung, auf die ich gewartet habe. Zärtlich streichele ich ihre Mitte und spüre diesen reizenden Slip, in den ich meine Hand gleiten lasse. Beim Berühren ihrer erregten Perle wird sie plötzlich fordernder und presst mich an ihren Körper. Unsere Zungen tanzen einen erotischen Tanz, als wollten sie nicht mehr voneinander lassen. Da spüre ich ihre Hand an meiner steifen Männlichkeit. Oh, was bin ich geil drauf, ich schiebe ihren Rock höher, ziehe ihr den Slip aus, entledigte mich meiner Kleidung. Sie schaut mich unsicher, aber erwartungsvoll an. Ich drücke sie zur Seite und spreize ihre Beine. Schon schiebe ich mich über sie und berühre mit meiner Spitze ihren Liebestunnel. Ganz sanft schiebe ich ihn rein, wir harmonierten herrlich miteinander. Plötzlich bemerke ich ihren Freund, der neben uns sitzt. Meine Liebste ist mal kurz verschwunden, so beziehen wir diesen Mann wohlwollend mit ein. Sie hält seine Männlichkeit fest in ihrer Hand, er stöhnt leise vor sich hin. Da zieht sie diesen prallen Ständer an sich heran, um ihn in den Mund zu nehmen. Genau vor meinem Gesicht leckt ihre Zunge seinen Schaft. Ich weiß nicht genau, wieso, aber ich spüre den heftigen Wunsch, mich auf gleiche Weise diesem steifen Luststab zuwenden zu dürfen. So küsse ich zum ersten Mal ein erigiertes Glied. Meine Zunge wandert an ihm entlang, außer dass es für mich völlig ungewohnt ist, kann ich nichts Abstoßendes daran finden, eher will ich plötzlich noch mehr spüren. Nun will seine Freundin wohl wissen, wie weit ich gehen wer-

de und schiebt mir dieses geile Ding in den Mund. Ich sauge an ihm, lutsche gierig und das leise Stöhnen erlaubt mir den Gedanken, ich würde ihm etwas besonders Gutes tun. Ich stecke in dieser Frau und ihr Freund wird von meinem Mund verwöhnt.

Etwas jedoch fehlt, meine Liebste ist weg. Ich möchte wissen, wo sie abgeblieben ist, aber lösen will und kann ich mich jetzt nicht aus dieser bezaubernden Verbindung. Während es gerade auf die Höhepunkte zugeht, kommt meine Geliebte zurück. Sie schaut entzückt auf diesen Dreier und genießt, was sie sieht.

Einige Tage später treffen wir vier uns schon wieder. Meine Eroberung liegt da, in bezaubernde Wäsche gekleidet und wartet. Was sie will, ist eindeutig zu erkennen. Traumhaft schön dieser BH und der Strapsgürtel in verschiedenfarbig schimmernden dunklem Grün. Die Kurven, die wundervollen Rundungen des weiblichen Körpers, werden so noch viel mehr betont. Der vollschlanke Frauenkörper in Reizwäsche mit sexy Strümpfen wartet darauf, von einem Mann verwöhnt zu werden. Oder sogar von zweien? Ich winke die anderen beiden heran und zeigte ihnen diese wunderbare Frau, die sehnsuchtsvoll im Schlafzimmer darauf wartet, dass wir alle ihr in das Bett folgen. Die Freundin zieht sich aus, lässt nur das schwarze Höschen und den passenden BH an. Ihr Freund ist bereits nackt und freut sich darauf, erneut einen geilen Vierer zu erleben.

Traum oder Wirklichkeit, im Grunde ganz egal. Auf dieser Plattform hat sich einiges verändert, das Thema Sex ist so normal wie das Kaffeetrinken in lustiger Runde. Erotik ist wie

Essen und Trinken ein menschliches Bedürfnis und wird seither von den meisten als Normalität eingeräumt und anerkannt. Ich kann das nur für diese Plattform sagen, aber diese Menschen sind sehr, sehr viel glücklicher als vor unserer Offenheit. Oft warten andere nur darauf, dass sich jemand traut und dann löst es eine Lawine aus, die manchmal eben auch eine überaus positive Wirkung haben kann. Wer sich immer versteckt, aus Angst vor einem Restrisiko oder warum auch immer, der kann nicht zufrieden sein, denn er verleugnet sich selbst. Traum oder Wirklichkeit, entscheiden sie selbst. Was bewegt sie tief in ihrem Inneren, das sie sich und anderen nicht eingestehen wollen?

EIN ENGEL ODER DER TEUFEL?

Was für eine Frau, denke ich so vor mich hin, während ich hier am Tresen einer Kneipe sitze. Ich, ein junger Mann von 24 Jahren, der das Studium der Medizin betreibt. Derzeit Single und die Familie wohnt weit weg. Im Grunde kann ich mich gar nicht beklagen, doch es gibt da etwas, das mich immer wieder treibt. Was ist das für eine Frau, noch nie habe ich ein solches Wesen kennengelernt. Sie ist so anders, so besonders, so anziehend und reizvoll und dabei doch schon einige Jahre älter als ich. Da ist etwas, das mich fasziniert und das mich, wie von fremder Macht gelenkt, zu ihr drängt. Unser Gespräch ist belanglos, dennoch möchte sie mich wiedersehen. Dabei kennen wir uns doch gar nicht und doch ist da etwas zwischen uns, das brennt wie Feuer.

Ich saß schon einmal hier, trank einfach nur einen Kaffee. Soweit ich das heute betrachte, hatte ich keine Probleme und keinen Stress, war entspannt und fühlte mich gut und frei. Dann setzte sich diese Frau neben mich und wir kamen ins Gespräch. Es war nur Höflichkeit, nichts Aufregendes. Während des Small Talks zog sie immer intensiver meinen Blick auf sich. Sie war etwa 170 cm groß, hatte lange schwarze Haare und eine Figur, ich war echt überrascht und total fasziniert. Eine leicht transparente Bluse in Marineblau versteckte den reizenden BH, den ich wohl begehrenderweise anstarrte. Ihre üppige Oberweite fesselte meinen Blick, ich spürte, wie sich etwas in mir regte. Ja, und dann wechselte sie das Thema. Plötzlich machte sie mir Komplimente, lobte meinen Körper

und meine Frisur, erwähnte meinen lockeren Kleidungsstil, begann, mich über meine Vergangenheit auszufragen. Ich bin nicht sicher, weshalb ich mich darauf eingelassen hatte, aber es mag mit ihrem Alter zu tun gehabt haben. Eine reife Frau von bezaubernder Gestalt, die sich für mich zu interessieren schien, das war für mich ungewohnt und neu. Und da ich mich sowieso gerade von einer Gefühlslage der Einsamkeit treiben ließ, war ich vermutlich leicht zu durchschauen und zu manipulieren. Ihre Erfahrung ließ sie präzise an meine Schwachpunkte kommen. Ihre Stimme klang sanft und ruhig, ihre Worte waren die, die ich gerade brauchte. Auf jeden Fall empfand ich diese Frau zu jenem Zeitpunkt als unglaublich angenehm. Ich fühlte mich in ihrer Nähe überraschend geborgen. Sie rückte etwas dichter an mich heran, dann legte sie einen Arm um mich. In dem Augenblick war ich gefangen, berauscht von diesem bezaubernden, weiblichen Wesen mit ihrem Duft, ich wollte ihr folgen, wohin auch immer.

In ihrer Wohnung, na ja, ich bin nicht sicher, ob ich das richtig interpretiere, denn ich könnte wohl heute auch sagen, in ihrem Studio, da setzte ich mich auf die Couch. Den angebotenen Tee trank ich gerne und sie schaute mir dabei zu. Als sie da so im Sessel saß, wurde ich unsicher und deutlich unruhiger. Sie bemerkte dies, kam sofort zu mir, setzte sich an meine Seite. „Was kann ich für dich tun?“ Ich schaute sie an, hatte eine Antwort im Kopf, jedoch wagte ich es nicht, es auszusprechen. "Na, sag schon, was kann ich dir Gutes tun? Du siehst so verschüchtert aus.“ Ich sog ihren Duft in meine Nase, war sogleich wie betäubt.

Das Parfüm und diese Weiblichkeit, meine Lungen wurden gefüllt mit Lust auf Liebe und Sex. Ich wollte diese Frau berühren, ihre Brüste spüren und ihren Lippenstift kosten. Doch wie konnte ich das einer mir fremden Dame an den Kopf werfen? Mein Blick war vermutlich eindeutig so voller Sehnsucht, dass es niemand hätte übersehen können. Innerlich schmolz ich bereits dahin, nach außen gab ich mich noch nicht eindeutig. Wieder legte sie einen Arm um mich und zog mich ganz sanft an sich heran. Als ich ihre Brüste an meinem Körper spürte, ließ ich mich ein und griff nach ihrer Taille. Meine Hände wanderten gierig über diesen erotischen Leckerbissen, eine Venus aus der Gruppe der Menschen. Diese zarte, transparente Bluse, die ihre reizvolle Oberweite in sich verbarg, die berührte meine Haut. Ich war wie von Sinnen und wollte diese Frau einfach überall berühren, schmecken, riechen. Meine Hand wanderte über ihre Taille zur Hüfte, von dort aus über den schönen runden Po und dann spürte ich die bestrumpften Beine. Gierig streichelte ich diese bezaubernden Beine in zarten Strümpfen und weil sie mir so irre gut gefielen, drückte ich meine Lippen darauf. „Findest du diese Beine schön? Magst du Strümpfe oder lieber Strumpfhosen?“ Ich schaute sie verdutzt an. „Ich weiß nicht, habe noch nie welche angehabt. Wenn ich die bezaubernden Beine berühre, dann spüre ich deutlich, wie heftig ich darauf abfahre. Sie sehen wunderschön aus, so habe ich das noch nie erlebt, es fühlt sich unglaublich schön an.“

„Wenn du es möchtest, kannst du auch noch mehr berühren, alles, was dir gefällt.“ Schon zog sie den Rock ein ganzes Stück höher, sodass ihr Slip sichtbar wurde. Seidig glänzte er mich an und ich ließ meine Finger sofort darübergleiten, was

mir einen harten Ständer einbrachte. Sie knöpfte ihre Bluse auf, ich war fasziniert und megageil. Als diese ihren Platz auf der Lehne fand, ergriff ich sie und knetete sie zwischen meinen Händen, drückte sie an meine Nase und sog ihren fraulichen Duft intensiv ein. Ich zog die Luft durch den weichen und superzarten Stoff in meine Lunge. Sie beobachtete mich genau, dann streichelte sie mich mit ihrer Bluse. Meine Reaktionen waren heftiger, als sie es erwartet hatte. Ich war nicht sicher, weshalb ich plötzlich diesen Wunsch in mir spürte. „Darf ich die mal anziehen?“

„Wenn sie dir passt, was ja gut sein könnte, sicher.“ Ich schob meine Arme in diese reizenden Ärmel und schloss die Bluse, sie passte wie für mich gemacht. Ein himmlisches Gefühl, berauschend und so extrem angenehm. „Ich habe da noch einige schöne Sachen, falls du Interesse hast. Wollen wir die einmal anprobieren?“ Mein Blick war gierig und überrascht, meine Augen glänzten vor Freude. „Gerne, wenn das geht. Ich finde Frauen haben da einen großen Vorteil und dürfen etwas tun, das mir verwehrt bleibt.“

„Das kommt dir sicher nur so vor. Frauen dürfen auch nicht alles tragen.“

„Aber sie dürfen jeden Tag das tragen, was mir nicht erlaubt ist. Dabei gibt es so schöne Sachen, so zauberhaft schöne Kleidung für Mädchen und Frauen und die reizvollen Materialien. Ich bin leider nicht mit dem richtigen, passenden Körper ausgestattet worden.“ Schon liegen ein Paar halterlose Strümpfe neben mir. „Wie kommt es, dass du solche Wünsche hast? Zieh sie ruhig an, ich will dich darin sehen.“ Hose aus und Strümpfe an, das ist gar nicht so einfach, wie das immer aussieht.

Einige Tipps helfen mir, mit diesem neuen Kleidungsstück umzugehen. Sie reicht mir ein Paar weiße Handschuhe. „Wenn es ganz schlecht ist, dann helfen weiße Baumwollhandschuhe. Sie verhindern, dass die Strümpfe allzu leicht Schaden nehmen können. Hände sind häufig rau und Fingernägel oft so rissig und damit extrem zerstörerisch. Creme hilft auch, wenn es nicht gar zu schlimm ist.“ Meine Abneigung gegen Creme war plötzlich verflogen. Schön dick aufgetragen und einmassiert, es gefiel mir sogar ausgesprochen gut. Sie reichte mir einen Slip, ein Rüschenhöschen, welches ich gegen meinen Herrenslip tauschen sollte. Als ich meine Unterhose zu Boden fallen ließ, da stand mein Luststab fest und megageil von mir ab. Die Dame sah ihn und berührte ihn sofort mit ihrer Hand. Mein Schwanz zuckte, ich genoss die kurze zärtliche Massage. Rüschenhöschen an und diese weibliche Hand streichelte die harte Beule, die sich deutlich abzeichnete. Einen Moment später hatte ich schwarze halterlose Strümpfe an, einen hellblauen Rüschenslip und diese bezaubernde Bluse. In mir machte sich eine Sehnsucht breit, ich wollte diese Frau küssen, ihren Lippenstift schmecken. Doch sie verwehrte es mir und pflegte meine Lippen mit einem knallroten Farbton. Meine Zunge glitt immer wieder über diesen himmlischen Auftrag, es schmeckte einfach nur supergut. Da meine Frisur ganz klar einem Mann gehörte, setzte mir diese seltsame Dame noch eine Perücke auf, woher sie diese auch haben mochte. Ich meinte zu träumen, ich war beinahe eine Frau geworden. Es fühlte sich so irre schön an, dass ich nicht wieder aus diesen Sachen heraus wollte. Sie nahm mich an die Hand und zog mich in ihr Schlafzimmer, schob mich auf das große Bett und legte sich auf mich.

Es war wie in einem Märchen, diese engelgleiche Frau mit all ihrer Weiblichkeit berührte mich mit ihrem ganzen Gewicht. Meine Hände arbeiteten heftig und suchten, jeden Millimeter ihres Körpers zu ertasten. Ganz langsam rutschte sie zwischen meine Beine, ihre Hände zogen den Slip beiseite, hielten sich an meinem Ständer fest und massierten diesen sanft und gleichmäßig. Mein Blick wanderte über die Decke des Raumes, als ich diese Wärme spürte. Diese weiche, alles umschließende Wärme saugte meinen Schwanz immer tiefer in sich hinein. Die Arme streckte sie lang aus, ihre Finger erreichten meine Knospen. Was mich so extrem reizte, das ist meine extrem sensible erogene Zone. Ich begann unter ihren Liebkosungen zu zucken und wand mich vor Geilheit hin und her. Ihr Mund war so energisch, so einnehmend und fordernd, dass ich auch nicht lange brauchte, ehe ich zu einem unbeschreiblichen Orgasmus kam und sie mich aussaugte, keinen Tropfen verschmähte. Kurze Zeit später, Schalter umgelegt und verabschiedet, weg war ich.

Jetzt sitze ich hier in der Kneipe und bin nicht sicher, ob ich auf diese Frau warte oder mir nur Vorwürfe machen will. Klar, geil sein ist irre gut und ich genieße es, so lange ich es kann, aber danach, das ist eine Grausamkeit der Natur. Frauen sollen da ja ganz anders reagieren, sie behalten ihre Erregung noch lange und können so, in einem relativ kurzen Zeitraum mehrfach zu einem Höhepunkt kommen. Ich bin mir auch noch immer nicht im Klaren darüber, ob ich mich habe nur von ihr verführen lassen, oder ob ich vielleicht doch selbst sehr gerne solche Sachen anziehen möchte. Angefühlt hatte es sich ja irre

schön, aber ist das nicht was nur für Frauen? Meine Körperbehaarung empfinde ich plötzlich als belastend und völlig fehl am Platze. Lange Haare sind herrlich, auch wenn es nur eine Perücke gewesen war, die meinen doch vollen Haarwuchs überdeckte. Das Gefühl ist unbeschreiblich schön gewesen. Diese seltsame Frau verwirrt mich völlig. Sie ist zwar nicht hier, aber die Wirkung aus der Begebenheit ist dennoch heftig und ungebrochen. Da kommt ein Kommilitone rein und setzt sich zu mir. „Man, Alter, du glaubst nicht, was ich gestern erlebt habe."

„Was kann denn das schon gewesen sein, nun übertreibe mal nicht so."

„Eh, Alter, da kam diese Frau rein und ich war gleich hin und weg. Eine Frau, die ich hier noch nie gesehen hatte. Ich dachte noch, die baggere ich einfach mal an. Und du glaubst es nicht, die nimmt mich mit zu sich nach Hause. Dort sollte ich mir Weiberklamotten anziehen und ich tat es, ich muss völlig durchgeknallt gewesen sein. Dann hält sie mir ihren megageilen Körper vor die Nase, aber ficken ist nicht. Dafür hat sie mich Französisch durchgearbeitet, bis mir die Sinne schwanden. Und zur Krönung hat sich mich anal gefingert und weißt du, was das Allerschlimmste ist?"

„Na, sag schon, du hast ihr deine Telefonnummer gegeben."

„Nein, das nicht, aber ich muss mir eingestehen, es hat mir auch noch gefallen. Ich, ein Kerl wie ein Baum und dann lasse ich mich auf solchen Scheiß ein."

„Und weshalb erzählst du mir das? Der Genießer schweigt."

„Eh, Alter, du bist doch der Einzige, mit dem ich reden kann und der mich nicht immer gleich für verrückt erklärt. Wenn ich

das den anderen ausplaudere, dann machen die mich fertig. Was soll ich nun machen?“

„Wenn es dir doch gefallen hat, dann besuche sie doch noch einmal.“

„Du meinst, ich soll da noch mal hin?“

„Warum nicht, du bist doch ganz angetan von dieser Dame und ihrem wundersamen Verwöhnprogramm. Wenn es guttut, dann ist es doch sicher auch richtig für dich.“

„Aber …“

„Aber was? Meinst du, du vergibst dir etwas, weil du festgestellt hast, dass du geiler bist als geglaubt und dass du noch ganz andere Seiten in dir spürst? Damit bist du ganz sicher nicht allein.“

Mein Kommilitone schaut entsetzt zu mir rüber, aber an mir vorbei. Ich spüre, wie sich eine Hand auf meine Schulter legt, eine leichte Hand, sanft und geschmeidig. Die von einer Frau, von dieser Frau geht es mir durch den Kopf, da reißt es mich herum. Diese Dame, diese Verführung in weiblicher Person, dieser Engel von neulich steht hinter mir und schaut mich an. Mir zittern sofort die Knie und ich bin unglaublich unsicher. „Das, das ist sie, eh Alter, das ist die Frau, von der ich dir gerade erzählt habe.“

„Diese Dame ist mit dir …, das muss doch super gewesen sein.“

„Hallo ihr beiden schmucken Jungs. Wie hat euch der Besuch bei mir gefallen?“

„Was du auch?“

„Ja klar, ich auch.“

„Das ist ja süß, zwei Freunde, die ich mir da aufgesammelt

habe und die mich so begehren, da ist doch sicher noch was möglich.“ Wir Studenten schauen uns an und sind etwas sehr verwirrt. Wir können uns nicht richtig entscheiden, ob wir uns erneut mit dieser Dame einlassen oder besser unseren anderen Kommilitonen folgen und den harten Kerl raushängen lassen sollten. Dabei haben wir beide eine Erfahrung gemacht, die für diese Dame spricht und für einen weiteren Besuch in dieser weiblichen Kleiderkammer. „Sicher, kommt drauf an, was das sein soll. Was schlagen Sie vor?“

„Nun, ich denke, wir gehen gemeinsam zu mir und schauen mal, was sich ergeben wird. Natürlich nur, wenn ihr beide auch offen genug seid und euch voreinander nicht versteckt.“

Ich schaue sie an, dann meinen Freund, so ganz wohl ist mir nicht dabei, aber es ist auch ungeheuer reizvoll. „Also ich kann nichts versprechen, aber neugierig bin ich schon. Der Besuch bei Ihnen hat mir auch einige Seiten offenbart, die ich noch nicht von mir kannte, ich würde mich gerne noch einmal auf Sie einlassen.“ Der andere schaut sich unsicher um und schwankt wohl auch zwischen dem Neuen und der gewissen Sicherheit hin und her. „O. k., ich habe keine Ahnung, was da auf mich zukommen wird, aber ja, wenn du gehst, will auch ich es gerne versuchen und schauen, ob ich in mir tief drinnen noch andere Geheimnisse finde.“

Wir betreten die Wohnung und setzen uns wie angewiesen auf die Couch. Die Dame geht kurz hinaus, kommt mit einer Reihe von Kleidungstücken wieder. Die Wäsche wird ganz klar zugewiesen, sodass wir nicht lange entscheiden müssen. Ich bekomme ein schwarzes Höschen, das im Schritt offen ist.

Mein Freund zieht ein ebensolches an, nur in Rot mit schwarzer Spitze. Dazu darf er sich mit einem roten Babydoll bekleiden und roten, halterlosen Strümpfen. Wie ich schnell bemerke, sieht er toll aus, überraschend reizvoll. Was sich deutlich unter meinem Unterkleid aus cremefarbener Seide abzeichnet. Die Strümpfe sind hautfarben und passen wie angegossen. Sie werden von einigen Strapsen gehalten, die an meinem Overslip befestigt sind. Ein schwarzer transparenter Morgenmantel rundet mein Outfit ab. Die Frau legt mir noch etwas Schminke auf und natürlich die Perücke. Mein Freund sitzt da und starrt mich an, seine Erregung ist bereits nicht zu übersehen. Da klopft es an der Tür. Die Hausherrin geht kurz raus und kommt in Begleitung einer vollbusigen Blondine zurück. „Meine Freundin wird mich heute etwas unterstützen, wenn es euch recht ist.“ Völlig verdutzt von dieser unerwarteten Veränderung der Situation, schauen wir die mysteriösen Damen an. „Ja …, sicher …, ich meine, ich bin …“

„Was für eine Braut ist das denn, du siehst ja himmlisch gut aus.“ Mein Freund ist total begeistert.

„Hallo zusammen, ich bin die Maria und möchte meiner Freundin helfen, mit ihr und euch schöne Stunden zu erleben.“ Schon sitzen die Frauen neben uns. Ihre Hände sind sofort dabei, unsere Erregung zu ertasten, ich bin schon wieder so irre geil drauf. Als diese Dame meine Brustwarzen reibt, bin ich überwältigt und so heiß, dass sich mein Körper vor Verlangen hin und her windet. Dann rutscht sie zwischen meine Beine, sodass sie ihre Lippen über meinen Steifen stülpen und ihn tief in ihren Rachen saugen kann. Meine Hände lege ich auf ihren Kopf und streichele ihre unglaublich schönen Haare.

Die beiden anderen habe ich für einen Moment aus den Augen verloren, ich bin zu sehr mit mir beschäftigt. „Lasst uns ins Schlafzimmer gehen, dort haben wir noch andere schöne Sachen, die euch gefallen werden.“ Ich folge Maria wie ein Küken seiner Mutter. Vor dem Bett stehend meint sie, ich solle die Hände auf das Bett stützen und abwarten. Ohne darüber nachzudenken, tue ich es und bin unglaublich neugierig, was jetzt wohl kommen könnte. Kurz darauf höre ich, wie sich die Dame Latexhandschuhe anzieht. Dann spüre ich ihre Hand, wie sie zärtlich meinen Po streichelt und ihn sanft massiert. Einfach wundervoll, ich genieße es ausgiebig. Da plötzlich trifft etwas Kaltes meine Pospalte. Dass die anderen ebenso dieses Spiel spielen, habe ich nur ganz nebenbei registriert. Berauschend zart massiert sie mir das Gleitmittel ein und schiebt dabei ihren Finger in meinen Eingang. Das macht sie sehr gekonnt, ich bin überrascht und überwältigt, wie schön sich das anfühlt. Ich als Mann lasse mich anal verwöhnen, ehrlich gesagt, empfinde ich das als unglaublich, und doch ist es so hinreißend schön. Aus einem Finger werden zwei und dann dringt etwas anderes ein. Ein mittelgroßer Dildo schiebt sich in meinen Anus und ich genieße auch das. Diese Frau hat ein Gefühl dafür, wie ich es am besten vertrage und wie es mir tatsächlich gefällt. Langsam bewegt sich der Dildo rein und raus, ich habe plötzlich den Wunsch, wie es wohl wäre, wenn das ein echter Schwanz wäre. Neben mir stöhnt mein Freund leise vor sich hin. Auch er hat einen Dildo in sich stecken und genießt diese Überraschung ganz eindeutig. Der Wechsel zwischen dem Dildo und den Fingern meiner Gespielin treibt mich fast in den Wahnsinn vor Lust.

„So, nun dürft ihr euch mal gegenseitig beglücken, wer möchte beginnen?“ Mein Kumpel ist total angetan.

„Ich würde es gerne mal ausprobieren, es war bis hier schon so neu und dabei so irre geil und wunderschön.“

Eigentlich wollte ich warten, aber so hoffe ich auf seine spätere Beglückung. „Na gut, dann kniet sich dein Freund auf das Bett und du verwöhnst den Hintereingang.“ Schon ist er in der Hündchenstellung platziert, ich stehe hinter ihm, rolle einen Gummi über und lasse meine Spitze in seiner irre gleitfähigen Spalte hoch und runter wandern. Maria gibt noch etwas Gleitmittel hinzu, dann möchte sie sehen, wie ich in diesen Anus eindringe. Sanft schiebe ich meinen Steifen hinein und bin erstaunt, wie leicht es doch geht. So wundervoll eng, so megageil eng und ich spüre in mir das Verlangen, ihn gierig zu ficken. Mein Gott, ich habe Begriffe im Kopf, wie ich es sonst nicht von mir kenne. Doch jetzt will ich es ausleben, wenn nicht heute, dann wohl nie, es ist eh zu spät. Ich lege meine Hände auf seine Hüften und halte mich an ihm fest wie an einer Frau. Bei jedem Stoß stöhnt mein Freund lauter auf, es muss ihm irre gut gefallen. Es wird nicht mehr lange dauern, dann bekomme ich einen megamäßigen Orgasmus. „O. k., stopp, nicht dass du schon kommst, jetzt wechseln wir die Stellung.“ Ich entziehe mich wie befohlen seinem Po und knie nun meinerseits auf dem Bett. In heftiger Erregung erwarte ich seinen Schwanz. Ich spüre die Kühle des Gleitmittels, dann seine Schwanzspitze, wie sie sich ruhig und sanft den Weg in meinen Hintern bahnt. Der Moment des Eindringens ist zunächst ungewohnt, aber dann herrlich, nie hätte ich gedacht, dass ich so etwas einmal machen würde. Schwul bin ich nicht, zumindest meinte ich das

bislang. Doch was ich hier erlebe, ist unglaublich schön, völlig überraschend und dabei so überwältigend geil. Mein Freund fickt mich mit seinem tollen Schwanz und ich genieße jede Bewegung, die er mir zukommen lässt. Er wird etwas schneller und stöhnt dabei. „Stopp, ihr geht ja richtig ran, aber noch ist es nicht soweit. Erst möchten wir euch noch richtig spüren in eurer Damenwäsche und dann, na das erkläre ich euch noch." Der „Eindringling" entzieht sich mir, ich drehe mich um und bin erneut so fasziniert von meinem Kommilitonen und diesen beiden Frauen, die so ungemein schön, so supersexy ausschauen. Die Damen legen sich auf das Bett. „Dann befreit euch mal von dem Gummi." Schon ziehen sie uns zu sich. Ich sitze auf der Dame, mein Freund auf Maria. Sie massiert meinen Schaft und ich meine, mein Schwanz würde gleich platzen. Sie massiert ihn und lässt ihn dann in ihrem Mund verschwinden. Unbeschreiblich schön, was ich hier erleben darf. Als ihre Zunge meine Eichel leckt und sie darum kreisen lässt, schwillt mein Schwanz noch einmal deutlich an, ein Megaorgasmus steht kurz vor dem Ausbruch. „Oh ja, jetzt darfst du kommen, gib mir alles, spritze mir ins Gesicht, ich will jeden Tropfen haben." Schon beginnt dieses Zucken, welches den nahenden Orgasmus eindeutig ankündigt. Dann schießt es aus mir heraus, trifft ihr Gesicht und ihre Zunge leckt jeden Tropfen ab. Ich bin überwältigt und doch auch fix und fertig. So schön es ist, ich fürchte mich vor dem Umschalten. Auch möchte ich diese Kleidung nicht wieder ausziehen, sie fühlt sich so wundervoll, so zauberhaft an.

Ich sitze in dieser Kneipe, warte auf die Dame, auf meinen Freund oder was auch immer. Ich bin verwirrt, kann mir nicht

richtig erklären, wie es zu diesem Treffen gekommen war und weshalb ich mich darauf eingelassen hatte. Nie hätte ich daran gedacht, mit meinem Freund Sex zu haben. Na ja, es war aber auch irre schön, ich kann es nicht leugnen. Wissen darf das wohl niemand, aber ich habe es genossen und ich habe mich bereits dabei ertappt, dass ich den Schwanz meines Freundes in Gegenwart dieser Frau oder der Frauen blasen möchte. So wie ich die Damen beim Blasen wahrgenommen hatte, muss es bezaubernd schön sein, so einen steifen Schwanz im Mund zu haben. In meiner Fantasie erwarte ich den Samen in meinem Mund, stelle es mir himmlisch schön vor. Hin- und hergerissen von meinen Gefühlen brauche ich nun jemanden zum Reden. Da kommt mein Freund herein. „Hallo, na alles gut bei dir?" Ich mustere ihn vorsichtig.

„Oh ja, ich kann überhaupt nicht klagen, weißt du, was wir da gemacht haben? Ich bin mir nicht sicher, was ich davon halten soll. Es war irre schön, megageil und doch habe ich das Gefühl, ich hätte es nicht tun dürfen."

„Geht mir ähnlich, hatte nie gedacht, dass du mich mal so verwöhnen könntest. Dass ich mich von einem Mann beglücken lassen würde, das kam mir nie in den Sinn."

„Ja, ich kenne das selbst, aber ich habe noch andere Wünsche, die ich gerne noch ausprobieren würde. Ich möchte dich blasen und die Damen lecken, bis sie kommen, das wäre superschön."

„Na, dann mal los. Schau, da kommt wie gerufen diese geile Frau herein. Was für ein weibliches Wesen, ist ja irre. Es gibt wohl noch viel zu entdecken und zu erleben." Angesichts einer so schönen und verführerischen Dame sind alle Fragen und Zweifel verschwunden.

BADETAG MIT FOLGEN

Hallo, ich bin Johannes. Ja, ich weiß, der Name steht für sich, aber wenn man in eine Familie hineingeboren wird, in der die Kirche das Sagen hat, dann ist es so und man muss sich damit arrangieren. Jeder kann sich vermutlich vorstellen, dass es in einer solchen Umgebung auch keine wirklich freie Entwicklung geben kann. Das ist nicht weiter schlimm, es sei denn, es geht um die Pubertät. So streng ich erzogen wurde, habe ich da einige Mängel und Probleme.

Badetag mit Folgen, heute bin ich aber schon deutlich älter und kann darüber schon relativ gut berichten.

Es liegt nun schon einige Jahre zurück, als es begann. Der Frühling war besonders schön und die Sonne erlaubte ein frühes Öffnen der Freibäder. Ich nutzte die Möglichkeit und ging in ein Schwimmbad, um mich abzukühlen. Klar nicht nur zum Abkühlen, aber was ich noch wollte, war für mich jedes Mal wieder neu und fremd und doch so zwingend notwendig. Als ich mich dort niederließ, war es kurz nach dem Mittag. Die Sonne schien heftig und die Luft bewegte sich beinahe gar nicht. Die Einrichtung füllte sich langsam und ich schaute mich um. Da kamen so viele junge Damen und Mädchen, die männlichen Exemplare, Familien und auch ältere Herrschaften trauten sich hinaus. Ich saß da und saugte die Bilder in mich hinein. Die Kleinen interessierten mich nicht weiter, die Männerwelt auch nicht wirklich, aber die weiblichen Schöpfungen hatten es mir schwer angetan. Immerhin war ich bereits beinahe vierzig Jahre alt und fühlte mich eigentlich schon wie ein

alter Mann, aber ich empfand mich in solchen Momenten wohl wie ein pubertärer Jugendlicher.

Zunächst schaute ich nach den reiferen Frauen, die mir wirklich gut gefallen hatten. Die weiblichen Kurven reizten mich heftig und ich spürte schnell, dass ich nicht nur einfach hingesehen, sondern auch etwas eingefangen hatte, was ich deutlich in meiner Badehose spürte. Ich schämte mich ein wenig, denn ich wusste, dass ich das nicht so fühlen durfte. In meinem Kopf rauschten die Gedanken hin und her und alle durcheinander. Dann versuchte ich, mich zu beruhigen und als ich einige Pärchen erblickte, die sich ungezwungen freizügig gaben, da legte ich mir eine Rechtfertigung bereit. Es musste einfach die Natur sein, die mich in diese Gefühlswelt zog und damit sollte ich doch ganz normal sein. So schaffte ich es, dass ich nur in großem Zweifel die Erregung unterdrücken konnte, aber mit dieser Rechtfertigung spürte ich meine aktuell heftig reagierende Männlichkeit.

Dicht neben mir platzierten sich Mutter und Tochter. Eine Frau, ungefähr in meinem Alter und ein bezaubernd schönes Mädel, die wohl gerade am Ende ihrer Pubertät steckte. Weibliche Rundungen entwickelten sich schon mehr als deutlich und ich meinte, ganz die Mutter. Die Frau trug einen Badeanzug in Schwarz mit weißen Streifen. Er stand ihr extrem gut, ich konnte, ich wollte meinen Blick gar nicht von ihr lassen. Ich meine, ich hatte noch nie etwas mit einem Mädchen oder gar Frau, da wurde es mir schon richtig komisch zumute. In mir stieg eine ungekannte Sehnsucht auf und breitete sich so massiv aus, dass ich gar nichts anderes mehr mitbekam. Die Toch-

ter hatte lange, gewellte kastanienbraune Haare, die mir unglaublich gut gefielen. Sie trug einen Bikini, das Dunkelgrün stand ihr ausgezeichnet. Ich schaute sie an und ließ meinen Blick schweifen. Ein zartes Gesicht, weiche glatte Schultern und wundervolle Brüste konnte ich bereits ausmachen. Die fraulichen Rundungen, die sich auch im Bereich der Hüfte deutlich zeigten, sprachen von einem gebärfreudigen Becken. Der süße Po ging über in zwei hinreißend schönen Beine, an deren Ende rot lackierte Zehen zu sehen waren. Ich saß also da und rührte mich nicht, denn ich wollte nicht, dass jemand meine heftig ansteigende Erregung bemerkte. Dann brachte mir ein Luftzug einen Duft herüber, den ich gierig in mich hineinsaugte. Es war so überwältigend, dass ich unbedingt mehr davon haben wollte. Vermutlich starrte ich so gierig diese Frauen an, dass sie mich gar nicht übersehen konnten. Die Mutter lächelte mich an und das Mädchen schaute eher prüfend zu mir herüber. Ich fühlte mich schon ertappt, so lächelte ich einfach zurück. Da es ja relativ voll war, gab es nur einen geringen Abstand zwischen ihnen und mir, dass ich alles mitbekam, was zwischen den beiden passierte. Da war ich nun so dicht dran und doch so weit entfernt. Um nicht aufdringlich zu erscheinen, schaute ich in eine andere Richtung, auch da gab es wunderschöne weibliche Wesen zu bestaunen und ich fühlte in der Situation jede ganz intensiv in mir. Da sah ich einen jungen Mann, der sich nicht schämte, seine Erregung zu zeigen. Die Badehose ließ keinen Zweifel aufkommen, ich war verwirrt. Besonders irritierte mich meine eigene Reaktion, ich bekam einen noch heftigeren Ständer. Ein Mann, der sichtlich heiß war, seine Erregung für jeden sichtbar machte, der konnte in

mir eine solche Reaktion auslösen? Ich wollte es nicht glauben, doch spürte ich es überwältigend deutlich. Aus Angst suchte ich nach Frauen und Mädchen, die mir gefallen würden, doch ich konnte mich nicht gänzlich von dem Anblick trennen.

Die Zeit verging, ich hatte mich endlich wieder beruhigt. Da spürte ich einen Blick auf mir haften, dem ich mich nicht entziehen konnte. Das Mädel neben mir fixierte mich. Ihre Augen strahlten etwas aus, das ich nicht so richtig zu deuten wusste. Als Mutti sich zur Toilette aufmachte, da blieb ich mit diesem zauberhaften Geschöpf allein. Sie schaute mich an und ich meinte schon, sie will mich anmachen, aufheizen. „Hi, du siehst ja richtig gut aus für dein Alter, bist du öfter hier?“ Ich war verdutzt und brauchte ein wenig, ehe ich eine Antwort parat hatte. „Hi, du siehst auch wunderschön aus, ganz wie deine Mutter, zwei überaus bezaubernde Damen. Wie alt bist du?“

„17, und du?“

„39.“

„Und wo ist deine Ische?“

„Meine was?“

„Na, deine Ische, deine Freundin oder Frau.“

„Ich bin derzeit ohne, frei für Eventualitäten.“ Das junge Mädel schien sich zu freuen und zeigte sich von ihrer reizvollsten Seite. Sie legte sich so hin, dass ich beinahe gezwungen wurde, ihre schönen Brustansätze über dem bezaubernden Bikinioberteil zu betrachten. Die Haare fielen über ihre Schultern und ich spürte in mir eine Sehnsucht, ein Bedürfnis, einen extremen Wunsch mit ihr etwas zu erleben, das ich noch nie mit jemandem erfahren konnte. 17, das erschien mir beinahe zu

alt für dieses Geschöpf, sie wird sicher etwas schummeln. „Bist du öfter hier?“ Sie fragte das mit einem Blick, den ich gar nicht beschreiben kann. Er erzeugte in mir noch mehr Sehnsucht. Da kam ihre Mutter zurück. „Na, habt ihr euch etwas unterhalten?“

„Tag, nur Hallo gesagt.“ Mehr fiel mir gerade nicht ein. Der Badeanzug stand ihr ausgezeichnet und ich bewunderte diesen Körper. Weibliche Rundungen so bezaubernd verpackt, ich wünschte, sie berühren zu dürfen und diesen glatten Badeanzug zu spüren. Da wurde ich plötzlich aufmerksam, denn ich bemerkte, ich wollte diese beiden Frauen berühren, ihre Haut spüren, ihre Rundungen ertasten, aber ich hatte kein Bedürfnis mit ihnen zu schlafen. Vielleicht war es die Fremde, das Unbekannte und sicher Unerreichbare, das mich nicht daran denken ließ, sie ficken zu wollen.

Etwas später lag Mutti neben ihrer Tochter und beide auf dem Bauch. Die Einblicke, die ich erhaschte, sie ließen Gefühle entstehen, die meinen Körper durchfuhren und mich extrem geil machten. Ich spürte, wie ich diese weiblichen Wesen anstarrte und mich nicht trennen konnte. In meiner Badehose entstand ein ungeheurer Druck und so erstarrte ich in meiner Position. Es war mir peinlich, überaus unangenehm, doch es war gleichzeitig so irre schön und ich fantasierte mir eine Geschichte zusammen. Darin lag ich auf einem Bett und betrachtete sie, die heißen Damen, die in feinster Reizwäsche davor standen und mich mit gierigem Blick anstarrten. Mutti hatte einen Hüftgürtel und Strapsstrümpfe an, dazu einen Long-BH. Die Tochter trug einen Push Up-BH, einen String Tanga und darüber eine Art Morgenmantel. Die Haare waren frisch gestylt und fielen schön wellig bis über ihre Schultern. Da sah ich die

Beule in meiner Unterhose. Mein Gott war ich irre geil drauf und diese geilen Weiber schauten sich meine Reaktion genauer an. Dafür krabbelten sie auf das Bett und begannen, mich zu streicheln. Als sie meine Erregung erfassten, war ich beinahe schon so weit zu kommen.

Plötzlich wurde ich mir meiner Situation bewusst und konzentrierte mich auf die Realität.

Es vergingen etwa ein, zwei Stunden, in denen nichts Besonderes geschah. Die Damen waren kurz im Wasser und lagen schon wieder auf ihren Tüchern, wo jeder sie betrachten und genießen konnte. Als nun einmal die Tochter für Damen musste, schauten Mutti und ich uns in die Augen. Ich fühlte mich ertappt und wollte fliehen. Fliehen? Oh nein, eigentlich wollte ich nicht weglaufen, sondern ganz dicht an sie heranrutschen. Doch ich wusste, ich darf nicht.

„Hi, sind sie öfter hier? Ich bin Christine, nur weil wir hier so viele Stunden dicht beieinanderliegen."

„Hallo, ich …, ich bin Johannes." Ich war so perplex, dass ich gar nicht richtig antworten konnte. Diese Frau sprach mich an? Dann bemerkte ich ihr leichtes Grinsen, als sie meinen Namen hörte. „Ich kann nichts für meinen Namen, den haben mir die Eltern gegeben und ich muss damit leben." Im Boden wollte ich versinken, so schämte ich mich, doch das ist eben nur ein Wunschfluchttraum. „Johannes, klingt wie aus der Bibel. Sind sie kirchlich eingestellt?"

„Nein, ich nicht, aber meine Eltern sind stark gläubig. Sie brauchten wohl einen Namen, den sie mit ihrem Gott irgendwie verbinden konnten. Er gefällt mir auch nicht, aber ich bin nun

einmal so aufgewachsen und muss damit leben. Früher habe ich es ernsthaft in Betracht gezogen, meinen Namen zu ändern, doch es geht auch so, nicht besonders schön, aber es geht." Während ich mich zu rechtfertigen suchte, schaute sie mich interessiert an.

„Ich finde das gar nicht so schlimm, Johannes ist doch verbreitet gewesen, siehe nur Johannes Heesters. Keiner hat ihn ausgelacht, er wurde einer der ganz Großen. Johannes, das hat beinah was von Diener. Oh Verzeihung, ich meinte nur so, ich wollte sie nicht beleidigen."

„Ja, viele Diener oder Kammerdiener heißen in den Filmen gerne mal Johann, so wird aus einem Namen schnell eine Einstufung in der Gesellschaft."

„Wie gesagt, verzeihen sie mir bitte, es war nicht meine Absicht, sie zu verletzen. Johannes findet man eben auch in den Kirchen, in der Bibel, also der Name ist nicht so selten und steht sicher auch für gute Werte."

„Da haben sie recht, in der Kirche findet man viele Wertvorstellungen, die heute aber nicht alle mehr aktuell sind und somit nicht mehr ihre Bedeutung haben wie früher."

„Die Bibel ist doch immer aktuell, dachte ich."

„Das mag sein, ganz wie es jeder betrachten will. Sie und ihre Tochter sind zwei bezaubernd schöne Frauen. Schön finde ich, in vielen kirchlichen Darstellungen finde ich Damen mit einer ausgeprägten Hüfte, also eher weiblich runder, als schlank. Ich meine, ich sehe da begehrenswerte Frauen, die heute wohl kaum noch so gesehen werden. Die Damen mit einer solchen Figur werden eher dem Ungesunden und Labilen, Undisziplinierten zugeordnet. Auch wird eine Nacktheit gezeigt, die doch

eigentlich nicht so gelebt werden darf. So schön ich Kirchen und ihre Künste auch finde, in dieser Hinsicht empfinde ich die Kirche als unzüchtig und verwerflich. Meinen sie nicht?"

„Zugegeben, ich habe darüber nie nachgedacht. Sicher finden sich in den alten Gemälden und bildhauerischen Objekten sehr viel Nacktheit, vor allem bei den Damen. Vielleicht eine öffentliche Sichtweise, dass die Frauen nicht so angesehen waren wie die Herren der Zeit. Eine Art Unterdrückung? Doch ja, auch ich kann in den Bildern eine ganz andere Begehrtheit empfinden, als sie heute vorherrscht. Wobei ich selber eher diesen Darstellungen folgen würde, als den Models von heute. Fraulichkeit und Weiblichkeit sind in der Gesellschaft wandelbar, werden immer wieder anders erklärt. So kann sich jeder seine Rechtfertigung bereitlegen und zusehen, wie er damit durch das Leben kommt."

„Es ist nicht so leicht, sich ein gutes und vernünftiges Bild von Frauen, von Menschen zu machen, wenn die Einstellungen sich stets verändern."

„Ich glaube, die Frauen, die dort dargestellt werden, sind auch so freizügig sichtbar, um sie sexuell als begehrenswert festzulegen. Die nackten Körper bieten sich an, um erotische Gedanken, Fantasien aufzubauen und so eine Sexualität auszuleben, wenn auch nur im Kopf."

„Sie haben bei diesen Bildern erotische Fantasien?"

„Ja, natürlich habe ich auch solche Vorstellungen in mir, ich bin nicht nur eine Frau, ich bin ein Mensch mit Bedürfnissen und Sehnsüchten." Die Tochter lag bereits wieder neben ihr und hatte einige Bruchstücke mitbekommen. „Ihr redet über Sex? Ist ja echt cool." Ein Schweigen folgte der Anspannung,

die sich plötzlich spüren ließ. Ich jedenfalls bemerkte mehr als deutlich meine Sehnsüchte und dass ich noch nie so richtig ausgelebt hatte, was in diesem Gespräch heftig angestoßen wurde. Vermutlich war es eine Art Verlegenheit, die den Rest des Tages ohne weitere Gespräche vorbeiziehen ließ. Der Blick auf meine Uhr machte mir klar, es wurde Zeit für mich zu gehen.

Vielleicht war es der Zufall, oder das Schicksal, doch ich stand in einem Museum und betrachtete mir die vielen Bilder, die sehr oft auch nackte Frauen zeigten. Mir gefielen diese Bilder besser als die aus den Pornos. Das Gespräch mit der Mutti von neulich ging mir nicht mehr aus dem Kopf. Also wollte ich mir einen aktuellen Eindruck verschaffen, ob ich mich vielleicht auch geirrt haben könnte. Da schaute ich auf ein Bild, „Schlummernde Venus", Georgione um 1508-1510. Die nackte Darstellung einer Frau faszinierte mich. Daneben hing das Bild „Bei der Kupplerin" von Jan Vermeer 1656, auf dem zwar nicht viel Fleisch zu sehen war, aber eine körperliche Berührung, die auf sexuelle Wünsche hinweist. Dann sah ich das Bild „Die Heilige Nacht" von Correggio; eine Mutter hält ihr Kind im Arm, Maria hält ihren leuchtenden Jesus, von einigen Leuten umringt. In der linken Ecke oben schauen Engel auf die Erde runter. „Hallo, das ist ja ein Zufall!" Ich drehe mich um und erblicke die Mutti vom Badetag. „Hallo"

„Haben sie etwas Interessantes gefunden?"

„Oh ja, ich hatte immer wieder an unser Gespräch gedacht und wollte mir noch einmal die Bilder ansehen, um ganz sicher zu sein. Nun stellte ich fest, es ist gar nicht so viel Nacktheit,

die gezeigt wird. Dafür aber eine Weiblichkeit, die sehr anziehend auf mich wirkt. Nacktes Fleisch doch eher bei Kindern oder wenn Engel auftauchen. Die Begehrtheit der Frauen wurde wohl auch deutlich gemacht im Bild „Bei der Kupplerin“. Es gibt so viele Bilder, sodass man vermutlich gar nicht genauer sagen kann, ob es tatsächlich so viel Freizügigkeit in der Kunst gibt.“ Sie schaute mich an und schien interessiert. Ich starrte sie an, diese Frau war so unglaublich schön und überaus reizend. Das wundervolle Frauenzimmer schaute mir ihrerseits tief in meine Augen. Ich konnte ihrem Blick nicht widerstehen. Zunächst wollte ich flüchten, aber dann konnte ich mich nicht von ihr lösen.

„Sie sehen etwas verwirrt aus, ich wollte sie nicht in Verlegenheit bringen. Lassen sie uns einen Kaffee trinken gehen.“ Unsicher folgte ich ihr einfach und wusste doch nicht, was ich wollte. Sie war der Magnet, der mich anzog und fest an sich kleben ließ. Meine Augen betrachteten diese Frau mit ihren Rundungen, ihren bezaubernden Brüsten und den langen Haaren. Ich spürte, wie sich etwas in mir bewegte, mich unglaublich faszinierte. Bloß nicht auffallen, dachte ich bei mir und lief wie ein Hund hinter dieser berauschend schönen Weiblichkeit her. Sie öffnete die Tür und bat mich hinein. Das wir in ihrer Wohnung angekommen waren, war mir nicht sofort klar, zu sehr war ich mit meinen Bedürfnissen und Fantasien beschäftigt. Um meine Erregung zu verstecken, suchte ich als Erstes die Toilette auf. Doch dort hing ihre Unterwäsche zum Trocknen. BHs, Slips, Strumpfhosen und Strümpfe, ich wurde so geil und wollte doch eigentlich etwas abkühlen. Dann hielt ich ihn in meiner Hand, spürte seine Erregung und wie heiß er war.

Was er wollte, war klar. Als ich das Wohnzimmer wieder betrat, sah ich diese Frau in lockerer Kleidung. Die transparente Tunika, die ihr bis Mitte Oberschenkel reichte, ließ ihre Formen sichtbar durchscheinen. Der Strumpfhalter, der Slip und der BH fesselten meinen Blick.

Sie wies mich an, neben ihr auf dem Sofa Platz zu nehmen. Ich kochte innerlich und ich begann zu schwitzen, denn ich war wohl extrem heiß auf sie, aber traute mich nicht, mich zu sehr zu offenbaren. Dennoch setzte ich mich zu dieser unglaublich bezaubernden Braut. So sehr ich mich auch bemühte, Abstand zu halten, ich kam ihr immer näher. Meine Sehnsucht war so mächtig und meine Bedürftigkeit so unermesslich groß, dass ich nur noch diese Frau, diese Haut, diese Haare berühren und spüren wollte. Sie lächelte mich an und zog mich mit ihrem Blick immer näher zu ihren Lippen. Es war so unerträglich heiß geworden, dass ich mich nicht mehr zurückhalten konnte, es auch nicht wollte. Sanft berührten meine Lippen ihre Schulter. Mein Mund küsste ihren Hals, meine Hand lag auf ihrem Schenkel. Ich sog die Luft mit ihrem Duft in mich hinein und genoss diese unglaublich reizvolle Frau. Als ich ihre Lippen berühren wollte, zog sie sich etwas zurück, sodass ich mich über ihren wunderschönen Körper schieben musste. Plötzlich spürte ich die Brüste, die in diesem BH einfach nur irre geil ausgesehen hatten. Je weiter ich mich über sie schob, desto weiter rutschte meine Hand auf ihrem Schenkel entlang. Sie legte einen Arm um mich und drückte mich fest an sich. Ihre Zunge leckte meinen Mund, ehe sie ihre Lippen fest auf die meinen presste und wir uns leidenschaftlich küssten. Da erreichte meine Hand das Höschen, diesen heißen Ort, an dem

ich glaubte, alle Begierde dieser Welt zu spüren. Sie drückte mich weg, stand auf, ergriff meine Hand und zog mich hinter sich her ins Schlafzimmer. Dort stand sie vor mir, mein Schwanz war so heftig erregt, dass er drohte, durch meine Hose zu stechen. Diese geile Frau hatte das ja schon längst bemerkt und öffnete sogleich diese Barriere, die das Stück ihrer Bedürftigkeit verborgen hielt. Befreit zeigte sich mein kleiner Steifer dieser unwiderstehlichen Dame, in die er am liebsten sofort hineingeflutscht wäre. Sie aber zog mir noch den Pulli aus und sank dann vor mir in die Tiefe. Dabei ließ sie ihre Hände an meinem Körper entlang gleiten, bis sie auf meinem Po Halt fanden und sich fest platzierten. Der Duft ihrer Haare war wie eine Droge, ich wollte immer mehr davon. Ihre Lippen knabberten an meinen Brustwarzen und ich wurde fast verrückt vor Geilheit. Dann spürte ich, wie sie meinen steifen Ständer in ihren Mund gleiten ließ. Ganz tief saugte sie ihn hinein, kurz darauf durfte er beinahe wieder hinausrutschen. Die Lippen bremsten ihn und saugten sich an der Spitze fest. Die Zunge kreiste um diesen empfindlichen Punkt, ich war nicht mehr anwesend. Ich tauchte ab in einen Traum, der so wunderschön war, dass ich nie mehr aufwachen wollte.

In dem Augenblick öffnete sich die Tür und ihre Tochter stand im Raum. Mir fiel das Herz in die Hose, hätte ich eine angehabt. „Ach, was ist denn hier los? Mutti das hättest du mir aber sagen können. Ich hatte wohl bemerkt, dass du ihn magst, aber dass du, ohne mit mir zu sprechen, mit ihm ins Bett gehst, das hätte ich nicht erwartet.“

„Liebes, ich wollte nur …“

„Du wolltest nur deine Geilheit ausleben und ich soll einfach

nur danebenstehen?“

„Ach, was soll ich jetzt sagen, ich wollte dich nicht verletzen, ich war nur so unglaublich heiß auf ihn.“

„Das habe ich verstanden und nun soll ich mich zurückziehen und schweigen?“

„Was dachtest du denn, wie es laufen sollte?“

„Ich meine, ihr seid voll dabei und ich bin ja auch hier, also könnte ich doch einfach mit einsteigen oder?“ Ich hörte wohl, was sie redeten, begriffen hatte ich nichts. Obwohl mir klar war, dass dieses Mädchen zu jung war, spürte ich doch auch ein Begehren in mir. Diese Frau, die Mutter ihrer Tochter schaute mich an und ich meinte, sie würde mit ihren Augen fragen, was ich dazu meinen würde. So sehr mich der Gedanke auch erregte, ich wollte es nicht entscheiden oder beeinflussen. So zuckte ich nur mit den Schultern. Das Mädchen schloss die Tür und kam an das Bett. Schon warf sie ihr Top in die Ecke. Unter der langen Freizeithose kam ein roter String zum Vorschein. Natürlich passte er zu dem BH, der ihre doch recht gewaltige Oberweite megageil präsentierte. Mutti brauchte nach dieser Überraschung eine Auszeit, sodass sich das junge Fräulein daran machte, ihre letzte Aktion weiterzutreiben. Ich spürte, wie sich ihre Lippen über meine Eichel legten und die Zunge gekonnt ihr Verwöhnprogramm startete. Dann saugte sie ihn so tief es ging in ihren Mund, es war herrlich geil.

Endlich war Mutti auch wieder bereit, am Spiel des Tages teilzunehmen. Sie küsste mich und leckte mir das Gesicht ab. Ich steckte ihr meine Zunge in den Hals, so tanzten wir einen wunderschönen erotischen Tanz. Mein Glied war so megageil und steif, dass sich das Mädchen ihres Slips entledigte und sich

dann auf mich setzte. So wie sie ihn sich einführte, durfte ich davon ausgehen, sie hatte viel Übung darin. Zwei Frauen streichelten meinen Körper und ich genoss jede Sekunde. „Oh ja, Mutti, setze dich vor sein Gesicht, damit er deine Muschi lecken kann.“ Da saßen nun zwei Damen auf mir und ich war so erregt, so irre geil, ich leckte und ließ mich reiten bis ich zu einem unglaublich heftigen Orgasmus kam. Beinahe zur gleichen Zeit kam auch die Tochter. Sie schrie ganz leise ihren Höhepunkt heraus. „Oh ja, bitte mach weiter, lasse deine Zunge um die Perle kreisen, das ist so …, dann kam auch Mutti.

Nachdem wir wieder runtergefahren waren und uns klar war, was wir gerade getan hatten, da wollte ich mich entschuldigen. „Es tut mir leid, ich meine, ich habe mich eingelassen auf dieses junge Mädchen und das war nicht richtig.“

„Aber geil war es doch, oder?“

„Ja klar, sogar megageil und es war so unglaublich schön, doch es hätte nicht sein dürfen. Ich hätte mich besser unter Kontrolle haben müssen.“

„Ich als Mutter hätte es ja unterbinden können, doch ich wollte es auch so. Es war berauschend schön, ich würde es zu jeder Zeit wiederholen.“ Ich schaute diese weiblichen Wesen nachdenklich an.

„Zugegeben, ich war und bin irgendwie zufrieden, dass ich es getan habe. Und ja, verdammt noch mal, ich finde euch beide superschön und unglaublich heiß. Wenn ihr es möchtet, dann werde ich es sehr gerne mit euch erneut tun.“

„Allerdings sollten wir dann doch besser an einen Gummi denken, das Risiko ist einfach zu groß.“

„Ups, das habe ich völlig vergessen, hoffentlich war das nicht schon ein Treffer.“

DIE INNERE WAHRHEIT

Es trafen sich vor langer Zeit zwei Menschen, die in sich nicht ausgeglichen waren. Erst auf den zweiten Blick kamen sie sich näher und redeten über die Dinge der Zeit. Auffällig wurde ihnen nur, sie konnten miteinander reden, ohne das es gleich Stress gab, der sie belastete. So verliebten sie sich ineinander und nach der Verlobung folgte die Hochzeit, wie es sich gehört. Ganz wie es die Normen vorgesehen hatten, bekamen sie auch Kinder. Sie zogen diese auf ihre ganz eigene Art und Weise groß. Sie wurden ein Traumpaar, das von vielen Menschen beneidet wurde. Die Kinder waren allseits beliebt, immer höflich und zuvorkommend, was so nicht mehr einfach zu erwarten war. Allerdings gab es einen Punkt, an dem dieses Paar nicht wirklich klarkam, im Bett.

Er schaute sie an und spürte in sich ein Verlangen, sie schaute ihn an und spürte eine Angst in sich. Er wollte diese Frau spüren, sie küssen und mit Zärtlichkeit verwöhnen und er wollte sie, wie es ein Mann so tut, auch beglücken. Sie bemühte sich, ihm zu entsprechen und ließ ihn hin und wieder gewähren, doch er spürte es mehr als deutlich, dass seine Frau diesen Teil einer Ehe nicht wirklich wünschte. Kinder brauchte es ja unbedingt, denn damit blieb das Bild nach außen immer stimmig. Das Umfeld bemerkte nichts von diesen „Kleinigkeiten“, nur die beiden spürten immer wieder diesen unerträglichen Druck, wenn es um Gefühle im körperlichen Bereich ging. Er meinte, es zu brauchen, weil ein Mann das eben so macht und sie meinte, sie müsse es ertragen, weil eine Frau ihrem Ehemann das

nicht untersagen durfte. Irgendwie kamen sie damit schon eine ganze Weile zurecht, auch wenn hin und wieder deutliche Widerstände zu spüren waren.

Er wollte, sie nicht! Er bedrängte sie, sie ließ es manchmal zu und erlaubte ihm, sich nach männlicher Manier zu befriedigen.

Eines Tages bemerkte er, dass es bestimmte Handlungen gab, die seiner Frau zu gefallen schienen. Er legte zukünftig immer größeren Wert darauf, dass es für seine Frau so schön wie irgend möglich sein würde. Da waren diese Momente, in denen er spürte, wie sie sich ihm hingab und seine Zärtlichkeit in vollen Zügen genoss. Den Mann aber konnte er nur einbringen, wenn sie es ihm netterweise gestattete. Schnell wurde ihm klar, er kann sie küssen, streicheln und liebkosen, sie mit Zärtlichkeit verwöhnen und ihr einen Orgasmus verschaffen, der ihr sichtlich gutttat, nur der Mann mit seiner Männlichkeit kam nicht zum Zug. Er wurde unsicherer, wusste nicht genau, wie er damit umgehen sollte. Über die Zeit meinte er zu wissen, wie weit er gehen konnte, ohne seine Geliebte zu überfordern. Sie hingegen spürte natürlich, wie sehr sie ihn ausbremste, daher entschloss sie sich, ihn gar nicht mehr zuzulassen und verzichtete lieber darauf, ihre eigenen Wünsche erfüllt zu bekommen. Sie glaubte, sie würde ihm einen Gefallen tun, er dachte, jetzt will sie ihn gar nicht mehr. Einerseits war es leichter, denn er musste nicht mehr spüren, wie sehr er seine Ehegattin belastete mit seinen Gefühlen, Wünschen und Bedürfnissen. Andererseits konnte es so aber auch keinen Sex mehr geben. Klar war es für ihn extrem belastend, wenn sie ihn doch einmal zuließ, nur weil sie meinte, es tun zu müssen, nicht weil sie es wollte.

Eine Konversation zu diesem Thema gab es nicht wirklich. Also wurde der Bereich Erotik und Sex, soweit es eben ging, verdrängt.

Eines Tages wurde der Ehemann krank, niemand konnte ergründen weshalb. Die Untersuchungen brachten keine Ergebnisse und so schob man, wie man es eben macht, wenn man nichts anderes mehr zur Verfügung hat, die Probleme auf die Psyche. Die Beeinträchtigungen wurden immer heftiger, so kam es dann zu dem an sich tragischen Entschluss. Eine Rente schien der letzte Weg zu sein. Die wurde auch relativ schnell zugestanden, was eine besondere Folge hatte. Mehr Zeit für sich und seine Sorgen und Nöte und Probleme, aber auch für die Bedürfnisse und Sehnsüchte. Auf der Suche nach sich selbst suchte er dann in jedem Winkel seines Daseins. Als er dann auch noch mit einer Frau in Kontakt kam, die ihn unbedingt vernaschen wollte, er war ja überaus leicht zu reizen, da spürte er aber auch etwas anderes. Sie bemühte sich sehr, gab ihm klar zu verstehen, sie würde ihn sofort ins Bett ziehen. Er spürte den unmenschlich großen und starken Reiz, dem er nur allzu gerne nachgeben wollte, doch er liebte seine Frau. Eines Tages berührte er die schönen, reizenden Kleidungsstücke seiner Frau, als er mal wieder die Wäsche machte. Das fühlte sich toll an und seine Bedürftigkeit wurde unglaublich präsent. Sehnsuchtsvoll dachte er an die Frau, die ihn sofort nehmen wollte und dann wieder, wie weit diese Bedürftigkeit ihn von seiner Frau entfernt hatte. Da er seine Frau nicht so spüren konnte, wie er es sich wünschte, berührte er ihre Wäsche, zog sie sich an und spürte etwas, womit er nicht gerechnet hatte.

Was ihn total überraschte war, dass er nicht sexuell reagierte, es tat nur so unglaublich gut. Nach einer Weile intensiver Grübelei versuchte er, Antworten im Internet zu finden. Es tauchte das Wort Transsexualität auf. Im ersten Moment hatte es ihn so abgestoßen, dass er nicht weiter darauf eingehen konnte. Davon gehört hatte er wohl schon, aber es war doch so weit entfernt, dass es niemals für ihn eine Bedeutung haben würde. Er wehrte sich gegen diese Verbindung und je mehr er sich verweigerte, desto intensiver spürte er in sich etwas, das ihm doch so bekannt vorkam. Ja, schon als kleiner Junge hatte er diese Gefühle permanent verspürt. Damals zog er Mutters Sachen an und fühlte sich darin so unglaublich wohl. Nur die Angst vor dem Bekanntwerden bremste ihn immer wieder aus. Als er jedoch erwischt wurde, da verdrängte er alles, gab sich fortan, so gut er es konnte, normal. Es verschwand, es wurde ihm nicht mehr bewusst, nur manchmal, äußerst selten, spürte er etwas, das er sich nicht erklären konnte. So kaufte er seiner Ehefrau auch mal ein schönes Nachthemd. Klar war es für sie, doch später erkannte er, es war für seine Frau, aber eigentlich doch für ihn. Es war seine körperliche Mangelerfahrung, die ihn auch zur Selbstbefriedigung drängte. Und als er nun viel Zeit für sich hatte, ihn im Grunde niemand überraschen konnte, da benutzte er auch die schöne Wäsche, die sich ja unwillkürlich anbot.

Es brauchte einige Zeit, ehe sich diese Überflutung mit Gefühlen und Reizen sortieren ließ. Immer öfter spürte er das Verlangen in sich, sich der Wäsche seiner Frau zu bedienen. Als er sich eines Tages ganz auf dieses Wunder einließ, da bemerkte er auch etwas, das ihn überraschte, er hatte so gut wie

nie eine Erregung, es passierte nichts in seinem Schritt. Dennoch war es unglaublich schön sich so zu spüren und plötzlich erinnerte er sich daran, dass er schon als Kind dieses Stück Männlichkeit wegdrückte, um weiblicher zu erscheinen. So gut es eben ging, klemmte er ihn nach hinten ein und genoss den Anblick, der ihm nun vorgaukelte, er würde wie ein Mädchen aussehen. Doch damit nicht genug, er wollte kein Mädchen sein, aber eine Frau, nur eine Frau würde ihm passend erscheinen. So stopfte er auch den BH aus, der schon damals zwingend notwendig war. Enge Kleidung, wie Badeanzüge, Hüfthalter und so weiter bereiteten ihm besonders schöne Gefühle, auch wenn diese Sachen gar nicht so passten. Der Traum aber war so stark und so mächtig, dass er einmal die Zeit vergaß und erwischt wurde. Das löste heftige Ängste aus, damit auch die maximale Verdrängung. Erst mit den Problemen seiner Ehe tauchten diese Gefühle plötzlich wieder auf. Nach intensiver Suche und nach vielen Informationen, die er im Internet fand, wurde es für ihn immer stimmiger, dieses Wort Transsexualität. Nun bekam diese Ehe einen völlig anderen Charakter, es war noch nicht ganz erklärbar, nicht hundertprozentig sicher, aber es deutete sich an, hier lebten nicht Frau und Mann zusammen, sondern zwei Frauen, wobei eine einen männlichen Körper hatte. Die zwingend notwendige Beichte machte einige Dinge klarer, das meiste aber deutlich schwieriger. Und da hätte es sicher mehr Konversation gebraucht, das aber war ihnen ja nicht gegeben. Es kam also, wie es kommen musste, die Trennung erschien unumgänglich und wurde mit aller Härte durchgezogen. Nun lebte er seine Gefühle, so gut es eben ging, aus. Seine ständige Unsicherheit, wer er denn nun tatsächlich

sei, wurde immer größer. Weil er nun auch all das ausleben konnte, was er sich so vorher nicht getraut hatte, erschien es ihm dann schon bald als Fakt eindeutig, er war eine Frau, die in einem falschen Körper leben musste.

Die Zeit verging, da es aber auch Kinder gab, traf man sich zu verschiedenen Gelegenheiten als Familie. Das war für niemanden leicht, aber es hatte wenigstens den Anschein von Familie. So aber spürten die Eheleute auch, dass sie sich nicht unwichtig waren. Sie kamen sich wieder näher, ohne jedoch zu viel zuzulassen. Vorsichtig und mit größtem Respekt voreinander, unternahmen sie wieder mehr miteinander. Für die Kinder fühlte es sich gut an und die Trennung erschien ihnen nicht mehr so schwer. Hin und wieder redeten die Eheleute auch über Gefühle, meistens über seine. Eines Tages kaufte ihm seine Frau einige weibliche Kleidungsstücke, ihm, der Frau neben ihr. Er war überrascht, dabei jedoch auch sehr glücklich, es war wie eine Zustimmung, eine Akzeptanz seiner Empfindungen, die trotzdem so unnatürlich erschienen. Da er niemals öffentlich über diese, seine andere Seite sprach, wusste auch niemand von dieser Problematik in seinem Leben. Vielleicht spürte der eine oder andere, dass dieser Mann nicht so reagierte, wie man es von einem Mann erwarten würde, doch so weit ging wohl niemand, ihn auf die andere, weibliche Seite zu schieben.

Er, der so unersättlich nach Antworten suchte, der befasste sich natürlich auch immer wieder mit der Verbindung zu seiner Frau. Nach einigen Jahren waren sie wieder so nahe, dass sie sich ausgiebig küssten und streichelten und …, ja und er wollte

mehr. Nein, er wollte nicht der Mann sein, er wollte die Frau sein, die, die ihre Frau verwöhnt und liebkost. Die Frau in ihm wollte seine Frau so behandeln, wie es eben nur Frauen können, sie so auch zu einem Höhepunkt streicheln. Sie hingegen nahm gerne die Küsse und die Streicheleinheiten an, verweigerte sich aber weiterhin jeglicher sexuellen Wünsche. Er, die Frau, die seine Frau liebte? Ja, er liebte seine Frau, wie eine Frau eben eine Frau liebt. Der Unterschied lag allein darin, dass er diesen Körper nicht in einen weiblichen verzaubern konnte. Augenscheinlich blieb diese Frau immer ein Mann und da sich dieser Körper auch nicht zur medizinischen Veränderung anbot, gab es auch keine Lösung, die eine weibliche Erscheinung erschaffen hätte können.

Nun kam ihm, natürlich der Frau in ihm, der Gedanke, was, wenn die Ehefrau lesbisch wäre? Das könnte erklären, dass sie niemals mit dem Mann Sex haben wollte, es niemals wirklich zulassen und genießen konnte, mit dem Mann ihrer Wahl zusammen zu sein. Das müsste aber auch bedeuten, sie hätte niemandem jemals von ihren wirklichen Gefühlen berichtet, nur ein Leben gezeigt, wie man es von ihr erwartet hatte. Beide waren in einem Alter, wo das auch zusammenpassen konnte. Damals sprach man ja nicht über Gefühle oder solche Dinge. Dann würde das aber auch bedeuten, die Zärtlichkeit, die Streicheleinheiten, die der männliche Körper ihr angedeihen ließ, die wurden auch dankend als weibliche Zuwendung angenommen, was vermutlich sogar spürbar war. Die Ehefrau verweigerte sich diesem Verwöhnprogramm nicht, weil sie es nicht mochte, sie konnte es nicht zurückgeben. Sie konnte den Mann neben sich nicht so zufriedenstellen, wie sie es für richtig und

notwendig gehalten hatte. So wurde alles abgewürgt, Gefühle einfach unterdrückt, verboten und als verwerflich eingestuft. Wenn diese Frau tatsächlich lesbisch wäre, dann müsste es doch einen Weg geben, ihr dennoch das zukommen zu lassen, was sie sich wünscht und sicher ganz dringend brauchen würde. Auch wenn es für sie ungewohnt wäre, der männliche Körper neben ihr würde ihr nur das geben, was eine Frau zu geben bereit wäre und das männliche Bedürfnis würde mit aller Macht unterdrückt werden. Ja, und es wäre nicht schlimm gewesen. Die Frau, die unbedingt diese Frau verwöhnen wollte, sie würde den Mann um sie herum nicht zulassen, auch wenn sie ihm nicht entfliehen konnte.

Diese Hypothese trug er dann seiner Gattin vor. Er wagte den Schritt, ohne sich dabei zu große Hoffnungen zu machen. Sie schaute ihn verdutzt an. Unsicherheit machte sich breit und erfüllte sie ganzkörperlich. Da formierte sich eine Träne und rollte über ihr Gesicht. Die Frau im männlichen Körper legte ihre Arme um sie und drückte sie zart an sich. Sie küsste diese Träne weg und drückte ihre Lippen auf die ihrer geliebten Frau. Die zarten Berührungen wurden leidenschaftlich und aus einem Kuss entwickelte sich ein unglaublich heftiges Bedürfnis. Als klar war, niemand würde dieses Geheimnis nach außen tragen, ließen sie sich vorsichtig aufeinander ein und erfüllten sich erste Sehnsüchte und Bedürfnisse. Körperlich lagen Mann und Frau im Bett, aber es waren nur zwei weibliche Seelen, die sich aneinander festhielten. So wurde es möglich, dass diese Ehefrau, die sich ihren Gefühlen über so viele Jahre verweigerte, nun endlich voll und ganz jeden Orgasmus wünschen und genießen konnte, der ihr von ihrer Geliebten im Männerbild

beschert wurde. Plötzlich spürten sie, wie viel Energie sie austauschen konnten, wie heiß es wurde, wenn eine Hand dicht über der Haut schwebte und wie angenehm es war, so unglaublich begehrt zu werden. Jetzt liebkosten sie sich, leckten ihre Brustwarzen, die sie beinahe um den Verstand brachten. Wenn sich Hände den Weg über die Schenkel suchten, dann wurden sie mit großer Leidenschaft empfangen und konnten ihre geile, wundervolle Beschäftigung ohne Hindernisse ausführen. Beide Frauen genossen es, sich zu spüren und sich zu verwöhnen, der Mann aber musste sich seinen Teil selbst schaffen, irgendwann, ohne dass er die Frauen dazu nutzen konnte. Für ihn wurde es auch nicht mehr so zwingend notwendig, mit einer Frau zu kopulieren. Trotz dieser Einschränkung fühlte sich die Zweisamkeit unglaublich schön an.

Für Außenstehende erschien dieses Paar wieder ganz normal, aber die innere Wahrheit kannten nur die beiden Frauenseelen.

So viele Jahre meinte man, sich schweigend zu kennen, um dann zu erfahren, mit wem man es tatsächlich zu tun hatte. Mehr vertrauen und vor allem reden hätte so vieles sehr viel leichter machen können. Das über Jahre lang ersehnte Knistern konnte sich nun frei entfalten, weil zwei Menschen, die so unterschiedlich erschienen, sich endlich trauten zu vertrauen, sich anzuvertrauen und sich so unglaublich glücklich machten.

ZU ALT WOFÜR?

Der Titel besagt schon, es geht nicht um das Gewöhnliche. Es ist mehr eine Hypothese, eine vage Behauptung, dass Menschen so empfinden könnten. Aus verschiedenen Informationen glaube ich, diese Geschichte entwickeln zu können, zu müssen, zu dürfen.

Eine ältere Dame, die ich schon recht lange kenne, nein, die mir schon viele Jahre bekannt ist, die traf ich neulich wieder. Allerdings machte sie einen ganz anderen Eindruck, als ich ihn in Erinnerung hatte. Sie könnte so Anfang siebzig sein, sehr attraktiv und voller Energie. Sie trug ihre blonden Haare offen und etwas länger als früher, was mir sehr gut gefiel. Am meisten aber zog mich ihre Energie an. Ich war erstaunt, denn ich kannte sie auch in Situationen, in denen sie mehr kraftlos und zerstört wirkte. Da stand sie vor mir und wir plauderten sofort einige Minuten. Als ich wieder zu Hause war, musste ich noch immer an diese Frau denken. Dabei bemerkte ich in mir ein Gefühl, welches ich nicht erwartet hatte, ich fühlte mich zu ihr hingezogen, spürte eine gewisse Sehnsucht.

Na ja, es ist ja nicht ganz neu, denn ich fühlte mich immer schon von reiferen Frauen angezogen. Sie haben einen ganz besonderen Reiz und sind vermutlich viel natürlicher als die jungen Mädchen. In höherem Alter, was das auch immer sein mag, ich bin gerade 48 Jahre alt geworden, ist man sich darüber im Klaren, dass es Wichtigeres gibt als Geld oder sonstige materielle Dinge.

Da werden seelische und körperliche Bedürfnisse wieder geweckt und so präsent, dass sie einen ganz anderen Stellenwert erreichen, als in der Jugend oder im Mittelalter.

Diese Informationen habe ich gesammelt und jetzt zu einem Text vereint. Die Hinweise, von Damen unterschiedlichsten Alters, betroffen sind Frauen von etwa 50 bis 91 Jahren, mögen erstaunlich sein, sind aber wohl eine Folge unserer gesellschaftlichen Entwicklung. In der Vergangenheit wurde es tabuisiert, über solche eigenen und sehr persönlichen Gefühle oder Bedürfnisse zu reden. So brauchte es die Veränderungen und die Öffnung der menschlichen Mauer, damit diese Gedanken und Gefühle überhaupt einen Weg in das Bewusstsein der Menschen finden konnten. Doch wie diese Geschichte zeigt, in der alle Personen frei erfunden sind, es ist noch lange nicht so, wie es sein sollte. Immer noch werden die meisten dieser individuellen Empfindungen versteckt, unterdrückt und verursachen auf diese Weise viel Leid und Schmerz.

Ich selbst war erstaunt über meine eigenen Gedanken und Gefühle, die sich langsam immer deutlicher in mir Platz verschafften. Nach einer relativ kurzen Zeit trafen wir uns erneut. Es war ein zauberhafter Sommertag, die Sonne machte dem Tag alle Ehre. Die Dame kam mir entgegen, wir sahen uns in die Augen und ich meinte, ich hätte etwas Besonderes in ihrem Blick bemerkt. Das Gespräch wurde sehr schnell tiefergehend, ich spürte eine Wärme, die ich so noch nicht kannte. Dass wir uns zum Abschied in die Arme nahmen und uns drückten, war für uns ganz normal. Dieses Mal war es nicht nur so ein kurzes

Drückerchen und weg, es wurde zu einer wundervollen Umarmung, ich genoss jede Sekunde. Als wir uns trennten, meinte ich, in ihren Augen bemerkt zu haben, dass sie feucht geworden waren. Wieder ging ich nach Hause und dachte über diese seltsamen Erfahrungen nach. Interpretierte ich nur meinen Wunschtraum?

Es dauerte nur wenige Tage, da standen wir uns wieder gegenüber. Die Blicke brauchten ganz viel Zeit, um sich zu beruhigen. Etwas schien mit uns zu geschehen. Ich sah eine tolle Frau, eine attraktive Erscheinung, einen reizvollen Anziehungspunkt direkt vor mir. Das Gespräch wollte sich in Ausflüchten verlieren, so konnte es nur kurze Anmerkungen geben. Dann aber erschien es mir beinahe so, als würden wir immer besser ins Gespräch kommen. Interessanterweise ging es ja um das, was gerade in uns passierte, was wir unerwartet spürten. Da der Moment auf der Straße nicht geeignet war, lud sie mich zum Kaffee bei sich zu Hause ein. Ich nahm dankend an und freute mich über ihr Angebot. In mir tobten Gefühle, die ich so nicht erwartet hatte und die ich anfangs nicht haben wollte. Wie konnte ich so empfinden, war es nur eine falsch interpretierte Geste, eine egoistische Einschätzung der Situation?

Pünktlich stand ich vor ihrer Tür und klingelte. Sie öffnete mir. Ich sah eine reizvolle Dame in einem wunderschönen Kleid. In dem Augenblick dachte ich nur noch, alle Weiblichkeit ist in dieser einen Person, ja wie ein Wunder. Doch war sie nicht schon eine alte Frau? Ich setzte mich in den Sessel, sie auf die Couch.

Der selbst gebackene Kuchen duftete verführerisch, wie das Parfüm dieser zauberhaften Erscheinung. Aus dem Gespräch konnte ich entnehmen, ich hatte mich nicht geirrt, meine Wahrnehmung war nicht falsch. Wir redeten über die Dinge des Lebens, so kamen wir auch zum Thema Tod und wie wir damit umgehen. Das zog folglich auch den Bereich Leben nach sich. Und gerade das Leben war so spannend, dass wir uns daran festredeten. Es zog sich in die Länge, denn wir kamen von den jugendlichen Träumen bis in die Gegenwart. Die aktuellen Themen brauchten dann aber ein tiefes Vertrauen, das sich wie von selbst eingestellt hatte. Das Gespräch führte in Regionen, die wir nicht wirklich geglaubt hätten zu erreichen. Es war die innere Not, die uns dahin brachte, unsere gefühlte Mangelerscheinung und, was wohl am wichtigsten war, die Gefühle, die wir bei diesem Treffen spüren konnten. Meine Zweifel an meinen Wahrnehmungen wurden so immer mehr aufgelöst. Ich war mehr als positiv überrascht, dass wir, ich kurz vor fünfzig und sie Anfang siebzig, über unsere innersten Wünsche reden konnten. Dann berichtete sie mir davon, dass auch sie bereits Gefühle und Bedürfnisse in sich spürte, die doch eigentlich nicht mehr zulässig sein dürften. Was ist zulässig, was ist normal, was ist erlaubt? Am Anfang stand der Tod und führte uns zu dem, was wir mit ihm verlieren würden. Ihn zu akzeptieren fiel uns nicht schwer, aber was uns mit seinem Eintritt verloren gehen würde, das verband uns komischerweise dann doch mehr, als ich je gedacht hätte. Diese Dame saß vor mir und sprach darüber, wie sehr sie sich jemanden gewünscht hatte, als ihr Mann verstorben war. Wie es aber üblich zu sein schien, durfte sich eine Frau nicht mehr ihre Wünsche erfüllen.

Sie hatte klare, vermeintlich vorgeschriebene Verhaltensweisen zu zeigen und sich nicht auf sich und ihre Bedürfnisse zu konzentrieren. So bedeutete das auch, sehr lange in Schwarz ihre Trauer zu bekunden. Was sie selber dabei empfand, spielte keine Rolle. Da auch das Umfeld sich so präsentierte, konnte man nicht einfach ausbrechen. Heute sieht das schon anders aus, auch wenn es immer noch einige gibt, die diese alten und falschen Regeln befolgen und befolgen wollen. Schön, dass wir dahin kamen, so auch zu dem, was sie nach der Trauer in sich spürte. Die Einsamkeit, die sie sich ja auferlegen musste, die wurde zu einem großen Schmerz, den sie kaum ertragen konnte. Es kam so weit, dass sie sich sogar den Tod herbeisehnte, nur um aus dieser unerträglichen Situation entfliehen zu können. Der Tod aber ignorierte sie und spielte mit anderen Menschen aus ihrem Umfeld. So war sie mit der Zeit in der Lage, sich umzustellen und zu verändern. Aus der traurigen Frau wurde eine aufrechte und energiegeladene Dame. Sie entwickelte wieder eine Herzenswärme, die ich zu spüren bekam und die mich schließlich hierher geführt hatte. Nein, es kommt nicht von allein, solche Eröffnungen, ich musste mich schon auch trauen, von mir zu berichten. Dabei bemerkten wir natürlich, dass wir gar nicht so weit auseinanderlagen in unseren Wünschen und Bedürfnissen. Ich meine, gerade diese Erkenntnis hatte uns immer weiter getrieben und wir wollten diesen Tag, diese Situation, so gut nutzen, wie es ging. Jeder spürte die Angst in sich, es könnte das einzige Gespräch dieser Art bleiben.

Gespräche habe ich natürlich nicht in einer solchen Tiefe geführt, wie ich es hier beschreibe. Aber ich habe Ansätze von Öffnungen in dieser Form bemerkt. Noch sind die Menschen nicht so weit, dass sie sich vollends öffnen und sich trauen, über sich und ihre Empfindungen zu reden. Alles wird noch von einer bedrohlichen Norm geleitet. Noch darf niemand so leben, wie er es für sich für richtig hält, wie es auch auf anderen Gebieten der Fall ist. Noch entscheidet die Gesellschaft was Recht und Gesetz ist, selbst wenn es ungeschrieben bleibt. Und wie von einer fremden Macht gelenkt, fügen wir uns dem vermeintlichen Schicksal mehr oder weniger freiwillig. Das betrifft nicht nur diese Dinge, es betrifft unser gesamtes Leben.

Da unser Treffen sich in die Länge zog, mussten wir es irgendwann abbrechen und ich ging nach Hause. Dieses Mal dauerte es nur wenige Tage, da lud sie mich erneut zum Kaffee ein. Mit einem kleinen Blumenstrauß stand ich wieder vor ihrer Tür. Ich betrat das Wohnzimmer und war etwas verwundert, denn dort saßen bereits zwei Damen. Die eine schätze ich Mitte sechzig, die andere so Ende fünfzig. Auch diese Frauen hatten ihre Männer schon vor langer Zeit begraben und lebten so, wie es vermeintlich sein sollte. Der Friedhof hatte sie dann zusammengebracht und so sind sie Freundinnen geworden. Dass sich diese auch ausführlich über unser letztes Treffen ausgetauscht hatten, das darf ich als selbstverständlich annehmen. Nachdem ich sie höflich begrüßt hatte, setzte ich mich auf die Couch und neben mich setzte sich die gute Bekannte. Schon nach kurzer Zeit war mir klar, sie wussten alles über unser letztes Gespräch.

Was mich dann aber überraschte war, dass sie sich relativ freizügig in meiner Gegenwart äußerten, über sich sprachen. Ich hörte aufmerksam zu und schaute mir diese Frauen an. Eine in einem tollen Sommerkleid, das mich so ein wenig an die Fünfziger erinnerte, die andere in Hose und einer leicht transparenten Bluse. Auffällig schien mir, sie hatten sich exzellent zu ihrer Person gekleidet. Es passte aber auch so super, dass ich bereits wieder die wundervollen Damen als attraktiv und reizvoll wahrnahm. Ich spürte, diese Frauen waren nicht nur nette Damen, da war ein Gefühl, das mich immer mehr zu ihnen drücken wollte. Doch ich bin ja anständig und höflich und weiß, wie man sich zu benehmen hat. Das kam mir dann schon wieder widersinnig vor, denn war nicht gerade das der Punkt, der uns allen so viel Leid beschert hatte? Anstatt der Höflichkeit, die ich ja nicht aufgeben wollte, musste ich mich mehr auf das Innere besinnen und darüber reden, genau wie es die Damen mir vorgemacht hatten.

Die Situation zeigt deutlich, wie sehr wir in diesen Verhaltensnormen verwachsen sind und wie sehr sie unser Leben immer wieder beeinflussen. Wir möchten es anders gestalten, leben aber immer weiter nach althergebrachten Normen. Also ist es vonnöten, dass wir uns wieder bewusster machen, was wir wollen und wie wir tatsächlich sind. Unser Glück hängt davon ab, ob wir uns trauen, uns neu zu orientieren, zu organisieren, unser Leben zu überdenken.

Unsere Gefühle wahrnehmen und respektieren, das fällt uns schwer.

Der Kuchen war gegessen und der Kaffee geleert. Da brauchten diese Frauen einen guten Schluck und zu meinem Erstaunen griffen sie zum Whisky. Ich verzichtete lieber, denn ich kann ihn nicht vertragen. Bald stand eine der Damen auf, meinte, sie müsse sich einmal etwas bewegen. Direkt hinter mir kam sie zum Stehen und legte ihre Hände auf meine Schultern. Es war Elli, die weibliche Person in Hose. Irmgard setzte sich zu mir auf die Couch. So fühlte ich zunächst ein Unbehagen, denn ich kannte es nicht, von drei Damen so umringt zu sein. Da ich aber auch Gefühle für sie entwickelte, wurde die Situation sehr schwierig. Weil Eleonore, meine Bekannte, sich nicht dagegen wehrte, akzeptierte sie, dass wir alle so eng beieinander waren. Ich begann, innerlich zu kochen und die Frauen bemerkten es schnell. Ich wollte mich rechtfertigen und die Situation beruhigen, aber ich konnte auf die Fragen nicht anders als ehrlich antworten. „Was ist mit dir? Du siehst so aus, als würde es dir zu warm sein?“, fragte Eleonore neugierig.

„Ich …, ich …, ich kann nichts dafür, bezaubernd schöne Damen so dicht um mich herum, das kenne ich nicht.“ Am liebsten hätte ich die Augen zugemacht, um nichts zu sehen oder wäre im Erdboden verschwunden, nur um nicht in meinen Gefühlen ertappt zu werden, aber ich konnte es nicht.

„Was regt dich denn so auf?“

„Es ist diese Nähe, diese Wärme und ein Gefühl, das ich tief in mir spüre.“

„Was ist das für ein Gefühl?“ Ich wollte nicht, aber ich musste, wenn ich diese Situation nicht zerstören wollte.

„Ich möchte mich in eure Arme legen und mich einkuscheln, mich ganz anvertrauen.“

„Warum nicht? Wir können das doch gerne mal probieren.“ Elli schob ihre Hände über meine Brust und immer tiefer. Eleonore und Irmgard nahmen meine Hände und hielten sie fest. Warum, kann ich nicht genau sagen, aber es fühlte sich so intensiv an und so sicher, dass ich mich einfach einließ. Als Elli ihre Hände wieder nach oben zog, kratzten ihre Fingernägel an meinen Brustwarzen und ich zuckte plötzlich sehr heftig zusammen. Das bemerkten die Frauen selbstverständlich und sogleich machte sich Elli erneut daran, ihre Fingernägel sanft zu nutzen. Meine Reaktionen waren nur allzu deutlich, so bebte ich schon bei diesen zarten Berührungen. Währenddessen legten die anderen meine Hände auf ihre Schenkel und streichelten sie. Es war einfach so schön, so himmlisch schön, dass ich meine Hände nicht einfach liegen lassen konnte. Ganz sanft streichelte ich den Bereich, auf dem meine Hände lagen. In mir wurde der Wunsch nach mehr immer heftiger. Ich lehnte mich zurück, denn Elli zog meinen Kopf nach hinten und küsste mich auf den Mund. Ich konnte es genießen. Ihre Lippen waren warm, weich, mit einem tollen Lippenstift belegt. Es war, als würde sie mir etwas einhauchen, so berauschend schön fühlte es sich an. Eine Energie durchströmte mich, die mir so wohltuend und schön vorkam, dass ich mich ihr einfach ergeben hatte. Als sich unsere Lippen wieder gelöst hatten, schaute ich Eleonore an. Was ich eben über den Mund von Elli spüren konnte, das erfasste mich nun in dem Blick von Eleonore. Da meinte ich, ganz viel Sehnsucht zu spüren, so viel Bedürftigkeit. Ich wollte es allen dreien recht machen, aber ich konnte mich immer nur einer wirklich zuwenden. So näherten wir uns einander und ich spürte ihre heißen Lippen auf den meinen.

Man mag es mir verzeihen, aber ich hatte keinen Gedanken an Sex. Es war einfach nur irre schön, ich fühlte mich zwischen diesen reifen Damen so geborgen wie noch nie. Irmgard unterstützte uns dabei, streichelte meinen Rücken. Elli kam dann zu uns nach vorne und kniete vor uns nieder. Sie legte ihre Hände auf unsere Schenkel und ich dachte daran, wir wären ein Körper. Es war so unglaublich schön, so sicher und so eine Zufriedenheit in mir, dass ich es gar nicht glauben wollte. Den Damen schien es ähnlich zu ergehen, denn sonst hätten sie diese Situation nicht zugelassen. Ich drehte mich um, wendete mich Irmgard zu, legte meinen Arm um sie und küsste sie innig. Mit einer Hand streichelte ich Ellis Kopf. Ganz sanft ließ ich meine Hand über ihre Haare gleiten und über ihr Gesicht. Irmgard drückte mich fest an sich, als wollte sie mich nicht mehr loslassen. Diese unglaublich angenehme Nähe von uns vier Menschen war einfach nur himmlisch schön. Und dann spürte ich etwas, das mich verunsicherte, tief unterhalb meines Bauchnabels regte sich etwas. So schön ich es auch empfand, es durfte nicht sein. Dieser Augenblick hatte uns vereint, meine plötzlich auftretenden Gefühle könnten alles zunichtemachen, befürchtete ich. Als ich mich endlich von Irmgards Mund getrennt hatte, saß ich aufgeheizt zwischen diesen drei reizenden Damen. Elli hatte nicht vergessen, wie ich auf ihr Reiben meiner Brustwarzen reagierte, und schob ihre Hände unter meinen Pulli. Als sie die Stellen erreichte, zuckte ich erneut heftig zusammen. Die Erregung wurde so stark, dass ich mich nicht mehr richtig zurückhalten konnte. Diese Frauen waren mir so sympathisch und sehr attraktiv, dass ich es gar nicht anders empfinden wollte. Ich riss mich zusammen, versuchte meine Erregung, so gut ich

es konnte, zu unterdrücken. Allerdings streichelte ich die Schenkel der neben mir sitzenden weiblichen Wesen, wollte auch ihnen ein gutes Gefühl vermitteln. Meiner Wahrnehmung nach hatte es ihnen gefallen, denn ihre Schenkel begannen, sich leicht zu bewegen. Ich weitete den Bereich meiner Berührungen aus, ließ meine Hände bis zu den Knien wandern und zurück. Die zarten Materialien fühlten sich zauberhaft an, als sie auf den bestrumpften Beinen hin und her glitten. Plötzlich spürte ich eine Hand, die sich auf meine legte und sie in Richtung Schritt zu schieben begann, das blockierte ich. Klar war dies die Möglichkeit schlechthin, aber etwas in mir stoppte mich. Sollte ich diese irre erotische Situation aufgeben und sie an den Sex verlieren? Diese Geborgenheit, diese Sicherheit, das wollte ich genießen und zurückgeben, aber wenn es sich auf den Sex ausweiten würde, dann könnten ich und diese netten Damen verlieren, was doch gerade so bezaubernd schön war. In meinem Kopf arbeitete es heftiger denn je. „Was ist los?“, fragte Eleonore, deren Hand die Führung übernehmen wollte.

„Es ist nichts, ich hatte nur das Gefühl, es könnte zu weit gehen.“

„Inwiefern zu weit?“

„Na ja, ich hatte plötzlich Gefühle entwickelt, die möglicherweise nicht angemessen, nicht erwünscht sein könnten.“

„Das haben wir doch längst bemerkt, wir würden es nicht tun, wenn es uns nicht gefallen würde.“ Eleonore sah mich mit einem Blick an, der Bände sprach. Diese reife Frau spricht in einer Weise, wie ich es nicht erwartet hatte. Die anderen Damen nickten nur zustimmend. Damit war die Situation eine

andere, ich konnte mich nicht wieder darauf einlassen, obwohl ich doch genau das herbeigesehnt hatte. Die Stimmung brach in sich zusammen. Elli beugte sich zu mir und nahm mich tröstend in ihre Arme. Sie hielt mich fest und drückte mich heftig an sich. Ich ließ es zu, denn es fühlte sich wunderschön, einfach traumhaft schön an. Dennoch konnte ich nicht mehr zurückfinden.

Bei der Verabschiedung drückten wir uns alle, äußerten uns dennoch zufrieden und bekundeten unsere Neugier auf ein weiteres Treffen.

Der nächste Termin war nicht so leicht zu finden, vier Menschen auf einen Tag zu verpflichten, das kann sehr schwierig sein. Also lud mich Eleonore zwischendurch ein, um mit mir über dieses letzte Treffen zu reden. Sie wollte anscheinend genau wissen, weshalb ich mich gegen die Streicheleinheiten gesperrt hatte. Ich saß also erneut auf ihrer Couch und sie neben mir. „Ich bin ja immer noch etwas überrascht, denn ich hatte nicht damit gerechnet, dass du dich einer solchen Einladung, wie ich sie dir angeboten hatte, entziehen würdest."

„Entschuldige, ich wollte sie nicht abweisen oder verletzen. Nur war mir in dem Augenblick so seltsam zumute, dass ich Angst davor hatte, wir könnten uns diesen wunderschönen Tag damit vermiesen. Es war ja nicht so, dass ich es nicht gern angenommen hätte, aber ich traute mich in dem Moment nicht, es zuzulassen." Eleonore legte ihren Arm um mich und zog mich an sich. Wieder fühlte es sich irre toll an, ich wollte und konnte es genießen. „Weißt du, es ist doch so. Wir drei Damen sind nicht mehr die jungen Mädchen, man traut uns solche Empfin-

dungen wohl nicht mehr zu, aber dem ist nicht so. Wir Freundinnen reden oft davon, was wir uns wünschen. Nach außen darf es nicht sein, wir wahren den Schein. Noch ist es so, dass das Umfeld es nicht verstehen würde. Wir sind zwar immer noch Menschen mit Gefühlen und Bedürfnissen, aber wir überschreiten die Grenzen des Üblichen. Auch wenn diese Wünsche nicht mehr so ganz mit denen aus früheren Tagen zu vergleichen sind, es gibt sie noch, da kannst du sicher sein. Deshalb darfst du dich ruhig einlassen, natürlich nur wenn es dir auch zusagt."

Diese Gedanken sind mir begegnet und durch verschiedene Sendungen des Fernsehens und einiger Filme unterstützt worden. Das Alter ist kein Ausschlusskriterium für Gefühle und Bedürfnisse, auch nicht für die Erotik, es ist nur etwas anders, als man es in jungen Jahren wahrgenommen hatte.

„Das klingt so gut und ich glaube, ich kann das verstehen. Doch wenn ich als relativ junger Mann zwischen euch sitze, dann bekomme ich eben Zweifel, ob das auch wirklich dem entspricht, was jeder möchte. Ich hatte ein schlechtes Gewissen, denn ich spürte einen heftigen sexuellen Reiz und das, weil drei für mich unglaublich anziehende Damen mir so nahe kamen, wie ich es mir schon so oft und immer wieder gewünscht hatte. Darf ich das überhaupt so empfinden?" Ich schaute Eleonore an, mein Blick ließ meine Unsicherheit und gleichzeitig meine Bedürftigkeit deutlich spürbar werden.

„Na sicher verstehe ich deine Sorge, aber sei dir klar darüber, wenn wir es nicht so wollten, wir würden es unüberhörbar zum

Ausdruck bringen. Weshalb meinst du, haben wir uns mit dir getroffen? Bestimmt nicht, weil wir nur reden wollten. Wie kommt es aber, dass wir alten Weiber für dich so von Interesse sind?“

„Ich weiß es nicht. Es ist einfach so gekommen. Na ja, ich meine, es geschieht einfach, ich schaue jemanden an und spüre, ob etwas Wundervolles oder Abstoßendes vor mir steht. Die Erscheinung dieser reifen Frauen löste es aus, die Ausstrahlung und schon war es geschehen. Mein Bauchgefühl sagt mir, ob mir jemand sympathisch ist oder nicht. Das kann ich nicht genauer erklären, das ist einfach da.“

„Dann sind wir älteren Wesen für dich so reizvoll, dass es dich tatsächlich mit solch heftigen Gefühlen erfüllt?“

„Oh ja, ich habe es gespürt und ich habe es genossen, nur eben nicht so, wie es vielleicht hätte sein können. Sie alle sehen bezaubernd aus und ich mag ihre Erscheinungen, ihre Stimmen und ihre energiegeladene Ausstrahlung. Für mich sind sie unglaublich schöne Frauen und ich spüre ein extremes Begehren in mir.“

„Ein Begehren?“

„Ja, ein starkes Begehren. Als ich sie neulich in ihrem zarten Kleid gesehen hatte, da kamen sofort Wünsche auf. Ich wagte es, mich zu fragen, was sie, diese zauberhaftschöne Frau, wohl darunter tragen würde. Mir fielen die Miederwaren ein, die ich so gern mag und die früher noch in der Werbung auftauchten. Es gibt so tolle und reizvolle Unterwäsche für Damen, die mich immer schon fasziniert hatte. Doch dann kamen die Zweifel, ob ich so denken dürfte. Ist es nicht verletzend, wenn ich solchen Gedanken folgen würde? Ich meine, wir reden so oft davon,

dass Männer sexistisch sind und nicht mehr im Kopf haben als Sex. Dabei ging es mir gar nicht um den Sex in dem Sinne, mehr ist es diese Nähe, die Berührungen und die Geborgenheit, die Sicherheit, die ich spüren möchte. In meinen Gedanken gibt es ein tiefes Vertrauen und das macht alles möglich. Es ist mir wichtiger, dass ich jemanden verwöhne und glücklich mache, als dass ich selber dabei den Höhepunkt erreiche. Entschuldigung, ich bin etwas abgeschweift." Eleonore sieht nicht unglücklich aus.

„Natürlich kann ich auch nur für mich selbst sprechen, aber ich finde es toll, wenn du mich so reizvoll und anziehend findest. Deine Umarmungen sind einfach hinreißend schön, sodass ich gerne mit dir zusammen bin und deine Zärtlichkeit annehmen kann. Elli und Irmgard sehen das nicht anders, wir sprachen am Telefon darüber."

„Oh ich kann diesen Wunsch nach Zärtlichkeit mehr als gut verstehen. Es mag für mich als Mann seltsam klingen, aber ich liebe die Zärtlichkeit und diese Wärme, diese innigen Umarmungen und diese heißen Küsse."

Kann es so etwas überhaupt geben? Reden Menschen so miteinander? Sind diese Gefühle wirklich nachvollziehbar oder nur reine künstlerische Freiheit? So ganz sicher bin ich mir da nicht, aber ich wünsche mir, dass dem so sein könnte. Es ist ja auch meine eigene Interpretation der Informationen, die ich meine, erhalten zu haben, in vielen Gesprächen mit Menschen aller Altersgruppen. Ich bin nur ich, nicht sie und nicht jemand. Damit erklärt sich auch, dies sind nur meine ganz persönlichen Konstruktionen.

Ihre ganz eigenen Gedanken entwickeln sich sicher, wenn sie dies lesen.

Die Frau neben mir rutschte noch etwas dichter an mich heran. Ich spürte, wie mir immer wärmer wurde und ich fühlte ein Bedürfnis, wie ich es nicht erwartet hatte. Sie war nicht sehr schlank, eher hatte sie wundervolle weibliche Rundungen und sah superfraulich aus. Dies war ganz mein Geschmack und mein Bauch sagte schon lange, dass sie mir gefiel. Die anderen Frauen sahen auch nicht übel aus. Sie hatten eine ähnliche Figur wie Eleonore, wunderschön und reizvoll für mich. Wir schauten uns an und unsere Lippen wurden wie von Magneten angezogen. Schon berührten sie sich und es war wie im Paradies. Alles um mich herum entschwand und ich blieb nur noch mit dieser zauberhaft schönen Frau allein. Dieser Kuss nahm kein Ende, wir waren leidenschaftlich und ausdauernd. Ganz klar, wir brauchten beide diese Nähe, diese Berührungen und sicher auch die starke Erotik. Meine Hände suchten sich einen Weg unter die Kleidung dieser heißen und reizvollen Dame. Ich schob meine Hand unter ihre Bluse, spürte ihren BH und genoss dieses irre geile Gefühl. Sie schob ihren Körper immer dichter an mich heran, was ich als Begehren empfand. Ich streichelte über ihre Hose. Darunter nahm ich deutlich das Höschen wahr. Eine Miederhose musste es sein, ging es mir durch den Kopf. Meine Neugier war geweckt und versetzte mich in höchste Alarmbereitschaft. Da fühlte ich, wie ihre Hand unter meinen Pulli wanderte, eine Brustwarze erreichte und sie reizte. Wie von Sinnen reagierte ich so heftig, dass ich es kaum aushalten konnte. So ließ ich meine Hand in ihren

Schoß gleiten und wartete auf ihre Reaktion.

Sie nahm mich an die Hand und zog mich in ihr Schlafzimmer. Dort entkleidete sie sich und ich machte es ebenso. Meine Vermutungen, was ihre Unterwäsche anging, schienen sich zu bestätigen. Da stand sie nun ganz ohne, ganz nackt vor mir. Eine Frau von unbeschreiblicher Schönheit und einer Weiblichkeit, der ich nicht widerstehen konnte. Wir traten aufeinander zu, unsere Körper verschmolzen miteinander. Meine Hände erkundeten diesen Body und ließen keinen Millimeter aus. Meine Nase arbeitete angestrengt und ich kann klar sagen, ich konnte diese Dame sehr gut riechen. Ihr Duft war betörend und zog meine ganze Aufmerksamkeit auf sich. Auch ihre Hände gingen auf Wanderschaft, da spürte ich, wie sie meine Männlichkeit ergriff und festhielt. Ich konnte mich nicht mehr zurückhalten, wollte es unbedingt mit ihr erleben. Schon lagen wir auf ihrem Bett. Ich streichelte sie überall da, wo ich vermutete, dass es ihr gefallen könnte. Ihre Nippel wurden fest und standen so schön aufrecht, dass meine Lippen unbedingt daran knabbern wollen. So leckte ich sie sanft an ihren Knospen und saugte an ihnen, sie stöhnte ganz leise. Meine Hand fand den Weg in ihre Liebeshöhle und dort den Punkt, der ihr höchste Lust bereitete. Ich gab alles, damit sie diesen Moment als den schönsten ihres Lebens in Erinnerung behalten könnte. Schon hörte ich ein lauter werdendes Geräusch, welches ihre Lust deutlich hörbar machte. Sie war in höchstem Reizzustand und würde jeden Augenblick zum Orgasmus kommen.

Danach lagen wir eng beieinander und genossen den Augenblick. Streicheleinheiten begleiteten uns durch die Zeit.

Nur ein Traum? Vielleicht eine traumhafte Realität? Erotik in einer anderen Art? Wann sollte, wann wird es aufhören, dieses Begehren? Wie werden sich die Wünsche verändern? Sie können mich jetzt verteufeln, denn ich wage mich da weit hinaus in einen Bereich, von dem ich nur meine eigenen Kreationen entwerfen kann. Aber wenn dem so ist und wir auch mit 70 Jahren noch solche Empfindungen haben, dürfen wir das dann auch noch leben und sogar darüber reden?

Ich genoss dieses Erlebnis nachhaltig. Was ich kaum zu glauben wagte, es war eingetroffen, Eleonore und ich hatten zauberhaft schönen, berauschenden Sex. Sie hatte sich dann mit ihren Freundinnen ausgetauscht und so kam es, dass sie mich erneut nach einem Termin fragte. Da ich gar nicht daran dachte, dass es dabei um ein Treffen auch mit den anderen beiden Frauen gehen würde, sagte ich natürlich zu.

Ich betrete ihre Wohnung in freudiger Erwartung. Gleich hinter der Eingangstür umarmen wir uns leidenschaftlich und küssen so, als würde es kein Morgen geben. Sie trägt ein zauberhaft schönes Kleid. Ganz wie in den Fünfzigern mit einem Petticoat drunter. Der Tellerrock steht ihr ausgezeichnet und ich sehe eine junge Frau vor mir. Sie erscheint mir einfach viel jünger, macht das der andere Umgang mit ihren, mit meinen Wünschen? Im Wohnzimmer will ich mich setzen, da fragt sie mich, ob ich nicht vielleicht neugierig wäre, wie ihre Freundinnen auf unser sexuelles Erlebnis reagiert hätten. Ich schaue sie etwas verwundert an und zucke mit den Schultern. Da öffnet sie die Tür zu ihrem Schlafzimmer. Sofort nehme ich Irm-

gard und auch Elli wahr, die in zauberhafter Reizwäsche auf ihrem Bett sitzen. Irmgard trägt ein BH-Set in Weinrot, was ihr ganz ausgezeichnet steht. Elli trägt einen Body in Dunkelgrün, der, wie ich finde, super zu ihren Haaren passt. Dann zieht sich Eleonore aus. Das Schwarz ihrer schönen Wäsche ist bezaubernd und irre anzusehen. Drei Damen in so reizvoller Kleidung und mit diesen fraulichen Figuren, dass ich nur noch träumen kann. Ich könnte nicht sagen, wer mir am besten gefällt, alle sind so märchenhaft schön und doch bin ich hier und darf sie so sehen und betrachten. Ich fühle mich überwältigt, überfordert, geehrt, daher lasse ich mich ein. Diese reizvollen weiblichen Wesen wissen ebenso, dass ich nicht alle so verwöhnen kann, wie es vielleicht gewünscht wird. Daher setze ich mich einfach zu ihnen und warte auf das, was sich ergeben wird.

Vor lauter Aufregung habe ich ganz vergessen, dass ich noch bekleidet bin. Das Problem kann ich Gott sei Dank schnell beheben und schon liege ich zwischen Eleonore und Irmgard. Elli kniet zwischen meinen Beinen und lässt ihre Hände von unten nach oben wandern. Ich weiß gar nicht, wohin ich zuerst schauen und fühlen soll. Alles ist so wundervoll, so irre schön, dass ich nicht genug bekommen kann. Meine Hände liegen auf den Pobacken der Damen, ich streichele sie sanft. Eleonore schiebt ihr Gesicht über das meine und küsst mich leidenschaftlich. Irmgard reizt meine Nippel, ich reagiere erwartungsgemäß wie wild darauf. Sie genießen es, mich so zu sehen und zu spüren. Elli greift sich meine erregte Männlichkeit und schiebt ihre Lippen darüber. Was für ein überwältigendes Gefühl. Ich bin verrückt vor Verlangen, daher will auch ich diese

Frauen verwöhnen. Die Damen neben mir legen sich auf den Rücken. Da ich sie so nicht wirklich passend berühren kann, muss ich mich Elli entziehen und meine Position verändern. Schon nach kurzer Zeit habe ich die Perle bei Irmgard gefunden und liebkose sie. Die Wirkung lässt nicht auf sich warten, relativ schnell kommt sie zu einem Megaorgasmus. Alle sind heftig angetan von diesen Geräuschen, die aus Irmgards Mund kommen. Jeder genießt ihre von Lust getriebenen Bewegungen und wie sie sich zum Höhepunkt aufbäumt, sich dann zurück auf das Bett fallen lässt. Gerade will ich mich Eleonore zuwenden, da bemerke ich, wie Elli an meiner steifen Männlichkeit interessiert ist. Sie möchte mich reiten, daher lege ich mich auf den Rücken. Eleonore will nicht warten, wünscht sich, dass ich sie oral verwöhne, was ich gerne für sie mache. Deshalb setzt sie sich direkt vor mein Gesicht und ich verwöhne sie mit meiner ganzen Leidenschaft. Elli kommt auch schon nach kurzer Zeit und Eleonore genießt ihren besonderen Status, denn so hatte es noch keine bekommen. Auch sie kommt nach wenigen Minuten zum Höhepunkt, was für die Damen nach so langer Enthaltsamkeit ungewöhnlich sein wird. Ich selber schaffe es nicht, zum Orgasmus zu kommen, zu sehr bin ich im Kopf von den bezaubernden weiblichen Empfindungen abgelenkt. Drei Frauen haben einen Megaorgasmus bekommen, und dies war seit sehr langer Zeit das erste Mal. Nein, ich bin nicht böse darüber, selbst keinen erleben zu können, denn ich genieße es ungemein, wenn ich diese Damen so schön verwöhnen kann.

Es war nicht das letzte Treffen von uns vieren. Wir leben das, was zuvor nicht akzeptiert wurde oder von dem wir glaubten, dass es nicht angemessen wäre, immer wieder aus.

In der Zwischenzeit ist Irmgard in ihrem Garten leider an einem Herzinfarkt verstorben. Wenn wir drei uns nun treffen, dann gedenken wir auch immer wieder dieser zauberhaften Frau, mit der wir so wundervolle Stunden erleben durften. Gerade das Wissen darum, dass wir alle jeden Tag dem Tod folgen könnten, hat uns noch mehr verbunden. Wir genießen jeden Tag, jede Stunde, jede Minute und Sekunde, wenn wir uns unseren Bedürfnissen und Wünschen hingeben. Wir nennen dies das Leben!

Wie viele Menschen mögen so glücklich sein, wenn ihr Leben zu Ende geht? Lebe den Tag, wie du ihn magst, und lasse dich nicht von irgendwelchen Regeln daran hindern. Was ich hier aufgeschrieben habe, das ist nur meine ganz persönliche Kreation, meine Gedanken, wie es sein könnte. Lohnt es sich, darüber nachzudenken oder ist das alles doch nur Unsinn? Wann sind wir alt und was dürfen wir dann noch fühlen und denken? Wann sind wir zu alt wofür? Wie mögen das die Leute betrachten und empfinden, die diese Frage betrifft?

Eleonore

Eleonore traf einen jüngeren Mann wieder. Fast meinte sie, ihn schon zu kennen, doch er war nur ein Bekannter. Mit ihren Anfang siebzig kam ihr der Herr noch recht jung vor, der gerade seinen 48. Geburtstag gefeiert hatte. Eigentlich wäre kein Mann mehr für sie infrage gekommen, dieser jedoch hatte etwas an sich, das anders war oder den sie einfach nur anders wahrnahm.

Im Gespräch spürte sie eine aufsteigende Energie in sich und

es schien so, als würden sie und dieser Typ irgendwie eine tiefere Verbindung haben. Oft schon hatte sie nach einem solchen Gespräch zu Hause darüber nachgedacht. Manchmal meinte sie, der könnte mir gefallen, wenn ich doch nur etwas jünger wäre. Eigentlich wollte sie sich nicht mehr mit dem Thema Mann befassen und hatte mit ihren Freundinnen auch ohne Herren viel Spaß. Diese Frau konnte gut allein zurechtkommen, brauchte sich keine Sorgen um ihre Zukunft zu machen. Dennoch kamen immer wieder Gefühle auf, wenn sie dem jungen Mann begegnete, die sie nicht mehr in sich vermutet hatte. Allerdings erschienen ihr diese Gefühle plötzlich wichtiger denn je.

Nach einer Weile trafen sie sich erneut und sie spürte sofort etwas Besonderes in diesem Blick. Beide schauten sich lange an und der Sommertag mit überraschend viel Sonne machte diesen Tag zu einem ganz zauberhaften. Und als hätte jemand die Macht, es zu lenken, begannen diese Menschen zu reden. Erstaunlich war für beide, dass sie mit dem herausplatzten, was ihnen gerade gefühlsmäßig widerfuhr. Eleonore fühlte sich auf der Stelle doppelt so attraktiv wie noch vor zehn Minuten, beinahe hatte sie den Eindruck, um Jahre jünger zu sein. Diese unerwarteten Worte passten schlecht auf die Straße, daher lud sie den Herrn zu sich zum Kaffee ein.

Pünktlich stand er vor ihrer Tür. Sie öffnete in einem tollen Kleid, welches sie extra für ihn angezogen hatte. Es war eines der Kleider, die sie noch schöner und vor allem jünger erscheinen ließen. Sein Blick machte deutlich, er hat es wohlwollend

bemerkt. Dann platzierte sie den Herrn mit Namen Tobias auf den Sessel, während sie sich auf der Couch niederließ. Der selbst gebackene Kuchen duftete und vermischte sich mit dem Geruch des Kaffees. Der Einstieg in ein Gespräch ist immer wieder schwer und Eleonore wollte ja nicht, dass es zu einem Desaster kommen würde. Daher redeten sie über das Leben schlechthin und auch über den Tod. Doch gerade der Tod forderte förmlich das Leben heraus und so gelang es, das Thema vom Tod, von jugendlichen Träumen, auf die Gegenwart auszudehnen. Aus irgendeinem Grund vertraute diese Frau dem Tobias einfach. Schon wollte sie ihm von ihren Gefühlen berichten. Es kamen Worte über ihre Lippen, die sie niemals von sich erwartet hätte, aber an dem Tag musste sie alles versuchen, alles wagen. Die ach so lange ertragene Einsamkeit machte in ihr eine Energie frei, die sie immer weiter vorwärtstrieb. In dem Augenblick waren ihr die vermeintlichen Regeln, das Risiko und das Umfeld ganz egal. Die vertraulichen Informationen ihres Gesprächspartners machten es ihr leichter, von sich und ihrem Innersten zu erzählen. Es tat so gut, dass sie niemals mehr aufhören wollte. Die so angenehme Nähe und das Empfinden, sie würden sich auf einer Wellenlänge befinden, erfüllten sie mit Gefühlen, wie sie nicht mehr glaubte, dass die noch in ihr gewesen wären. Aber es machte ihr auch Angst, dieses Gespräch zu beenden, denn würde es jemals ein weiteres geben? Doch wie das nun einmal so ist, die Zeit forderte ein Ende der Diskussion.

Um nicht wieder lange auf einen Zufall warten zu müssen, lud sie Tobias schon nach wenigen Tagen erneut ein. Der stand höflich mit einem Blumenstrauß vor der Tür und natürlich

überpünktlich. In ihrem Wohnzimmer saßen bereits zwei Damen, die Freundinnen von Eleonore. Das Schicksal hatte sie einst zusammengebracht, als jede auf dem Friedhof war, um ihren Verlust zu beweinen. Die hilfreichen Gespräche schweißten sie immer mehr zusammen. Da sie sich alle klar darüber waren, niemals mehr einen Mann an ihrer Seite haben zu wollen, versorgten sie sich notwendigerweise gegenseitig mit Zärtlichkeit und Liebe. Für Eleonore waren diese Frauen die besten Menschen auf der Welt. Sie unterstützten sich so gut sie es konnten und sogar ihr Geschmack lag sehr dicht beieinander. Das Sommerkleid von Irmgard, von allen zusammen ausgesucht und auch eine Bluse und eine Hose kamen so zu ihrer Trägerin.

Wie das unter ihnen normal war, hatten sie sich über die Gefühle unterhalten, die sich in Eleonore plötzlich Aufmerksamkeit verschafften. Ungewollt und nichtsahnend tauchten sie auf und bekamen eine ungeheure Macht. War es die Aufregung oder der süße Kuchen, jedenfalls brauchten die Damen jetzt einen guten Schluck Whisky. Tobias verzichtete höflich darauf, was immer ihn auch dazu bewogen hatte. Ich, Eleonore, saß neben Tobias, als sich Irmgard an seine andere Seite setzte. Elli stellte sich hinter dem Sofa auf und zog den Kopf von Tobias zu sich heran. Dann küsste sie ihn einfach so. Er ließ es geschehen und genoss anscheinend diese heißen Lippen. Ich spürte die Unruhe in diesem Mann, den wir ja beinahe vergewaltigten. Immerhin hatten wir uns einfach so an ihn herangemacht und dann saß der Arme da und war völlig verwirrt. Dennoch gefiel ihm, dass wir so aktiv mit ihm umgegangen waren. Nur um ihn ein wenig abzulenken, fragte ich ihn, ob er ein

Problem hätte. Er stammelte etwas von Gefühlen, die er nicht hätte haben sollen. Um das noch mehr auf den Punkt zu bringen, konnte ich mich nicht zurückhalten. „Was regt dich denn so auf?“

„Es ist diese Nähe, diese Wärme und ein Gefühl, das ich nur tief in mir hin und wieder erfahren habe.“

„Was ist das für ein Gefühl?“

„Ich möchte mich in eure Arme legen und mich einkuscheln, mich ganz anvertrauen.“

„Warum nicht? Wir können das doch gerne mal probieren.“ Elli spürte deutlich, wie seine Erregung ihn immer mehr erfüllte. Da ließ sie ihre Hände über seine Brust wandern und kratzte sanft an seinen Brustwarzen. Die Reaktion war überraschend heftig. Elli nutzte die Gelegenheit und ich nahm seine Hand und hielt sie fest. Um ihn zu animieren, sich streichelnderweise zu beteiligen, legte ich seine Hand auf meinen Schenkel. Elli küsste ihn erneut, schien es immer mehr zu genießen, wie dieser Mann vor uns so weich wurde und so gefühlvoll. Ich empfand es als höchsterregend, den jungen Herrn neben mir zu wissen und ihn so richtig heiß zu machen. Es gefiel mir einfach und ich meinte, es auch genießen zu dürfen. Er konnte ja die Bremse ziehen, wenn er es nicht hätte haben wollen, aber er zeigte deutlich sein Interesse. Nachdem Elli endlich diesen männlichen Mund freigegeben hatte, schaute ich ihn an und wollte meinerseits diese heißen Lippen spüren. In diesem Moment spürte ich eine unglaubliche Sehnsucht nach Sex. Nach so extrem langer Zeit wollte ich zum ersten Mal wieder Sex haben und das mit meinen Freundinnen und diesem Tobias. Als Elli sich vor uns niederkniete, da spürte ich diese Einheit, es war,

als würden wir alle ein Individuum sein, zu einer Lebensform verschmelzen. Irmgard nahm sich ihren Teil und küsste ihn leidenschaftlich. Ich streichelte dabei ihn und Elli und ich küsste Elli innig auf den Mund. Tobias bekam davon nichts mit, denn er wurde von einer tollen Frau gefordert. Immer mehr hatte ich den Eindruck, die Temperatur würde ständig steigen. Endlich trennten sich Irmgard und Tobias wieder und Elli nutzte den Moment, um ihre Finger erneut an seine Brustwarzen zu führen. Die Reaktion war mehr als deutlich und schon bemerkte ich eine Veränderung im Schritt von diesem Mann. Ich legte seine Hand auf meinen Schenkel und schob sie in Richtung meiner Liebeshöhle. Da blockierte er meinen Versuch. „Was ist los?", fragte ich.

„Es ist nichts, ich hatte nur das Gefühl, es könnte zu weit gehen, auch wenn es sich irre toll anfühlt."

„Inwiefern zu weit?"

„Na ja, ich hatte plötzlich Gefühle entwickelt, die möglicherweise nicht angemessen, nicht erwünscht sein könnten."

„Das haben wir doch bemerkt, wir würden dies doch nicht tun, wenn es uns nicht gefallen würde." Doch auch dieses Verständnis konnte ihn nicht mehr in diese wundervolle Situation zurückbringen. Er war im Kopf an eine Grenze gestoßen, die wir nicht zu überwinden in der Lage waren.

So verabschiedeten wir uns schließlich mit heftigen Umarmungen.

Beinahe gierig versuchte ich sehr bald, einen neuen Termin für uns vier zu finden, was nicht so einfach war. Und wenn es denn nicht sein sollte, dann nutzte ich die Zeit, so gut ich es

konnte, aus. Daher lud ich ihn erneut zu mir ein, nur für mich ganz allein. Da ich nicht lange herumreden, sondern meine Bedürftigkeit möglichst befriedigen wollte, setzte ich mich ganz dicht neben Tobias. „Ich bin ja immer noch etwas überrascht, denn ich hatte nicht damit gerechnet, dass du dich einer solchen Einladung, wie ich sie dir angeboten hatte, entziehen würdest."

„Entschuldigen Sie, ich wollte Sie nicht abweisen oder verletzen. Nur war mir in dem Augenblick so seltsam zumute, dass ich Angst davor hatte, wir könnten uns diesen wunderschönen Tag damit vermiesen. Es war ja nicht so, dass ich es nicht gern getan hätte, aber ich traute mich in dem Moment nicht, es zuzulassen." Jetzt legte ich meinen Arm um ihn und drückte ihn fest an mich. Es fühlte sich wunderschön an, ich wollte nur noch den zauberhaften Moment genießen. „Weißt du, es ist doch so. Wir drei Damen sind nicht mehr die jungen Mädchen, man traut uns solche Empfindungen wohl nicht mehr zu, aber dem ist nicht so. Wir Freundinnen reden oft davon, was wir uns wünschen. Nach außen darf es nicht sein, wir wahren den Schein. Noch ist es so, dass das Umfeld es nicht verstehen würde. Wir sind zwar immer noch Menschen mit Gefühlen und Bedürfnissen, aber wir überschreiten die Grenzen des Üblichen. Auch wenn diese Wünsche nicht mehr so ganz mit denen aus früheren Tagen zu vergleichen sind, es gibt sie noch, da kannst du sicher sein."

„Das klingt so gut und ich glaube, ich kann das verstehen. Doch wenn ich als relativ junger Mann zwischen euch sitze, dann bekomme ich eben Zweifel, ob das auch wirklich dem entspricht, was jeder möchte.

Ich hatte ein schlechtes Gewissen, denn ich spürte einen heftigen sexuellen Reiz und das, weil drei für mich unglaublich anziehende Damen mir so nahe kamen, wie ich es mir so oft und immer wieder gewünscht hatte. Darf ich das überhaupt so empfinden? Ist es nicht nur Egoismus?“ Unsere Blicke treffen sich und ich spüre deutlich seine Unsicherheit, aber auch eine Bedürftigkeit, wie ich sie für mich selbst wahrnehme. „Na sicher verstehe ich deine Sorge, aber sei dir klar darüber, wenn wir es nicht so wollten, wir würden es unüberhörbar zum Ausdruck bringen. Wie kommt es aber, dass wir alten Weiber für dich so von Interesse sind?“

„Ich weiß es nicht. Es ist einfach so gekommen. Na ja, ich meine, es geschieht einfach, ich schaue euch an und dann spüre ich etwas Wundervolles. Die Erscheinung löst es aus, die Ausstrahlung und schon ist es geschehen. Mein Bauchgefühl sagt mir, ob mir jemand sympathisch ist oder nicht. Das kann ich nicht genauer erklären, das ist einfach da.“

„Dann sind wir reifen Frauen für dich so reizvoll, dass es dich gleich mit solchen Gefühlen erfüllt?“

„Oh ja, ich habe es gespürt und ich habe es genossen, nur eben nicht so, wie es vielleicht hätte sein können. Sie sehen bezaubernd aus, ich mag ihre Erscheinung, Ihre Stimme und ihre energiegeladene Ausstrahlung. Für mich sind Sie eine wunderschöne Frau und ich spüre ein heftiges Begehren in mir.“

„Ein Begehren?“

„Ja, ein starkes Begehren. Als ich Sie neulich in ihrem zarten Kleid gesehen hatte, da kamen sofort Wünsche auf. Ich wagte es, mich zu fragen, was sie, diese zauberhaftschöne Frau, wohl

darunter tragen würde. Mir fielen die Miederwaren ein, die ich so gern mag und die früher noch in der Werbung auftauchten. Es gibt so tolle und reizvolle Unterwäsche für Damen, die mich immer schon fasziniert hatte. Doch dann kamen die Zweifel, ob ich so denken dürfte. Ist es nicht verletzend, wenn ich solchen Gedanken folgen würde? Ich meine, wir reden so oft davon, dass Männer sexistisch sind und nicht mehr im Kopf haben als Sex. Dabei ging es mir gar nicht um den Sex in dem Sinne, mehr ist es diese Nähe, die Berührungen und die Geborgenheit, die Sicherheit, die ich spüren möchte. Für mich ist es wohl die Erotik, die mich total fasziniert. In meinen Gedanken gibt es ein tiefes Vertrauen und das macht alles möglich. Es ist mir wichtiger, dass ich jemanden verwöhne und glücklich mache, als dass ich selber dabei den Höhepunkt erreiche. Entschuldigung, ich bin etwas abgeschweift." Ich schaue Tobias sehnsuchtsvoll an und glaube, jetzt ist der Zeitpunkt erreicht, an dem ich auf mein Ziel zusteuern kann. „Natürlich will ich auch nur für mich selbst sprechen, aber ich finde es toll, wenn du mich so reizvoll und anziehend findest. Deine Umarmungen sind einfach hinreißend schön, sodass ich gerne mit dir zusammen bin und deine Zärtlichkeit annehmen kann. Elli und Irmgard sehen das nicht anders, wir sprachen am Telefon darüber."

„Oh ich kann diesen Wunsch nach Zärtlichkeit mehr als gut verstehen. Es mag für mich als Mann seltsam klingen, aber ich liebe die Zärtlichkeit und diese Wärme, diese innigen Umarmungen und diese heißen Küsse."

Ich nutze den Moment und rücke noch etwas dichter an den Mann meiner Begierde heran. Mir wird immer wärmer, ich

spüre das Verlangen, ihn zu küssen. So drücke ich meine Lippen auf die seinen. Tobias wird mutiger und lässt seine Hände unter meine Kleidung gleiten. Was für ein Gefühl, als er meinen BH umkreist und ich seine warmen Hände auf meiner Haut spüre. Als er über meinen Po streicht, werde ich von meiner Begierde überwältigt. Meine Hand wandert unter seinen Pulli und sucht nach einer Brustwarze. Ich lasse meine Finger um sie kreisen und spüre, wie seine Erregung immer heftiger wird. Schon kann ich seine Hand in meinem Schritt fühlen, gehe nun ganz auf Zielkurs. Ich greife seine Hand und nehme ihn mit in mein Schlafzimmer. Sein gieriger Blick lässt mich meine Kleidung entfernen. Meine Reizwäsche scheint ihn anzutörnen und richtig heiß zu machen. Sehr bald stehe ich nackt vor ihm. Tobias hat sich währenddessen ebenfalls entkleidet. Unsere Körper kommen sich immer näher, bis wir uns leidenschaftlich umarmen. Meine Wahrnehmung ist jetzt nur noch auf eines gerichtet, ich will mit ihm Sex haben. Ich genieße es, wie er sich an meinem Körper festsaugt und jeden Millimeter zu erkunden versucht. Es ist berauschend schön, als ich seine erregte Männlichkeit in meiner Hand spüre. Seine Lippen sind unermüdlich dabei, meine Brüste zu küssen und an meinen Nippeln zu saugen. Es ist ein Märchen, ein Traum der Wirklichkeit wird. Der Reiz wird zu einer Lawine aus purer Lust und dann kann ich es langsam wahrnehmen, wie in mir ein Megaorgasmus entsteht.

Kurz danach liegen wir relativ entspannt auf dem Bett und verwöhnen uns sanft mit Zärtlichkeit.

Das Undenkbare wurde Realität, so schön wie fordernd, denn ich möchte mehr davon. Sogleich berichtete ich meinen Freundinnen von diesem Zauber, den ich erleben durfte. Das führte dazu, dass wir ganz schnell zu einem Termin fanden, an dem wir alle vier wieder beieinander sein konnten.

Tobias betritt meine Wohnung und schon gibt es leidenschaftliche Umarmungen. Ich habe mir ein Petticoatkleid angezogen, ganz wie aus den Fünfzigern. Mein Spiegelbild gaukelt mir eine Jugend vor, die ich zwar nicht habe, aber die ich mir doch in solchen Momenten herbeisehne. Als er sich setzen will, muss ich gleich wieder auf die Zielgerade kommen. „Was meinst du, wie die beiden anderen Damen reagiert haben, als ich ihnen von unserem Date berichtete?“ Der junge Mann zuckt nur mit den Schultern. Also öffne ich die Tür zum Schlafzimmer, in der Hoffnung, er wird sich erneut diese körperliche Nähe wünschen. Als wir auf unseren Sexpartner warteten, hatten wir Damen uns bereits etwas eingestimmt und uns verwöhnt. Ich liebe den Anblick von Irmgard in ihrem weinroten BH-Set. Dann begehre ich sie und möchte sie fortwährend berühren. Der dunkelgrüne Body von Elli ist mein Wunsch gewesen, ich liebe Bodys und Elli sieht so irre schön darin aus. Um den Freundinnen nicht nachzustehen, entkleide ich mich auch. Mein Schwarz macht nicht nur die Damen an, auch Tobias zeigt deutlich, wie sehr es ihm gefällt. Schon sitzt er zwischen uns, hat dabei ganz vergessen, dass er noch bekleidet ist. Er hat es bemerkt und versucht sich aus dieser gefühlten Enge zu befreien. Wir Damen sind hilfsbereit und reichen ihm unsere Hände. Dann liegt dieser Mann zwischen mir und Irmgard. Er

ist so schön schlank und seine Erregung ist ein Traum. Elli kniet sich sofort zwischen seine Beine und lässt ihre Hände wandern. Ich möchte ihn küssen, bin dabei sehr aktiv und leidenschaftlich. Da bemerke ich, wie Elli ihren Mund über den erregten Schaft schiebt und ihn ganz in sich aufnimmt. Nach einer Weile dreht sich Tobias zu Irmgard herum und schiebt seine Hand in das weinrote Höschen. Schon ist Irmgard im Paradies, sie stöhnt vor Wonne. Dann kommt sie überraschend schnell zu einem extremen Orgasmus, an dem wir alle teilhaben dürfen. Als sich das männliche Wesen etwas auf den Rücken dreht, ist Elli sofort dabei sich des Höschens zu entledigen und den Moment zu nutzen, führt sich sanft ein, was sie so lange ersehnt hatte. Es gefällt mir, wie sie auf ihm reitet und ihn so total verwöhnt. Allerdings spüre ich auch ein Begehren von extremem Ausmaß. Schon ganz oft habe ich davon geträumt, jetzt will ich es wissen und verändere meine Position so, dass er mich mit der Zunge zum Höhepunkt bringen könnte. Ich genieße sein orales Verwöhnprogramm. Etwas später, beinahe gleichzeitig kommen wir Frauen zum Orgasmus, es kann nur das Paradies auf Erden sein.

Tobias ist nicht so weit gekommen, er sieht etwas nachdenklich aus. Dennoch scheint er nicht unglücklich zu sein.

Es war das erste Mal in dieser Konstellation und es blieb nicht dabei. Sehr oft trafen wir uns, genossen jeden Augenblick und die alten Frauen schienen immer jünger zu werden. Die Realität holte uns ein, denn Irmgard erlitt in ihrem Garten einen Herzinfarkt, den sie leider nicht überlebte.

Wir anderen treffen uns regelmäßig und genießen die Zeit,

die uns verbleibt. In der Trauer haben wir uns aneinander angelehnt und so gut es ging ihren Verlust verarbeitet. Unsere Bedürftigkeit, unser Begehren hat nicht wirklich darunter gelitten, Irmgard hätte es nicht anders gewollt. So ist das Leben, es ist, wie es ist. Meine anfänglichen Zweifel, ob das alles richtig sein kann, haben sich in Luft aufgelöst. Der Beweis findet sich immer wieder in meinem Schlafzimmer, wenn so viel Lust zusammenkommt.

Irmgard

Meine Freundin Eleonore hatte mir davon berichtet, dass sie einen jüngeren Mann kennengelernt habe, mit dem sie über Gefühle reden konnte und der für sie sehr attraktiv aussah. Ausgiebig erzählte sie von ihrem ersten Treffen bei ihr in der Wohnung. Sie meinte, dass es ein Vertrauen gab, welches sie dazu verleitet hatte, von sich, ihren Bedürfnissen, von ihren innersten Wünschen zu sprechen. Da dies auf Gegenseitigkeit beruhte, machte es die Situation so besonders. Klar wurde ich neugierig und wollte diesen Typen näher kennenlernen.

Als der Mann hereinkam, spürte ich sofort etwas, das mich überraschte. Ich wollte keinen Mann mehr haben, doch der sah so gut aus, kam anders rüber, er passte ganz in mein Beuteschema. Sehr höflich begrüßte er mich, Eleonore stellte den Blumenstrauß auf den Tisch. Dieses männliche Wesen war nicht wie die anderen, das war diese berühmte Ausnahme. Das Gespräch verlief gerade so, wie es uns zuvor von Eleonore beschrieben wurde, tief, gefühlvoll und emotional. Und was mich besonders überraschte, ich machte mit, ich konnte so frei reden,

wie ich es mich vermutlich noch nie traute. Jetzt verstand ich, was meine Freundin gemeint hatte, als sie von einem außergewöhnlichen männlichen Wesen sprach. Ganz nebenbei verzehrten wir den Kuchen und der Kaffee schmeckte wie immer sehr gut. Ich bin mir nicht sicher, ob ich nur der Aufregung willen oder ob es der süße Kuchen war, der uns dazu verleitete, uns einen Whisky zu gönnen.

Elli wurde als Erste aktiv und trat hinter die Couch, direkt hinter Tobias. Ich nutzte den Augenblick, setzte mich zu dem Wesen, das uns eine hoffentlich schöne Zeit bescheren würde.

Na sicher hatten wir Damen uns im Vorfeld darüber verständigt, ob wir uns auf ein solches erotisches Unterfangen einlassen wollten. Die Antwort kam wie selbstverständlich über unsere Lippen. Zu lange hatten wir uns in unser vermeintliches Schicksal ergeben, nun sollte es, wenn es denn geschehen würde, so sein, dass wir einen anderen Weg versuchen wollten. Für mich schien der Gesprächsverlauf genau der zu sein, der uns auf den erwünschten Weg führen könnte. Ich wollte es jetzt einfach riskieren und alles dafür tun, dass es zu einem tollen und sehr erotischem Nachmittag kommen konnte.

Ich spüre schon deutlich die aufsteigende Hitze in dem Herrn. Verschüchtert, unsicher und zugleich gierig auf uns Frauen, so erschien er mir in meiner Wahrnehmung. „Was ist mit dir? Du siehst so aus, als würde es dir zu warm sein?“ Ich fragte mit einer bezaubernden Stimme und einem provozierenden Ton.

„Ich …, ich …, ich kann nichts dafür. So schöne Damen um mich herum und so dicht, das kenne ich nicht, dann spüre ich Empfindungen, die ich sicher nicht haben sollte.“ Ich gebe gern zu, ich habe seine Unsicherheit genossen. Diese spürbare

Schüchternheit kam mir gerade recht, ich wollte die Situation einfach ausnutzen.

„Was regt dich denn so auf?“

„Es ist diese Nähe, diese Wärme und ein Gefühl, das ich nur tief in mir hin und wieder erfahren habe.“

„Was ist das für ein Gefühl?“

„Ich möchte mich in eure Arme legen und mich einkuscheln, mich ganz anvertrauen.“

„Warum nicht? Wir können das doch gerne mal probieren.“ Für mich war der Moment gekommen, unser Wunsch nach erotischen Stunden würde sich nun erfüllen lassen. Als Elli aktiv wurde und seinen Oberkörper mit Streicheleinheiten verwöhnte, unter denen Tobias heftig zu zucken begann, nahm ich, wie Eleonore auch, seine Hand und legte sie auf meinen Oberschenkel. Als Ellis Hände wieder seine Brustwarzen zu reiben begannen, er vor Erregung zitterte und zuckte, da spürte ich, wie seine Hand sich in Bewegung setzte und mir ein irre gutes Gefühl bereitete. Der Kuss von Elli, der sehr leidenschaftlich gewesen war, ließ diesen Mann hilflos und unsicher erscheinen. Als er sich dann seiner Bekannten zuwendete und sie sich ebenfalls innig küssten, da ließ ich meine Hände über seinen Körper wandern. Während sich Tobias von Eleonore löste und sich mir zuwendete, da kam Elli zu uns nach vorn. Sie legte ihre Hände auf die Schenkel der vor ihr Sitzenden. Er legte seinen Arm um mich und jetzt küssten wir uns. Dabei drückte ich ihn immer dichter und heftiger an mich. Ich kann sagen, so hatte ich es mir nicht träumen lassen. Es war himmlisch schön, so ganz ohne eine Sorge in mir, einfach nur zu spüren, was geschah. Alles fühlte sich leicht an und stimmig

und ich meinte schon, dass wir alle miteinander verschmelzen würden. Seine Hand auf meinem Schenkel erreichte sehr schnell eine Wirkung in mir. Ich begann, mich hilfreich zu bewegen. Jede Berührung genoss ich, es war einfach nur zauberhaft schön. Er reagierte immer wieder aufs Neue mit heftigen Zuckungen und seine Erregtheit konnte ich nicht übersehen. Eleonore versuchte seine Hand in ihren Schoß zu begleiten, aber Tobias blockierte das. „Was ist los?“, fragte Eleonore.

„Es ist nichts, ich hatte nur das Gefühl, es könnte zu weit gehen, auch wenn es sich irre toll anfühlt.“

„Inwiefern zu weit?“

„Na ja, ich hatte plötzlich Gefühle entwickelt, die ich nicht für angemessen halte.“

„Das haben wir längst bemerkt, wir würden es doch nicht tun, wenn es uns nicht gefallen würde.“ Auch wenn wir Frauen dem zustimmten, es war zu spät, diesen Mann hatten wir so verwirrt, dass er nicht mehr in der Lage war, diese Erotik jetzt noch mit uns zu leben. Mir blieb nur die ausgesprochen schöne Umarmung beim Abschied.

Ich spürte einen Neid in mir, als ich von dem wundervollen Sex hörte, den meine Freundin mit Tobias erlebt hatte. Das machte es ganz schnell möglich, einen neuen Termin zu finden, an dem wir uns endlich alle wiedertreffen konnten. Elli und ich erwarten den jungen Mann bereits im Schlafzimmer. Für uns war klar, wir wollten es nun unbedingt erleben und dafür hatten wir uns entsprechend gekleidet. Elli in ihrem dunkelgrünen Body gefiel mir supergut. Da auch ich mich sehr wohl in meinem weinroten BH-Set fühlte, war es mir nicht unangenehm

mich Elli zu nähern und mit ihr Zärtlichkeit auszutauschen. Die Wartezeit verging sehr schnell, viel zu schnell fand ich, weil wir uns fallen ließen, uns aneinander kuschelten, sodass wir unsere Erwartungen völlig vergaßen.

Da ging die Tür auf und diese reizvolle Frau in einem bezaubernden Petticoatkleid betrat den Raum. Ihr folgte dicht dahinter Tobias. Es war ein Moment, in dem ich meine ganze Bi-Neigung zu spüren bekam. Hin und her gerissen wollte ich mich einfach einlassen, egal auf wen, nur schön sollte es sein. Als der endlich nackte Mann zwischen uns zu liegen kam und ich Eleonore in ihrem irre geilen Schwarz betrachtete, wusste ich nicht mehr, zu wem ich mich mehr hingezogen fühlte. Eine Hand des männlichen Wesens lag auf meinem Po, es fühlte sich wundervoll an. Ich reizte seine Brustwarzen so, dass er zu einer irren Erregung kam. Das ließ sich Elli nicht entgehen und griff nach der erregten Männlichkeit, ehe sie diese geradezu verschlang. Ich wollte auch und musste mich doch zurückhalten. Da drehte sich Tobias zu mir herum und schob seine Hand in mein Höschen. Fast wahnsinnig vor Verlangen, spürte ich, wie er sich an der richtigen Stelle zu schaffen machte. Das war so herrlich und wundervoll, dass ich nicht mehr lange durchhalten konnte, diesen irre geilen Megaorgasmus in mir aufsteigen spürte. Mein ganzer Körper bäumte sich auf, ich stöhnte diese irre Lust heraus, ehe ich wieder auf das Bett zurückfiel.

Elli hatte sich vorbereitet und ihren Body aufgehakt. Schon bot sich die Gelegenheit, sodass sie sich nahm, was sie jetzt brauchte. Sie hatte sich über seiner Männlichkeit positioniert und führte sich diese ein. Was für ein Ausdruck in ihrem Gesicht, ihre ganze Leidenschaft, ihre Erregung, ihre Lust wurde

sichtbar und ich genoss diesen Anblick. Ich war noch nicht ganz fertig mit meinem Höhepunkt, aber konnte noch immer diese Erotik so wundervoll genießen. Zu meiner Überraschung zog Eleonore ihr Höschen aus und setzte sich so auf die Brust von Tobias, dass er sie oral verwöhnen konnte. Nie hatte ich mir vorgestellt, dass ich so etwas erleben und miterleben könnte, und jetzt kamen diese Frauen kurz nacheinander zum Orgasmus. Mir fiel aber auf, dass der Mann ein Durchhaltevermögen hatte, worauf ich nicht vorbereitet gewesen war. Ich nahm diesen Augenblick in mich auf und genoss den Anblick, die Nähe und dieses Vertrauen, das wir in uns gesetzt hatten. Keine von uns hätte wohl damit gerechnet, dass es noch einmal so lustvoll werden würde.

Ich hatte mich in jedem Treffen ausgelebt und bin sehr dankbar dafür, dass ich mit diesen Menschen so zauberhaftschöne erotische Stunden erfahren durfte.

Ich genieße den Duft und die Farben der vielen Blumen in meinem Garten.

Elli

Ich hatte eigentlich mit meinem Leben abgeschlossen. Mit 66 Jahren glaubte ich nicht mehr an Wunder und stellte mich auf ein Leben in Ruhe und Gesellschaft meiner Freundinnen ein. Irgendwann würde eine von uns bei Kaffee und Kuchen vom Stuhl fallen und das Zeitliche segnen. Doch nun erzählte mir Eleonore von einem Typen, der ihr so sympathisch erschien, dass sie ihn zu sich eingeladen hatte. Das Date verlief ganz anders, als sie es erwartet hatte und so träumte sie davon, ihn

wiederzusehen. Er musste einen sehr tiefen Eindruck hinterlassen haben, sonst würde sich Eleonore nicht auf so etwas einlassen. Ich selbst war verwundert über die Themen, die sie besprochen hatten, so kannte ich die Männerwelt nicht. Das machte mich neugierig. Da wir Frauen uns schon lange und supergut kannten, konnte ich sogar aussprechen, dass ich plötzlich und nur aus den Beschreibungen meiner Freundin, unerwartet Gefühle in mir spürte, wie ich sie schon sehr lange nicht mehr wahrgenommen hatte. In der Vorbereitung eines Treffens redeten wir schließlich auch darüber, ob wir und wenn ja, wie weit wir gehen wollten, wenn wir denn würden. Nein, ich hätte es nicht von mir geglaubt, aber da war eine Bedürftigkeit in mir, die alles offen ließ. In einem Moment wollte ich kneifen, im anderen wollte ich alles erleben, was möglich sein würde. Dann kam der Tag des Kennenlernens. Irmgard und ich saßen im Wohnzimmer, als der junge Mann klingelte und Eleonore die Tür öffnete. Mir fiel sofort auf, dass er sich sehr höflich und zuvorkommend benahm. Seine Worte hörten sich sehr gewählt an, es war ganz sicher nicht irgendein Wilder von der Straße. Klar das hätte ich jetzt auch nicht wirklich erwartet. Die Worte von Eleonore noch im Ohr setzte ich mein Vertrauen in diese Runde und berichtete sehr offen über mich und meine Gefühle und Wünsche. Tobias stieg da sofort ein, auch er redete über vertrauliche Dinge aus seinem Innern. Ich selbst betrachtete ganz nebenbei meine Freundinnen in ihren Kleidern. Nie hatte ich an solche Dinge gedacht, aber seit einiger Zeit fühlte ich mich zwischen den Damen sehr wohl und nahm jede Zärtlichkeit gern entgegen. So erschienen mir diese Damen dann erneut besonders reizvoll und begehrenswert, es musste

dieses Wunder gewesen sein, welches ich mir nicht vorstellen konnte. Die Mischung mit einem Mann erschien zauberhaft und ich war bereit, mich in dieses Neue geleiten zu lassen.

Das Kaffeetrinken ließ mir Zeit, mich auf diesen Mann einzustellen. Ja, ich fand und finde ihn sehr ansprechend. Vielleicht etwas schüchtern, aber ganz ansehnlich und für meinen Geschmack passend. Eleonore ist einfach supersensibel und hatte ihn nicht einfach so herausgesucht. Die kräftige, dennoch schlanke Gestalt zog mich an. Dann wartete ich schon darauf, was sich ergeben würde. Doch nach dem süßen Kuchen konnte ich einen guten Schluck vertragen. Den stellte Eleonore schon auf den Tisch. Zu meiner Überraschung verzichtete der Herr auf diesen feinen Whisky, den ich aber immer wieder mal richtig genieße. Ich war so nervös, dass ich lieber aufstand und mir die Situation aus einer anderen Perspektive anschauen wollte. Schon stand ich hinter Tobias, der auf der Couch saß. Irmgard schien meine Aktion zu nutzen und setzte sich neben ihn. Jetzt hatten wir den jungen Mann dort, wo wir ihn gerne haben wollten. Ich legte meine Hände auf seine Schultern und verhinderte damit eine mögliche Flucht. Ich spürte deutlich seine Unsicherheit, was mich noch mehr reizte. „Was ist mit dir? Du siehst so aus, als würde es dir zu warm sein?“, fragt Eleonore neugierig.

„Ich …, ich …, ich kann nicht dafür, so schöne Damen um mich herum und so dicht, das kenne ich nicht und da spüre ich Empfindungen, die ich sicher nicht haben sollte.“

„Was regt dich denn so auf?“

„Es ist diese Nähe, diese Wärme und ein Gefühl, das ich nur tief in mir hin und wieder erfahren habe.“

„Was ist das für ein Gefühl?“

„Ich möchte mich in eure Arme legen und mich einkuscheln, mich ganz anvertrauen.“

„Warum nicht? Wir können das doch gerne mal probieren.“ Ich ließ meine Hände erneut über ihn gleiten und spürte seine Nippel deutlich. Dem Reiz konnte ich nicht widerstehen, so ließ ich meine Finger auf ihnen kreisen. Tobias zuckte vor Erregung, der Reiz schien ihm zu gefallen. Die beiden Damen nahmen seine Hände und führten sie zum Ablegen auf ihre Schenkel. Da haben Kleider einfach einen Vorteil. Streicheleinheiten auf den bestrumpften Beinen, ich weiß, wovon ich rede. Beinah wurde ich etwas neidisch auf meine Freundinnen, weil ich mir ja eine Hose angezogen hatte. Also nutzte ich den Moment aus, zog den Kopf dieses begehrten männlichen Wesens zu mir heran und presste meine Lippen auf die Seinen. Er küsste anders als meine lieben Freundinnen, aber es gefiel mir sehr gut. Um mich nicht zu sehr an ihm festzuhalten, ihn zu sehr zu vereinnahmen, beendete ich den Kuss. Es entging mir nicht, wie sehr die Blicke von Eleonore und Tobias vom Verlangen getrieben wurden, schon knutschten sie leidenschaftlich direkt vor meinen Augen. Eifersüchtig, ich? Nein, ich war es nicht, aber ich spürte mein eigenes Bedürfnis nach solcher Körperlichkeit. Um nicht hinter der Couch aus dem Geschehen heraus gedrängt zu werden, ging ich lieber auf die andere Seite und ließ mich direkt vor den Dreien nieder. Meine Hände brauchten eine Ablage auf den Schenkeln von Irmgard und dem begehrten Wesen. Da sich der Mann gerade Irmgard zuwendete, dennoch eine Hand für mich frei hatte und sie auf meinen Kopf legte, genoss ich diese Berührungen. Irmgard

schien es ebenso zu brauchen und zog ihn noch dichter, als wollte sie mit ihm verschmelzen. Da bemerkte ich vor mir eine Reaktion, die mich selbst erregte. Den Moment ausnutzend schob ich meine Hände unter seinen Pulli und ließ meine Finger erneut seine Brustwarzen reiben. Die heftigen Auswirkungen waren nicht zu übersehen und die Wärme steigerte sich zu einer enormen Hitze. Die kräftigen Hände schob er über die Schenkel der Damen hin und her. Eleonore wollte wohl auch alles und führte deshalb seine Hand in Richtung ihrer Liebesgrotte. Plötzlich fragte Eleonore:

„Was ist los?“

„Es ist nichts, ich hatte nur das Gefühl, es könnte zu weit gehen, auch wenn es sich irre toll anfühlt.“

„Inwiefern zu weit?“

„Na ja, ich hatte plötzlich Gefühle entwickelt, die ich nicht für angemessen halte.“

„Das haben wir längst bemerkt, wir würden es doch nicht tun, wenn es uns nicht gefallen würde.“ Der sehnsuchtsvolle Blick von Eleonore sprach Bände. Wir anderen nickten nur zustimmend.

Tobias war so aufgeregt, dass er sich nicht erneut in diese Bedürftigkeit fallen lassen konnte.

Bei der späteren Verabschiedung umarmten wir uns alle leidenschaftlich und ausdauernd. Ich war irgendwie zufrieden und doch auch traurig, dass es nicht zu mehr gekommen war. Schade, dass es so abbrechen musste, aber was soll’s. Es war ja noch nicht aller Tage Abend, Eleonore würde das schon machen.

Die Zeit verging, dann haben wir aber doch wieder einen Termin finden können. Eleonore berichtete uns davon, dass sie mit dem jungen Mann wundervolle Stunden erlebt hätte. Ich hörte ihr zu, beobachtete sie und wusste, das musste ein zauberhaftschöner Tag für sie gewesen sein. Schon als sie erzählte, spürte ich in mir heftiger werdende Gefühle und Wünsche. In bester Hoffnung hatte ich mir meinen schönen dunkelgrünen Body angezogen, was sich als guter Gedanke erwies. Irmgard schaute auch ganz neugierig, ich möchte sogar sagen, sie hatte so eine Sehnsucht, eine Begierde in ihrem Blick. Wir besprachen, was wir heute tun wollten. Da Tobias nur wusste, dass er sich mit Eleonore treffen würde, wollten wir beide, Irmgard und ich im Schlafzimmer für die Überraschung sorgen. Ich ging mit Irmgard hinein, wo wir uns auszogen. Ich war begeistert von dem weinroten BH-Set, das Irmgard ausgezeichnet stand. Schon bemerkte sie, dass ich sie anschaue und gierig ihren wundervollen Körper betrachtete. Sie schien ebenso angetan, so kamen wir uns näher. Ich legte eine Hand auf ihre Schulter, die andere auf ihre Hüfte. Dann zog ich sie zu mir heran, dicht und immer dichter. Die Wärme war deutlich zu spüren und ich genoss ihren Körper. Meine Arme legten sich um ihren reizvollen Korpus und die Wärme wurde zu einer extremen Hitze. Meine Nase arbeitete sich an ihrer duftenden Haut entlang und wollte alles in sich aufsaugen. Für Frauen in unserem Alter sahen wir noch sehr gut aus und das empfand ich für mich einfach als das Größte. Nie hatte ich solche Gefühle in mir bemerkt, aber plötzlich konnte ich sie alle zulassen. Zwei Frauen pressten ihre Körper aneinander und erkundeten jeden Millimeter der anderen.

Ich konnte mich nicht entscheiden, ob ich Irmgard entkleiden sollte, der Wunsch war da und meine Begierde so riesig. Allerdings erwarteten wir ja noch Eleonore mit ihrem Freund. Also beließ ich es dabei.

Es klingelte, wir schauten uns an und gerieten in höchste Erwartung. Kurz darauf hörten wir Stimmen aus dem Wohnzimmer. Da ging die Tür auf und diese wunderschöne Frau in ihrem Petticoatkleid betrat den Raum. Tobias folgte ihr und war erstaunt. Er riss überrascht seine Augen auf. Unser Vorhaben schien schon geglückt. Da fiel das Petticoatkleid und die Dame stand in einem schwarzen, höchst reizvollen Outfit da. Ich, unglaublich begeistert, wollte sie am liebsten sofort berühren und verwöhnen. Doch ich gab mich der Hoffnung hin, es würde die Zeit kommen, da wir auch das sicher noch für uns ausleben könnten. Tobias erschien so verwirrt, dass er sich einfach zwischen uns aufs Bett setzte. Beim Auskleiden helfen wir gerne. Schon lag er zwischen uns auf der Spielwiese. Mein Gott sieht der gut aus, dachte ich, als ich sah, wie sehr ihm unsere Gegenwart gefiel. In diesem Moment fand ich es toll, dass dieser Mann so eindeutige Reaktionen zeigte, er konnte sie ja nicht verstecken. Was mich selbst etwas überraschte, war, dass ich so heiß auf diesen Teil des Mannes wurde. Wahrscheinlich lag es schon zu lange zurück, ich hatte öfter davon geträumt, als ich es mir bewusst gewesen war. Dann wollte ich diesen Augenblick ausnutzen und mir alles gönnen, was ich bekommen könnte. Zwischen seinen Knien griff ich zunächst vorsichtig nach der erregten Männlichkeit. Als ich sie umfasste und massierte, kam ein Wunsch in mir auf, den ich so tatsächlich noch nie verspürte. Ich folgte diesem und ließ meine Lippen

auf seiner Spitze nieder. Schon wollte ich ihn in mir spüren, schob ihn also ganz tief in meinen Mund. Es fühlte sich einfach herrlich, wundervoll und irre geil an. Plötzlich bewegte sich Tobias und wand sich Irmgard zu, sodass ich ihn entlassen musste. Die war so heftig gereizt, dass sie lauter werdend stöhnte und ich es einfach himmlisch schön fand, dabei sein zu dürfen. Eine solche heiße Begegnung hatte ihre eigene Energie und so kam Irmgard zu einem Megaorgasmus. Ihr Körper arbeitete heftig, bäumte sich auf und fiel dann entspannt zurück. Allein für diesen Moment hatte sich der Tag gelohnt. Den Augenblick ausnutzend, wollte ich nun diese erregte Männlichkeit in mir spüren, aber dieses Mal nicht im Mund, sondern da, wo er die größte Freude bereiten kann. Ich setzte mich auf ihn und ließ sein bestes Stück in mich hinein gleiten. Gefühlt hatte ich damit ein neues Leben begonnen, das alte erschien mir schon fast nicht mehr wahr zu sein. Es war irre schön, ich wollte alles erleben und ganz sicher nichts versäumen. Plötzlich erstaunte mich Eleonore, denn sie setzte sich auf seinen Oberkörper, schob sich so dicht an sein Gesicht heran, dass er sie oral verwöhnen konnte. Die Geilheit machte mich fast irre, es trieb mich zu einem bereits vergessenen oder vielleicht auch noch nie empfundenen Höhepunkt. Kurz nach mir ist Eleonore meinem Beispiel gefolgt. Ich bin total begeistert gewesen, wie schön es mit uns lief und wie viel Spaß wir zusammen hatten. Klar hatte ich das unter uns Frauen schon ähnlich erlebt, aber in dem Moment erschien es mir noch um Einiges schöner zu sein, lag das an diesem Mann? Es spielte gerade keine Rolle, denn nur der Moment zählte und der war kaum noch zu übertreffen.

Und wo ich so über unsere schönen Stunden nachdachte, fiel mir auf, Tobias hatte das alles ohne einen Orgasmus hinbekommen. Sollten wir doch nicht so reizvoll für ihn sein? Für den Augenblick ließ ich das so stehen, würde ihn sicher später danach fragen.

Es ist so wundervoll, dass wir uns noch oft treffen konnten. Oh ja, ich habe alles geklärt und auch alles erlebt, was ich meinte, erleben zu wollen. Tobias blieb nicht auf der Strecke, das kann ich heute versichern. Aber leider hat uns Irmgard inzwischen verlassen.

Sie starb vermutlich zufrieden in ihrem Garten, zwischen den vielen Blumen und den bezaubernden Düften an einem Herzinfarkt. Das Lächeln in ihrem Gesicht lässt den Gedanken zu, sie hatte einen wundervollen Moment, als sie ging. Mir fehlt sie sehr, denn ich habe mich in sie verliebt. Solange sie bei uns war, ist es mir nie so bewusst geworden, doch jetzt, wo sie nicht mehr da ist, da weiß ich, ich liebe sie. Meine Liebe reicht in gewisser Hinsicht auch für die beiden anderen, Tobias und Eleonore. Ich bemühe mich intensiv, sie es wissen und spüren zu lassen.

Könnte sich eine Geschichte so zugetragen haben? Ist alles nur reine Fantasie? Gibt es solche Entwicklungen im Leben? Hast du so ein Erlebnis oder Ähnliches schon erlebt? Vielleicht ist alles nur eine Lüge, aber vielleicht tief in dir doch ein wenig Wahrheit.

ERSTAUNLICHE ENTDECKUNGEN

Christian war gerade 25 Jahre alt, da traf er Anne, in die er sich auf der Stelle verliebte. Klar hatte er noch keine Erfahrung mit Mädchen und Frauen, aber er spürte in sich Gefühle, die ihn einfach übermannten. Er konnte sich das alles nicht erklären, so auch nicht wirklich seine Gefühle, die er seit seiner Pubertät in sich wahrnahm. Damals hatte er kaum Kontakte zu anderen Jugendlichen und schon gar nicht zu Mädchen. Eines Abends schaute er Fernsehen, seine Eltern waren im Theater, als er in einem Film eine erotische Szene sah, die ihn heftig berührte. Im Verlauf des Filmes spürte er zum ersten Mal, wie sich sein Geschlechtsteil veränderte. Das war verbunden mit Gefühlen, die so heftig, so extrem schön waren und innerhalb kurzer Zeit zum ersten Orgasmus in seinem Leben führten. So gut und erregend es auch gewesen war, der Samenerguss wurde für ihn zu einer schlimmen Sache. Er wusste nicht genug über die natürliche Entwicklung von Jungen und Mädchen, so bewertete er diese Reaktion als äußerst negativ. Er schämte sich für die Verschmutzung, die unweigerlich aus seinen Gefühlen entstanden war. In der Folgezeit verspürte er immer wieder diesen unglaublichen Druck, diesen Wunsch, diese Gefühle erneut zu spüren.

Schon sehr bald danach reagierte er auch auf den Anblick von Mädchen und Frauen im Alltag. Die Veränderungen konnte er noch immer nicht begreifen, dennoch tat er, was er fühlte, tun zu müssen und pflegte so leider auch sein schlechtes, wenn auch nur fehlgesteuertes Gewissen.

Nach einer Weile verband er sogar die Reaktionen in seinem

Schritt mit den Erscheinungen von Frauen und Mädchen, versuchte, sich diesen Situationen zu entziehen, so gut es eben ging. Er war zerrissen, stand ständig unter einem immensen Druck, was ihn unkonzentriert und unsicher werden ließ.

In seiner Not besorgte er sich Pornos in vielen Varianten und fast immer, wenn er sich diese anschaute, überkam ihn dieses unglaubliche Gefühl, er wollte unbedingt diesen Moment erleben, beinahe zwingend einen Orgasmus spüren. Die Vielfalt der Pornovarianten löste in ihm immer öfter und schneller diese gewünschte Reaktion aus. Da kamen ihm, wie zu erwarten war, auch Videos und Fotos in die Hand, die anders waren. Er wurde neugieriger, später dann verwirrte es ihn, denn er spürte immer wieder dieses Verlangen zu einem Höhepunkt zu kommen, auch wenn er etwas sah, das er nicht als normal beschreiben konnte. So verstärkte sich sein schlechtes Gewissen noch mehr und er wollte mit diesen Dingen nichts mehr zu tun haben, er verweigerte sich seinem natürlichen Innern. Da er auch niemanden hatte, mit dem er sich über diese Erfahrungen hätte austauschen können, musste er sich irgendwie allein durch diese Phase seines Lebens bringen.

Sein Vermeidungsverhalten hatte einen gewissen Effekt und er kam anscheinend zurecht.

Dann stand eines Tages Anne da und er spürte, als er sie anschaute, sie ist etwas ganz Besonderes. Seine Reaktion in der Hose hatte nicht diesen negativen Charakter, etwas war stärker und es war so irre schön. Seine Blicke musterten sie von oben bis unten, was er sah, war so wundervoll, so angenehm.

Er stellte beinahe erfreut fest, diese Anne stand allein und war

nicht sichtbar mit anderen Mädchen oder gar Jungen verbunden. Also stellte er sich unauffällig so dicht neben sie, wie er es meinte, vertreten zu können. Christian versuchte, so entspannt wie möglich zu erscheinen und schaute in die Gegend. Anne ihrerseits bemerkte sein unsicheres Verhalten, fühlte sich so aber nicht so alleine wie sonst.

„Und, hast du in der Nähe etwas Interessantes entdeckt?" Er schaute sie überrascht an. Hatte sie ihn gerade angesprochen? „Nicht wirklich, ich meine, ich habe nichts Besonderes gefunden, wieso?"

„Ich meine nur, du stellst dich neben mich und schaust doch nur in die Gegend, was soll das?"

„Ich …, ich meine …, ich dachte nur …"

„Was dachtest du, warum stotterst du, kannst du nicht reden oder was?" Christian fühlte sich ertappt und angegriffen. Seine Gesichtsfarbe veränderte sich in ein kräftiges Rot und er spürte Scham in sich. Er wollte doch nur mal schauen, einfach mal versuchen, sich einer jungen Frau zu nähern, ohne sich gleich an sie zu binden. Anne spürte, dass ihre Verteidigung gut funktionierte. Auch Anne hatte nicht viele Erfahrungen mit Jungen gemacht, ebenfalls kaum Freundinnen oder Freunde. Ihre Unsicherheit suchte sie stets mit aggressiven Aussprüchen zu verbergen. Die ungewohnte Unsicherheit dieses jungen Mannes überraschte auch sie. Das Schweigen brachte eine brauchbare Pause, die Anne nutzte, um sich den Typen genauer anzusehen. Beide wagten es nicht, sich offen intensiver zu betrachten, also provozierte sie einige Möglichkeiten, den werdenden Mann doch genauer in den Blick zu bekommen. Das war für beide sehr anstrengend. Doch sie spürten etwas Wundervolles, etwas

Positives, das seine Wirkung nicht verfehlte. „Ich bin Anne.“ Das war die Einladung, ihr in die Augen zu schauen.

„Ich bin Christian.“

„Wollen wir ein Stück gehen, dieses Rumstehen ist belastend.“

„Klar.“ Christian entspannte deutlich. Das war der Anfang einer wundervollen Zeit.

Nachdem sie sich einige Male getroffen hatten, sich begehrlich einander öffneten und feststellten, sie seien gar nicht so verschieden, da ließen sie auch Gefühle zu, die sie bislang unterdrückt hatten. Bei Christian tauchten diese superschönen Sehnsüchte auf, aber auch das schlechte Gewissen, welches sich aber schon immer dann einstellte, wenn er die sexuellen Regungen in sich spürte. Anne bemerkte dies sofort und hinterfragte seine Reaktionen. Er versuchte, sich zu erklären und Anne war überrascht, wie verlegen und unsicher dieser gut gebaute, junge Mann dastand und nicht wusste, was er mit einer jungen, schönen Frau anstellen sollte. Für Christian war die Situation kaum zu ertragen, noch nie hatte er jemandem von seinen Gefühlen und Gedanken erzählt. Jetzt wusste er nicht weiter und als einzige Möglichkeit, die Sache nicht zu zerstören, erschien die Wahrheit als eine Notwendigkeit. „Weißt du Anne, ich finde dich unglaublich toll. Du bist hübsch und siehst einfach zum Anbeißen aus, aber ich weiß nicht, wie ich damit umgehen soll. Ich hatte noch nie eine Freundin und mit den anderen Jungs komme ich irgendwie auch nicht klar. Meine Eltern kann ich gar nicht mit meinen Problemen belasten und so stehe ich jetzt wohl ziemlich blöd da.“

Anne schaut ihn an, ist überrascht und innerlich doch auch sehr zufrieden. „Nur weil du nicht so ein blöder Macho bist, brauchst du dir keine Gedanken zu machen. Ich finde die Jungs blöd, die sich ständig produzieren müssen und doch nur Unsinn im Hirn haben. Aber wieso hast du keine Freunde oder eine Freundin, du siehst doch super aus?“ Christian fühlt sich wieder in einer Enge, die er nicht aushalten kann. Er denkt nur, alles oder nichts! „Na ja, da gab es so Situationen, seit die Pubertät einsetzte, die ich nicht richtig verstanden hatte. Ich …, ich meine …, ich spürte eines Tages Gefühle in mir, die so superschön waren, aber die auch etwas auslösten, was ich dann nicht erklären und somit richtig annehmen konnte.“

„Du hattest deinen ersten Orgasmus?“ Der junge Mann war plötzlich völlig verwirrt, wie konnte dieses schöne Mädchen so einfach aussprechen, was ihm gar nicht über die Lippen gehen wollte. Total entgeistert schaute er Anne an. „Ja.“

„Und wieso war das so schlimm, ich denke, es waren schöne Gefühle?“

„Ja, sie waren unglaublich schön und auch der Moment des Samenergusses war herrlich, aber dann war alles eingesaut, wie konnte ich das meinen Eltern, vor allem meiner Mutter erklären. Ich schämte mich nur und versuchte, alles zu vertuschen. Da meine Mutter nie etwas darüber gesagt hatte, glaubte ich, sie hätte es nicht bemerkt. Seither habe ich ein schlechtes Gewissen, wenn es mir passiert, und es passiert viel öfter, als es mir lieb ist. Entschuldige, aber ich habe keine Ahnung von diesen Sachen.“ Anne grinst, bemerkt, dass dies ihre Chance ist und versucht die Situation zu retten. „Ja, das ist schlimm. Ich meine, es ist schlimm, dass du das nie besprechen konntest, so

hast du ja immer in einer Angst gelebt, die unerträglich sein musste."

„Ja."

„Das tut mir echt sehr leid. Ich wollte dich nicht in Verlegenheit bringen, ich konnte doch nicht ahnen, dass du noch weniger über die menschliche Entwicklung weißt als ich. Ich dachte schon, ich wäre zu blöd, aber nun bist du da und wir könnten doch zu zweit schauen, wie wir das hinbekommen, oder nicht?" In Christian gehen die Gefühle rauf und runter, er ist so unsicher, fühlt sich ertappt, irgendwie als Blödmann, alles scheint so unerträglich zu sein und dann spürt er eine Geilheit in sich, die heftig ist. Aber da ist auch etwas, das ihm sagt, hier ist eine, mit der könnte alles anders und viel besser werden. „Wieso willst du das tun? Ich meine, du kannst doch andere haben, an jedem Finger zehn, wieso ich?"

„Weil du gar nicht so anders bist als ich." Anne wirft alles in die Waagschale und Christian schaut sie verwundert an. „O. k., so wie du es erlebt hast, erging es mir nicht, aber auch ich kann nicht darüber reden, was in mir vorgeht. Meine Mutter ist so streng, so hart und ich glaube nicht, dass ich mit ihr reden könnte. Also höre ich überall zu und versuche so, mehr zu erfahren, zu begreifen, wie das alles vor sich geht. Auch ich habe Gefühle in mir, die ich als bezaubernd und wunderschön empfinde, aber die mich zu etwas verleiten, von dem ich nicht weiß, ob das gut und richtig ist oder vielleicht sogar krank. Ich habe ein schlechtes Gewissen, wenn meine Finger wandern, mir zwischen den Beinen Gefühle entstehen lassen, die so irre schön sind, die mich so geil machen und mir dann einen Megaorgasmus bescheren. So schön wie krank, habe ich bislang ge-

dacht."

„Das klingt auch nicht gerade sehr toll."

„Richtig und dann kommst du, stehst da, unsicher und schüchtern und ganz anders als andere Jungs und ich fühle mich endlich mal nicht so allein. Wenn nicht jetzt, wann dann, also wage ich es, dir von mir zu erzählen und ich hoffe, es wird mir nicht als schwerer Fehler ins Gesicht schlagen."

Sie verbrachten den Tag und den Abend damit, sich gegenseitig von sich zu erzählen, ehe sie sich mit einem zarten Kuss voneinander trennten. Klar verabredeten sie sich erneut. Schon waren sie ganz schnell wieder beieinander. Sie saßen auf einer Wiese im hohen Gras, wo sie sich beinahe unbeobachtet fühlten. Die Sonne machte es ihnen leicht, sich ein wenig von ihrer Kleidung zu trennen. Schweigend beobachteten sie sich gegenseitig. Die Blicke reichten von überrascht, bezaubernd, bis zu irre schön und reizvoll. Jeder sog den Duft in seine Nase, den der andere ausstrahlte, um zu spüren, wie es auf ihn wirkt. „Was denkst du gerade?", eröffnete Anne eine mögliche Konversation.

„Ich bin nicht sicher, ob ich das sagen soll."

„Warum denkst du, sind wir wohl hier?"

„O. k., ich schaue dich an, du bist wunderschön und ich spüre, wie du mich heftig reizt. Ich habe das Bedürfnis, dich zu berühren, deine Haut zu spüren und deine Haare zu riechen."

„Das geht mir ganz genauso."

„Wirklich?" Christian schob seine Hand auf ihr Knie. Er spürte ihre glatte, zarte Haut und genoss dieses Gefühl. Anne bemerkte sofort, wie zärtlich er war und wie vorsichtig er sich

daran machte, ihr wundervolle Streicheleinheiten zu schenken. Der junge Mann saß da und war berauscht von dem Anblick, wie sich die Knospen seiner Freundin aufstellten, sich durch ihre Kleidung pressten. Der transparente BH ließ erahnen, welche Schönheit sich darinnen verbarg. Sie sah, wie sich eine Beule in seiner Hose immer deutlicher Raum verschaffte und sie spürte ein Verlangen, wie sie es nur von sich kannte, wenn sie ihre Finger zwischen ihre Beine gleiten ließ. Beide schauten sich in die Augen und dann zog es sie wie Magneten zusammen, bis sich ihre Lippen trafen und sich anschmiegsam aufeinanderpressten. Eine unglaubliche Leidenschaft steckte in diesem Kuss, der nicht enden wollte. Schon flogen ihre Hände über die Körper und die Gefühle übermannten sie beide. Vergessen, dass sie auf einer Wiese saßen, wo nur noch der Trieb, die Begierde, ihre Handlungen steuerte. Die ach so schüchternen Jugendlichen vergaßen alles um sich herum und lebten aus, wovon sie schon so oft geträumt hatten. Sie verließen die Realität und glitten ab in einen berauschenden Traum.

Christian saß in seinem Zimmer, als es an der Tür klopfte. Seine Mutter teilte ihm mit, dass ein Mädchen ihn sprechen wolle. Mit einem fragenden Blick ließ sie Anne hinein. Die Überraschung war ihr gelungen. Er hatte noch immer nichts erzählt, so war seine Mutter einfach nur überfahren worden von den Ereignissen. Anne setzte sich dicht zu Christian, als sich die Tür wieder geschlossen hatte, und küsste ihn sanft. Er war wohl überrascht, aber stieg sofort ein und erwiderte ihren wundervollen Kuss. Schnell wanderten die Hände an den Körpern entlang und die Reaktionen kamen plötzlich und heftig.

Sie legte eine Hand in seinen Schoß, um zu spüren, wie sich drinnen etwas regte, wuchs und ganz steif machte. Er fühlte ihre Brüste und bemerkte diese harten Nippel. Eng umschlungen ließen sie sich auf das Bett fallen. Kurz entschlossen stand er auf, drehte den Schlüssel herum und legte seine Sachen ab, sodass er nackt in das Bett zurückkehrte. Sie blieb nicht ohne eine entsprechende Reaktion, entledigte sich ebenfalls ihrer Kleidung, schon schmiegten sich zwei junge, nackte, heiße Körper aneinander. Anne spreizte ihre Beine, sie wollte ihn unbedingt in sich spüren. Er war vorbereitet und suchte sofort einen Gummi heraus. Kondome benutzte er gerne, wenn er sich selbst befriedigte, damit es zu keinen Verschmutzungen mehr kommen konnte. Sie fragte ihn, ob sie das nicht übernehmen dürfte. Dann zog sie zum ersten Mal einen Gummi über einen steifen und harten Penis. Sie rollte ihn langsam ab und genoss den Anblick. Der Geruch war für sie irre geil, sie wusste bislang gar nicht, wie schön das für sie sein konnte. Er hingegen spürte ihre zarten Finger, die sich noch etwas ungewohnt an die Arbeit machten. Kaum war der Penis angezogen, massierte sie diesen auch gleich sehr intensiv. Christian stöhnte leise vor sich hin, nahm dieses Verwöhnprogramm nur allzu gerne an. Er streichelte ihre Haare und küsste sie auf ihre heißen Lippen. Dann ließ sie sich nach hinten fallen, machte die Beine breit und zog ihren Liebsten an sich. Der legte sich auf das reizvolle, sehr fraulich gebaute Mädchen und spürte seinen steifen Penis zwischen ihren Körpern. Da schob Anne ihre Hände hinunter und führte sich den harten Schwanz von Christian ein. Sie schliefen das erste Mal miteinander und das in seinem Zimmer, wo seine Eltern jede Minute auftauchen konnten.

Nur dass der Schlüssel sie schützen würde. Sie waren wie berauscht, einfach von ihrer Geilheit weggerissen.

Danach saßen sie erneut zusammen und genossen die beruhigende Zweisamkeit.

Es vergingen einige Wochen, in denen sie immer wieder miteinander schliefen, so oft es nur ging und wo immer es für sie machbar erschien. Der Reiz, dass man sie erwischen könnte, war sehr angenehm und so kamen sie oft zu den Erfüllungen ihrer innersten Wünsche. Eines Nachmittags saßen sie erneut in seiner Stube. Anne schaute sich wie immer neugierig um. Da fiel ihr eine Zeitschrift auf, die unter einigen Zeitungen und Büchern hervorlugte. Als sie den Zipfel der Neugier herausziehen wollte, rauschte der ganze Stapel auf den Boden. Sie erblickte Zeitschriften, wie sie sie nicht erwartet hatte. Doch es waren eben keine Zeitschriften im herkömmlichen Sinn, darin ging es um Erotik und Sex. Es waren keine Pornos, nur Blätter, in denen das Thema sehr ausgiebig behandelt wurde. Auffällig waren nur die vielen nackten Männer. Und dann lag sie doch dort, die Pornozeitung, die sich nur mit Schwulen beschäftigte. Viele nackte Männer mit steifen Schwänzen und in Stellungen, wie man es sich ebenso vorstellen dürfte. „Was hast du mit diesen Männern zu tun?“ Er schaute sie verlegen an. „Ich …, ich habe auch dahingehend einige Wünsche, ich bin neugierig und habe festgestellt, auch das kann mich heftig anmachen, tut mir leid.“

„Schön.“

„Wieso schön? Nur schön, nichts weiter?“

„Schön!“

„Aber ich dachte …, ich meinte, wenn du das …, dann wür-

dest du …“

„Ich kann daran nichts Schlimmes finden. Wenn dir die Männer gefallen, dann lasse dich nicht aufhalten.“

„Du bist verletzt und willst mich nun loswerden, stimmt doch oder?“

„Wieso, ich habe doch nichts dagegen, wenn du auch in dieser Richtung Ambitionen hast. Ich finde das sogar reizvoll. Abgesehen davon, ich habe ja auch Wünsche in dieser Richtung, ich meine natürlich mit anderen Mädchen und Frauen.“

„Du auch?“

„Na klar, ich habe dich und ich habe meine Fantasien und meine Wünsche, das ist doch gut so, dachte ich. Ich meinte, wir wären uns darüber einig gewesen, dass wir nie wieder unsere Bedürfnisse unterdrücken wollten.“

„Klar doch, nur ich dachte wirklich, ich würde es dir nicht sagen dürfen. Aber ja, ich habe diese Wünsche schon lange in mir, allerdings ist das nicht so akzeptiert, wie ich es mir vorstellen würde.“

„Keine Geheimnisse, alles muss immer gleich auf den Tisch! Daher will ich dir auch gleich sagen, ich mag Frauen, reife Frauen, manchmal sogar sehr viel ältere. Dann sind es ganz junge Mädchen, die mich unglaublich scharf machen und dann sehe ich einen älteren Herrn, der mich unglaublich erregt. Du hast nicht allein Angst, ich kenne das nur zu gut.“

Christian schaute sie verdutzt an. „Und ich habe mir große Sorgen gemacht, wie ich damit umgehen soll und ob ich es dir überhaupt anvertrauen sollte. Immer hatte ich den Gedanken, ich könnte dich verletzen, ich könnte dich verlieren, was ich ganz sicher nicht möchte.“

„Na ja, nun wissen wir beide, dass es außer unserer gegenseitigen Bedürftigkeit noch andere Wünsche gibt. Wie wollen wir es damit handhaben? Ich meine, wir sind uns klar darüber, dass wir mit anderen Leuten ins Bett gehen wollen, dann müssen wir auch festlegen, wie wir das hinbekommen wollen.“

„Ich weiß nicht so genau. Es wird schwer sein, das so hinzubekommen, ohne den anderen zumindest zeitweilig auszuklammern.“

„Ja, da hast du wohl recht. Wenn ich mit einer Frau Sex habe, dann wird sie dich kaum dabeihaben wollen. Umgekehrt werden es die Männer nicht wollen, dass ich mit anwesend bin. Und ich denke, ich würde das auch nicht wollen. Die Zeit, in der wir uns so ausleben, soll ja etwas Besonderes sein.“

„Aber wir können doch immer mal schauen, ob wir nicht dennoch Leute finden, mit denen auch wir beide eine schöne Zeit erleben können. Ich würde gerne mit dir zusammen und einer älteren Dame ins Bett gehen wollen.“ Anne schaut ihn etwas verwundert an.

„Du und ältere Damen?“

„Ich habe schon immer einen Faible für ältere Frauen gehabt, nur keine erreicht, mit der ich das erleben hätte können. Wenn du das möchtest und jemanden hast, ich wäre gerne, sehr gerne dabei.“

„Jetzt wo du das sagst …“ Sie stand auf und griff zu ihrem Telefon. Schon hatte sie jemanden am anderen Ende.

„Aber ich will noch klarstellen, ich will dich, du bist für mich meine Wunschpartnerin und das mit den anderen sollte immer nur eine kurze Reise in eine reizvolle Zeit sein.“

Es war ein toller Herbsttag, an welchem sie sich auf den Weg machten. An der Tür eines alten Hauses in der Innenstadt klingelte Anne. Eine angenehme männliche Stimme fragte, wer dort sei. Schon öffnete sich die Tür, sie betraten die Wohnung eines Ehepaares, für welches nur Christian neu gewesen war. Die Begrüßung verlief ganz herzlich, jeder nahm jeden in seine Arme. Für den jungen Mann war das neu, aber er spürte nur sehr angenehme Gefühle in sich. Kaffee und Kuchen standen auf dem Tisch.

Die Hausfrau entschuldigte sich nach einiger Zeit, sie wollte sich etwas Lockeres anziehen. Der Hausherr trug eine Jeans und einen modernen Pulli, sah für sein Alter supergut aus. Beide mussten über fünfzig sein, so schätzte Christian. Da öffnete sich die Tür und die reife Dame des Hauses betrat erneut den Raum. Diese frauliche und sehr weibliche Dame kam näher. Ihr Mann war nicht überrascht, er kannte diese dunkelgrüne Bekleidung, die so wundervoll und leicht transparent einen geheimnisvollen Eindruck vermittelte. Unter dem Morgenmantel schimmerten ein bezaubernder BH und ein Taillenslip hindurch, die jedem im Raum den Herzschlag heraufsetzten. Schon nahm diese unglaublich reizvolle Dame ihren Platz am Tisch wieder ein. Der Kuchen und der Kaffee traten jetzt in den Hintergrund, es war einfach nur wie eine Auffahrt in eine geile und sehr erotische Zeit. Jeder konnte sehen, was ihn so anzog, was in ihm diese enormen sexuellen Gefühle auslöste. Diese reife Dame war für Anne nichts Unbekanntes, jedoch in dieser Aufmachung kannte auch Anne sie noch nicht. Als die Teller und die Tassen geleert waren, machte sich eine Stille breit, die die Temperatur heftig in die Höhe trieb. Der Gatte stand auf

und entschuldigte sich. Anne stand auf und begab sich zu dieser Dame. Christian spürte nur einen mächtig steifen Schwanz in seiner Hose. Anne beugte sich zu der Frau und küsste sie auf die Wange. Die drehte ihren Kopf und legte ihre Lippen auf die von Anne. Zart berührten sie sich, dann ließen sie etwas voneinander ab, nur die Zungen kreisten gefühlvoll umeinander, ehe sie über den Mund der anderen leckten. Christian war fasziniert, megageil, er genoss den Anblick, doch er wusste nicht so richtig, wie er sich verhalten sollte. Da ging die Tür auf, der Ehegatte trat ein und teilte mit, dass das Schlafzimmer gerichtet sei. Die weiblichen Wesen griffen den verunsicherten jungen Mann und zogen ihn mit sich. Im Schlafzimmer standen etliche Kerzen und ein schwerer, betörender Duft erfüllte den Raum. Anne stand neben der älteren Dame, streichelte ihren Po, den Bauch und ihr Mund küsste das Gesicht. Der Ehemann stellte sich dazu und umarmte beide Frauen. Dabei küsste er Anne, es sah sehr leidenschaftlich aus.

Christian stand da mit einer Unsicherheit, die ihm zu schaffen machte, aber doch auch mit einem Ständer, den jeder meilenweit sehen konnte. Die Damen fielen auf das breite und weiche Bett. Schon entfernte der Mann seine Kleidung. Der Hausherr legte sich neben die Frauen und streichelte sie zärtlich. Er lag dicht an Anne dran, die sich ihm zuwendete und so küssten sie sich ruhig und zurückhaltend. Christian stand noch immer da und wusste nicht, was er tun sollte. Anne küsste den Ehemann und die Ehefrau platzierte sich so, dass sie den steifen Schwanz ihres Mannes schön massieren konnte. Es war einfach extrem faszinierend für den jungen, unerfahrenen Mann. Als er sah, wie die Hausfrau ihre Lippen über die Eichel des Gatten schob,

da wurde ihm ganz anders. Jetzt spürte er, wie sehr auch er diesen Schwanz in seinem Mund spüren mochte, ein Gefühl, das er zwar aus seinen Fantasien kannte, es aber niemals real erfahren hatte. Schon winkten die Damen den jungen Kerl heran, er reagierte auch sogleich. Schnell entledigte er sich seiner Kleidung und trat näher. Sanft berührte er seine Anne und die Dame, die intensiv an dem Glied ihres Mannes saugte. Seine Hände glitten über die weichen Körper, die heiß aneinandergepresst dalagen und sich gegenseitig verwöhnten. Er nutzte die Situation aus und küsste die reife Dame auf die Schulter. Mit seiner Hand streichelte er ihren Hintern, suchte einen Weg, der zwischen ihre Schenkel führte. Sie schaute ihn an, in ihrem Blick konnte jeder sehen, sie ist ganz hin von dieser anderen Art, wie sich der junge Mann verhielt. Als die erregte Dame erneut die Eichel ihres Ehegatten verschlang, spürte Christian den heftigen Wunsch, ihn auch zu kosten. Da er nicht so offen reden konnte, schob er seine Hand an den Hoden und kraulte diesen sanft und sehr gefühlvoll. „Möchtest du auch mal?“ Die reife Dame schaute ihn mit fragendem Blick an. „Ja gerne, wenn ich darf.“ Anne schaute überrascht drein, denn sie wusste wohl von seinen Wünschen bezüglich der reifen Damen, nahm seine Sehnsüchte, was Männer anging, aber bislang nicht so ernst. Schon setzte er seine Lippen auf den steifen und kräftigen Schwanz. Er saugte ihn ein, bis er nicht weiter konnte, dann ließ er ihn wieder hinausgleiten, küsste den Schaft und begann von Neuem. Seine Hände wanderten suchend über die Schenkel und den Po des Mannes, der sichtlich begeistert war von den Qualitäten dieses jungen Sexpartners. Die Damen versorgten sich derweil mit Zärtlichkeit und Streicheleinheiten.

Während Christian sich um diesen Schwanz bemühte, ihn genüsslich in seinem Mund spürte, küssten und leckten sich die Frauen, die das wohl supergut konnten. Im Augenwinkel beobachtete ihr Geliebter seine Anne, wie sich die Nippel aufstellten und immer größer wurden. Schon kreiste die Zunge um diese wundervoll gereizten Brustwarzen der jungen Frau. Diese Frau, die so unglaublich sanft verwöhnt wurde, wand sich vor Verlangen. Immer wieder glitten die Hände gefühlvoll über die bebenden, bedürftigen und sehnsuchtsvollen Körper.

„Möchtest du auch mal geblasen werden?", fragte der Herr des Hauses vorsichtig an.

„Ja gerne." Schon lag Christian auf dem Rücken und spürte die Lippen, wie sie sich über seinen steifen Schwanz schoben und in ihm ein irres Gefühl erzeugten. Als die Zunge seine Eichel umkreiste, war er so erregt, dass er kurz vor einem Megaorgasmus stand. Es wand sich sein Körper unter diesen zärtlichen Berührungen, bebte und begann schon zu zucken. Alle bemerkten dies, denn Christian stöhnte immer lauter. Die Anwesenden schauten zu ihm herüber, dann überkam ihn dieses Gefühl, dieser unglaublich heftige und wahnsinnig geile Orgasmus. „Ich komme!", schon entlud sich der angestaute Samen und sein Verwöhner machte sich daran, ihn aufzunehmen. Er leckte auch den letzten Tropfen in sich hinein und Christian ließ sich einfach fallen. „Wow, war das geil, irre schön, danke." Der Ehegatte drehte sich zu Anne, spreizte ihre Beine und drückte sein Gesicht zwischen ihre Schenkel, seine Zunge leckte gierig ihre Muschi. Er arbeitete gekonnt und Anne spürte, wie sie immer schneller atmete, ihre Bauchdecke sich bewegte und sie immer mehr haben wollte. Die reife Dame holte einen

Umschnalldildo hervor und begann ihren Mann damit zu penetrieren. Der genoss es sichtlich und stöhnte, während er die weiche Scham liebkoste. Immer öfter reizte er die Perle, die dieses unglaubliche Gefühl erzeugen konnte und Anne reagierte mehr als heftig. Plötzlich stöhnte sie laut auf und schrie beinahe ihren Orgasmus heraus. Völlig erschöpft aber sehr, sehr glücklich ließ sie sich zurückfallen. Und dann geschah das, was Christian so an sich vermisste. Anne wollte den Schwanz von ihrem Verwöhner blasen. Die Pause war sehr kurz und doch spürte der junge Mann erneut eine sich steigernde Erregung. „Hat dich schon mal ein Mann beglückt?" Der Hausherr klang sanft und vorsichtig. Christian hatte wohl mal an so etwas gedacht, doch nie wirklich in Erwägung gezogen, es auszuprobieren. „Nein, ich hatte noch nie etwas mit einem Mann, heute ist es das erste Mal."

„Möchtest du es denn?"

„Ich weiß nicht, ich bin nicht sicher. Habe es mal in meinen Fantasien erlebt, doch das waren eben nur Träume."

„Wenn du es möchtest, dann will ich es gerne tun, ganz vorsichtig und du wirst sehen, es ist herrlich." Schon holte er aus der Schublade des Nachttisches ein Gleitmittel und ein Präservativ heraus. „Komm!" Er zog den Neuling so auf das Bett, das dieser vor ihm kniete und in der Hündchenstellung darauf wartete, zum ersten Mal anal penetriert zu werden. Reichlich viel Gleitmittel und den Schwanz in einen Gummi gekleidet, schon spürte Christian die erste Berührung. Finger machten sich daran, das Gleitmittel schön zu verteilen und in seinen Anus hineinzumassieren. Dann spürte er, wie die Eichel gegen seinen Eingang drückte und sich langsam daran machte einzudringen.

Zunächst war er noch etwas verkrampft, es wollte nicht so recht klappen. Anne schaute ihnen zu, gemeinsam mit der Dame des Hauses. „Du musst dich fallen lassen, es einfach geschehen lassen, dann wird es auch wundervoll sein, schön locker.“ Anne wusste, wovon sie redete, sie hatte sich auch einmal so verspannt und sich erst nach und nach auf diese Variante eingelassen. Christian konzentrierte sich darauf, wie es sich anfühlte und das war megageil. Langsam ließ er es zu und schon konnte der steife Schwanz in ihn eindringen. Es war ungewohnt, sogar etwas unangenehm, ehe es sich richtig gut anfühlte. Christian ließ sich von einem Mann vögeln und er genoss es auch noch. Das war wohl irgendwann einmal ein schwacher Gedanke, doch nun konnte er es als eine Erfahrung abspeichern. Es dauerte auch nicht allzu lange, bis der erfahrene Typ anfing zu stöhnen, schon nach kurzer Zeit zum Orgasmus kam. „Wow, das war supergeil, das hätte ich nicht gedacht“, dann legte er sich hin und genoss die „Nachwehen“. Anne schaute sich den Freund an und sah die Erregung, die sich schon wieder voll entfaltet hatte. Sie setzte sich auf ihn und ritt ihn zu einem erneuten wundervollen Höhepunkt.

Zu Hause redeten sie viel über diesen Besuch. Es war schnell klar, sie wollten dies öfter erleben und mal schauen, was sich da noch ergeben würde. Sie tauschten mit ihren geilen Bekannten Bilder aus, die sie immer mal wieder von sich machten. Da fiel dem jungen Paar ein Foto auf, das sich etwas von den anderen unterschied. Das Besondere war, die reifen Herrschaften saßen beide in Frauenkleidung da. Auch er trug halterlose Strümpfe und einen reizvollen Slip. Sie in Weinrot und er in

Dunkelgrün, ein betörender Anblick. Christian schaute immer wieder dieses Bild an und konnte sich anscheinend nicht sattsehen. „Was ist mit dem Bild?“ Anne wurde neugierig. Er spürte diesen Wunsch in sich und der war überraschend neu für ihn. „Ich muss zugeben, das gefällt mir gut, das ist richtig geil anzusehen. Das würde ich auch gerne mal probieren. Wie findest du das denn?“

„Es ist wunderschön, die Farbe steht ihm und beide sind ein begehrenswertes Paar. Ich bin auch etwas verblüfft, aber ich mag es, würde gern beide einmal so erleben dürfen.“

„Und ich?“, ein Hilfeschrei!

„Wir werden gleich mal schauen, ob wir etwas finden, das dir gefällt und hoffentlich passt.“

„Oh ja, ich weiß ja, was für schöne Wäsche du im Schrank hast.“

„Auf welche Slips stehst du? Gibt es bestimmte BHs, die du gerne sehen und spüren möchtest?

Ach ja, und wie ist es mit Strümpfen oder einer Strumpfhose?“

„Du hast gut reden, ich weiß gar nicht, wie das heißt, ich werde schauen und wenn mir etwas gefällt, wirst du es erfahren.“ Schon öffnete sich die Kleiderschranktür und gab den Blick frei auf einige Stapel Wäsche. Viele Farben leuchteten und bettelten förmlich darum, endlich an der Reihe zu sein. Anne erklärte ihm, wo er welche Slips und Hemdchen finden würde. Sie zeigte ihm Unterröcke und wo die Strümpfe lagen. An dem Tag war Christian froh, dass er nicht so ein starker Typ war, kein Muskelprotz, sondern ein schlanker, beweglicher junger Mann. Da fiel ihm ein leuchtend grüner Slip ins Auge.

Sofort befreite er ihn aus dem Schrankfach und hielt ihn zur Probe an sich. „Na, ob das passt?“

„Probiere ihn an, dann wirst du es wissen. Die Farbe steht dir, es ist ja ein Maxislip, sodass er dich bestimmt gut kleiden wird.“ Christian entkleidete sich schnell, er war so gereizt und wollte unbedingt diesen Slip auf seiner Haut spüren. Langsam und vorsichtig zog er ihn über seine Beine, dann über seinen Hintern. Da diese Wäsche auch sehr gut nachgibt, passte dieses Höschen wie angegossen. Im Spiegel sah er einen gut gebauten, mit einem geilen Höschen bekleideten jungen Mann. „Hast du auch einen passenden BH dazu?“ Ganz natürlich zog Anne den entsprechenden BH aus dem Schrank und reichte ihn Christian. Der versuchte, dieses Kleidungsstück anzuziehen, doch ihm fehlte die Übung. Eine Frau bemerkt das natürlich und ist behilflich. Zu der leuchtend grünen Reizwäsche bekam er noch schwarze Strümpfe, halterlos natürlich. Anne saß auf dem Bett und schaute ihren Freund an, der immer reizvoller wurde. Sie spürte in sich eine steigende Erregung, deren Verlauf sich noch proportional zu der Beule entwickelte, die sich im grünen Höschen Platz verschaffte. „Na, wie findest du das, aber ehrlich bitte. Ich selbst bin überwältigt, wie gut es mir steht und wie es sich anfühlt. Da kann ich direkt neidisch werden, weil ihr Frauen das immer tragen könnt.“ Anne schaute ihn an und begann sich zu entkleiden. Langsam wurden ihr BH in dunklem Weinrot und dann auch der passende Slip sichtbar. Für solche Momente müsste das Höschen für den Herrn wohl zwei Nummern größer sein, der sich versteifende Schwanz brauchte sehr viel Platz, er drohte beinahe durch den Stoff zu stoßen. Anne trug keine Strümpfe, aber eine Strumpfhose und

die sah an ihr megageil aus. Sie griff nach ihrem Freund und zog ihn langsam an sich heran. Ihre Hände wanderten über diesen Körper, der völlig anders gekleidet war als sonst. Sie war begeistert und es machte sie unheimlich scharf. Eine Hand erreichte die männliche Hüfte und bahnte sich ihren Weg über den Po, am Schenkel entlang, um dann in den Schritt zu gleiten. Ganz zärtlich streichelte sie die Beule und die maximale Erregung ließ den Schwanz zucken, er wollte hinaus und von den wundervollen Lippen der Frau eingesaugt werden. Die zog das Höschen etwas runter und tat genau das. Erst küsste sie die Eichel, dann ließ sie ihre Lippen über den Schaft, die Eichel fahren und verschlang sodann das steife Glied. Christian wurde so heftig von seiner Erregung mitgerissen, dass er den großen Wunsch in sich spürte, schnell zu einem Orgasmus zu kommen. Der ließ auch gar nicht lange auf sich warten und war dieses Mal extrem schön, noch besser als es ein solcher an sich schon war.

Um das Thema mit dem Ehepaar zu besprechen, machten sie auch von sich Fotos und zeigten sie dem befreundeten Pärchen. Die waren begeistert und verabredeten sogleich ein Treffen.

In der Folge gab es viele und sehr anstrengende Sextreffen. Vier Menschen lebten ihre Träume und jeder konnte sich wünschen, was er wollte, fast alles wurde auch umgesetzt.

So erfuhren die vermeintlich offenen Bedürftigen noch erstaunliche Entdeckungen.

SEHNSUCHT ENDET NIE

Irgendwo im Süden Deutschlands steht ein Haus. Ein Mehrfamilienhaus, in dem sich diese Geschichte ereignete. Es war eigentlich nur ein ganz banaler Besuch, den ich bei der guten Frau Schminko absolvierte. Sie hatte ein kleines Problem und bat mich um Hilfe. Als ich das Problem beseitigt hatte, wollte sie noch mit mir reden, also setzte ich mich. Das Gespräch verlief anders, als ich es erwarten konnte.

Diese Dame von 72 Jahren wohnte nicht weit von mir und war mir sehr sympathisch. Hin und wieder redeten wir über dies und das, wenn wir uns getroffen hatten. Ich sprach immer gern mit ihr, denn ich hatte das Gefühl, ich könnte ihr auf diese Weise irgendwie helfen. Ob ich damit immer richtig liege, kann ich nicht mit Sicherheit sagen, aber etwas in ihrem Gesicht und ihrer Stimme interpretierte ich als überaus positiv, wenn ich sie wieder verließ.

So kam es, dass sie mich rief, als ihre Wohnzimmerlampe die Kerzenbirnen sprengte und die Glaskolben durch die Luft schossen. Zurück blieben die Sockel und die habe ich dann herausgedreht, um eine neue Birne einzusetzen. An jenem Tag war es genau dieses Problem, welches uns zusammenführte. Als ich den Fehler behoben hatte, wollte ich gehen, aber sie fragte, ob ich nicht noch ein wenig bleiben könnte. Da ich nichts Besonderes vorhatte, setzte ich mich auf einen der guten alten Stühle und hörte ihr zu. Sie sprach von ihrer Gesundheit und ihren Enkelkindern und dass ihre Kinder sie nicht immer verstehen würden, was sie sehr belasteten würde.

So gut ich es vermochte, versuchte ich, ihr meine Meinung zu unterbreiten, um ihr so eine mögliche Lösungsvariante zu offerieren. Dann aber wollte ich den Zeitpunkt nutzen und meinerseits eine Frage an sie richten. „Sie haben doch meine Bücher gelesen, darf ich Sie dazu etwas fragen?“ Sie schaute mich etwas überrascht an. „Was wollen Sie wissen?“

„Ich …, ich meine …“

„Was ist los, so schwer kann es doch nicht sein, oder?“

„Sie sagen das so einfach, aber für mich ist es schwer. Es geht dabei um ein Thema, das ich in den Büchern zwar mit angeführt habe, über das aber im Allgemeinen nicht gesprochen wird. Deshalb bin ich vorsichtig und frage Sie, ob Sie sich nicht gekränkt fühlen oder verletzt, wenn ich diese Frage stelle.“

„Noch kenne ich die Frage nicht, wie könnte ich Ihnen jetzt eine Antwort geben, schießen sie los.“

„Wissen Sie, ich habe schon so viele Rückmeldungen bekommen und alle fielen sehr positiv aus, nur ein Thema wurde von niemandem angesprochen. Angesichts ihres Alters und der Problematik des Themas möchte ich sie auch nicht in eine Situation drängen, die Sie nicht haben möchten.“

„Sie sind doch sonst nicht so auf den Mund gefallen, was ist also das Problem und machen Sie es nicht so spannend.“ Ich schaute sie an und war völlig verunsichert. Dennoch brannte in mir diese Frage und ich wollte an jenem Tage alles auf eine Karte setzen.

„In meinen Büchern habe ich die Erotik thematisiert und zur Diskussion angeboten, wie kam das bei Ihnen an? War es zu viel oder hat es Sie gar überhaupt nicht berührt?“

Sie schaut mich an, als würde sie sich fragen, weshalb ich mit dieser Frau über dieses Thema reden möchte. Doch da war auch etwas Positives in ihrem Gesicht. „Ich bin doch nur ‚ne olle Frau‘, was könnte ich Ihnen dazu schon sagen?“ Ich schaute sie an, sie mich und wir schienen beide darauf zu warten, dass einer diese Situation auflösen würde. Klar, war diese Frage nicht so einfach zu beantworten, wie es gerne in den Medien dargestellt wird und ich war ja doch ein relativ fremder Herr von nebenan. Ein Thema, das so ins Persönliche geht, so einen intimen Bereich anspricht, das ist nicht alltäglich. Wir saßen da und warteten, dabei hatte ich aber nicht den Eindruck, dass ich die falsche Frage gestellt hätte, sondern niemand wusste, wie er jetzt das Gespräch eröffnen sollte. Dann fiel mir etwas ein und ich startete einen Versuch. „Wissen Sie, ich kam auf Sie als Gesprächspartnerin, weil ich neulich einen Bericht gesehen hatte, der über ältere Herrschaften berichtete und speziell über ihre Bedürftigkeit in Sachen Sex.“ Ich hatte es rausgehauen, was würde nun geschehen? Vermutlich lief ich rot an wie eine Tomate, zumindest fühlte es sich plötzlich so irre heiß an. Sie warf mir einen Blick herüber, den ich nicht als negativ einschätzte, eher als eine Art Frage, soll ich, darf ich diesem männlichen Wesen von etwas erzählen, dass ich doch nur mit Mühe tief in mir selbst zugelassen habe. So in etwa interpretierte ich ihren Gesichtsausdruck.

„Ich wollte Sie nicht bedrängen, Sie nicht mit solch ungewöhnlichen Fragen belästigen oder gar verletzen, wenn Sie das Thema lieber nicht besprechen möchten, schmeißen Sie mich einfach raus.“

„Warum soll ich Sie rausschmeißen, Sie haben ja recht. Ich

habe es auch nicht gewagt, mich zu diesem Thema zu äußern, es ist eben ein Tabuthema."

„Nur für den Fall, dass wir doch in ein tieferes Gespräch kommen, alles was wir besprechen, bleibt nur unter uns. Ich verspreche Ihnen, dass ich es niemandem weitersagen werde, es aber in einem Buch einbauen könnte, ohne ihre Identität preiszugeben. Hintergrund meiner Frage ist, wann ist jemand zu alt für Erotik und Sex. Sie haben ein stolzes Alter erreicht und sind somit prädestiniert, um mir Antwort zu geben. Natürlich nur, wenn es Ihnen recht ist." Ich glaubte, sie wäre damit beantwortet, die Frage, die sie sich wohl innerlich stellte und die ich ihr nun bereits beantwortet hatte. „Weil Sie mir so ein lieber Nachbar sind und ich Sie als sehr sympathisch empfinde, will ich Ihnen auch offen davon berichten, wie sich ihre Texte bei mir bemerkbar machten und immer wieder machen. Mein Mann starb vor vielen Jahren und ich lebe seither allein, ohne einen Kontakt in dieser Form zu jemandem zu haben. Bis zu diesen Büchern dachte ich wirklich, ich müsste so leben und mir jegliches Bedürfnis dieser Art verbieten. Es schickt sich nicht für eine Dame, sich ihren lustvollen Bedürfnissen hinzugeben, also lebte ich, wie ich meinte, dass es vernünftig und angemessen wäre. Als ich ihre Geschichten las, da spürte ich eine tiefe Verbundenheit zu den Protagonisten. Seit vielen Jahren ließ ich Gefühle zu, die mich dann aber auch schwer belasteten. Es ist ja nicht damit getan, sie zu spüren, sie wollen auch eine Erfüllung erreichen. Als ich die Texte in mich aufnahm, da hatte ich sogar den Eindruck, das könnten Sie gar nicht geschrieben haben, denn so etwas könnte nur eine Frau tun. Die Beschreibungen waren so passend, so treffend und so sensibel,

dass ich mich wunderte, wie ein Mann so etwas schreiben konnte. Heute ist wohl das der Grund, weshalb ich mit Ihnen darüber sprechen kann und sogar will. Sie beschreiben dort eine Zärtlichkeit und ein tiefes Vertrauen, das mich sehnsuchtsvoll und gleichzeitig so traurig macht. Den Anstoß zu geben und Gefühle hervorzulocken, ist eine Seite, sie aber nicht erfüllen zu können ist eine andere. Besonders spannend empfand ich die Texte, in denen sich zwei Frauen miteinander beschäftigten. Ich gebe es nicht leichten Herzens zu, aber ich meinte zu spüren, dass sogar ich sehr gerne mit einer Frau solche Stunden hätte erleben wollen, es mir aber nicht eingestanden habe, da es ja nicht anständig gewesen ist. Früher hätte ich die Geschichte von den Männern, die es miteinander treiben, als schmutzig und pervers betrachtet, heute sehe ich das schon ganz anders. Ich musste 72 Jahre alt werden, um zu begreifen, dass ich mein Leben lange Zeit nicht gelebt habe, sondern nur dahingeschwommen bin im großen Fluss der Gesellschaft. Mich selbst hatte ich völlig unter den vermeintlichen Regeln des Umfeldes begraben. Ich war nur noch ‚ne olle Frau‘, die nichts mehr zu erwarten hat.“

„Verzeihen Sie mir meine Unterbrechung, aber was ist, wenn Sie die olle Frau weglassen und nur eine Frau sind? Es waren im Übrigen genau dieser Ausspruch und andere kleine Äußerungen, die mich mit dieser Frage zu ihnen geführt hatten. Ich hatte des Öfteren das Gefühl, Sie würden traurig sein und Sehnsüchte in sich spüren, über die Sie nicht reden dürften, geschweige denn sie zu erfüllen.“ Sie schaute mich an und ich war geneigt, sie zu umarmen.

„Verstehe ich Sie richtig, wenn ich Ihre Worte so interpretie-

re, dass Sie durch meine Texte erneut an ihre Bedürftigkeit erinnert wurden und diese sogar zugelassen haben?"

„Ja, so kann man das sagen. Ich meinte, Ihre Beschreibungen fühlen zu können, wie die Hände über die Körper wanderten und sich so wundervolle Gefühle verschafften. Sie haben ja nichts im Detail beschrieben, alles ist so aufgebaut, dass ich mir meine eigenen Fantasien und Wünsche mit einbauen durfte. Sie haben mich herausgefordert und ich habe tatsächlich reagiert und ja, ich finde es eigentlich schön. Eigentlich deshalb, weil ich es eben nur mit mir selbst ausmachen muss und niemanden habe, mit dem ich diese Sehnsüchte befriedigen könnte." Ich war überrascht und gefesselt, diese Frau saß vor mir und sprach über sich und ihre intimsten Gefühle, was für ein Erfolg meiner Bücher.

„Und wieder bitte ich Sie um Verzeihung, aber sie leben nicht allein so einsam in ihrer Wohnung. Das betrifft Sie und mich und ganz viele Menschen. Es reicht in jede Altersgruppe und lässt niemanden außen vor, alle müssen damit zurechtkommen. Was für Sie so ein persönliches Los zu sein scheint, das ist nur eines von zigtausend anderen. Schauen Sie, ich lebe schon 15 Jahre an ihrer Seite und habe auch niemanden, mit dem ich solche Bedürfnisse teilen könnte. Und ich bin doch noch jung für Sie oder?"

„Sie sind noch jung, Sie müssten doch nicht so leben oder irre ich mich da?"

„Sie irren sich! Nur, das Alter macht den Unterschied nicht aus. Die Gesellschaft hat sich so verändert, dass es immer weniger Gelegenheiten gibt, wo man jemanden kennenlernen könnte. Das Leben hat sich beinahe unbemerkt so verändert,

dass wir gar nicht mehr ausreichend in Kontakt mit vielen Leuten kommen und somit ganz klar auch weniger bis keine Chance haben, unsere gefühlten Bedürfnisse, unsere Sehnsüchte zu befriedigen und ein glückliches Leben zu führen. Sie sind nur eine Frau von Millionen Menschen in unserem Land und auf der ganzen Welt, die dieses Schicksal teilen, vom Vertrauen rede ich gar nicht erst."

„Meinen Sie wirklich, dass so viele Menschen unausgeglichen und einsam leben?"

„Klar, bin ich überzeugt davon. Es ist aber nicht so, dass die Menschen die Erotik und den Sex nicht bräuchten, sondern sie verbieten es sich, weil jemand einmal gemeint hatte, dass man das nicht tun dürfte. Da niemand darüber spricht, weder über seine Gefühle noch über seine Bedürftigkeit und Sehnsüchte, ist es auch nicht so bekannt und taucht das Thema irgendwo doch auf, dann wird es ganz schnell als Hirngespinst abgefertigt und als krank abgetan. Was meiner Meinung nach noch hinzukommt, ist, dass die Einstellungen bestehen, jemand dürfe nur dann solche Gefühle entwickeln, wenn er in einer Partnerschaft lebt. Insbesondere die ältere Generation könnte sich hinter diesen alten Regeln verstecken. Niemand möchte als verrückt gelten und vielleicht eingesperrt und unter Drogen gesetzt werden. Lieber schweigen und sich enthalten, das erscheint sicherer als zu leben. In unserer Zeit eigentlich total bekloppt." Diese ältere Dame saß vor mir und schaute mich mit einem sehnsuchtsvollen Blick an. „Sie meinen wirklich, ich dürfte solche Gefühle und Wünsche noch haben?"

„Ich kann nur für mich sprechen, aber ich bin überzeugt, jeder Mensch hat ein Anrecht auf seine Gefühle und seine Wünsche

und auch diese Bedürfnisse sollten respektiert werden. Wir akzeptieren und respektieren doch auch, wenn sich Menschen verlieben und eine Familie gründen. Dabei ist es unerheblich, ob wir diese Personen nun für attraktiv halten oder für grottenhässlich. Ich esse nicht alles, was andere als lecker bezeichnen und somit darf ich auch annehmen, jeder Mensch hat seine eigene Gefühlswelt. Die wird sich bei jedem Einzelnen unterschiedlich darstellen und entwickeln. Es könnte ja sein, Sie würden solche Themen gar nicht mehr berühren, weil Sie vielleicht hormonell ganz anders aufgestellt sind. Allerdings klingt das bei Ihnen nicht so und daher sollen und dürfen Sie, nach meiner persönlichen Einstellung, auch ihre Gefühle leben. Ich jedenfalls finde es supertoll, dass Sie mit mir dieses Gespräch führen.“ In dem Blick, der mich traf, erkannte ich eine Erleichterung, um diese zu unterstützen, stand ich auf und ging zu ihr herüber. Ich legte meine Arme um diese sympathische Frau und drückte sie an mich. Sie gab mir dieses Gefühl sofort zurück und hielt mich fest, ganz fest. Als ich bemerkte, wie ihre Hände wanderten, ließ auch ich meine Hände über ihren Rücken gleiten. Wange an Wange war plötzlich eine Nähe zu spüren, die mir unglaublich gutgetan hatte. Plötzlich schaute sie mich seltsam an, ich wusste nicht, was nun kommen sollte, als sie ihre Lippen auf die meinen drückte. Ein Kuss, ein schöner sanfter und doch leidenschaftlicher Kuss zog mich einfach hinfort.

Völlig verzaubert ließ ich diese Frau das tun, was sie gerade brauchte und ja, ich brauchte es auch. Dabei war ich doch 25 Jahre jünger, verrückt, unanständig und doch so wundervoll.

Als meine Lippen immer wieder ganz sanft ihren Mund berührten, da spürte ich plötzlich etwas, das ich nicht spüren wollte. Nein und ja, ich meinte, es durfte nicht sein, doch es geschah einfach und es fühlte sich toll an. Wir genossen beide diese zauberhaften Momente und ließen es einfach geschehen. Als sich eine Pause ausbreitete, da spürte ich meine Unsicherheit. „Ich bin unsicher, ob das so richtig ist, ob Sie das so möchten oder ob ich Sie dazu gedrängt habe."

„Seien Sie ganz unbesorgt, ich wollte es, ich will es und ich möchte es gerne noch intensiver mit Ihnen erleben, wenn ich darf."

„Ich bin so unsicher, denn ich weiß nicht wie ich mit Ihnen …, wo ich Sie …, was Sie möchten und sich wünschen, ich brauche ihre Hilfe."

„Und ich weiß nicht, wie Sie es sich wünschen, meine Erfahrungen sind da doch sehr begrenzt. Wir müssen uns gegenseitig vertrauen, wir müssen uns anvertrauen, wenn wir diese Gefühle nicht wieder verstecken wollen."

„Oh ja, ich möchte mich Ihnen anvertrauen, Sie sind eine ganz bezaubernde Frau." Dabei schaute ich so intensiv auf ihre Brüste, die sich deutlich als relativ groß unter der Kleidung zeigten. Als ich den Blick nicht wieder abwenden konnte, da spürte ich etwas in meiner Hose, was sich als unbeschreiblich schön anfühlte. Da konnte sie nicht umhin, ihren Blick auf diese Beule in meiner Hose zu werfen. „Darf ich mal?"

„Klar, ich meine, wenn Sie es möchten, bitte tun Sie sich keinen Zwang an." Sie zog mich auf ihre Couch und ich setzte mich neben sie. Dann wanderte ihre Hand über meine Beine, bis sie schließlich das berührte, was mir extrem starke, bezau-

bernd schöne Gefühle verschaffte.

„Darf ich ihn auspacken? Ich möchte ihn in meiner Hand spüren, ist es ihnen recht? Es fühlt sich so wundervoll an."

„Ja, wenn Sie es möchten, bitte, ich habe bestimmt nichts dagegen, denn Sie machen das so sanft und zärtlich, dass ich es nicht verbieten kann und möchte. Ihr Mann muss ja zu beneiden gewesen sein."

„Mein Mann?"

„Ja, Ihr Mann, wenn Sie ihn ebenso behandelt haben dann muss er doch extrem zufrieden gewesen sein."

„Damals hätte ich so etwas nicht gemacht, es war einfach nicht schicklich und somit nicht zugelassen. Wir lebten da noch nach anderen Regeln, die ich ja bis heute als berechtigt angesehen hatte."

„Das ist zauberhaft schön, ich bin total erregt und so heiß auf Sie, dass ich es gar nicht so richtig verstehe. Darf ich Ihre Brust berühren?"

„Ja, bitte, auch wenn die nicht mehr die einer Zwanzigjährigen ist."

„Das ist nicht von Bedeutung, nur dass es Ihnen guttut und Sie sich ganz wohl fühlen."

„Woran denken Sie gerade?"

„Denken? Wie kommen Sie darauf?"

„Es sieht so aus, als ob Sie über etwas nachdenken."

„Ich dachte gerade daran, dass Sie so bezaubernd schöne Wäsche tragen würden, wie es damals üblich gewesen war. Immer schon wurde ich von Miederwaren gefesselt und war begeistert. Heute gibt es das ja nicht mehr so verbreitet, aber früher war es das Normalste auf der Welt. Mieder, Long-BH, Unter-

kleider und Unterröcke, Strümpfe, das ist so himmlisch schön."
„Warten Sie einen Augenblick, ich ziehe mir mal was Nettes an."

Es verging einige Zeit, da hörte ich sie aus dem Schlafzimmer rufen. Ich ging zu ihr und staunte nicht schlecht, da stand diese Dame in schönster Miederwäsche und ich spürte sofort, wie es mich erregte. Sie zeigte mir mit einem Finger, dass ich näherkommen sollte, eine Aufforderung, der ich sehr gerne nachgekommen bin. Ich legte meine Arme um diesen, in einen bezaubernden Morgenmantel gehüllten weiblichen Körper und drückte ihn fest an mich. Diese Materialien sind für mich faszinierend und extrem reizvoll. „Gefällt es Ihnen?"

„Es ist unglaublich schön, ich kann mich Ihrem Charme nicht erwehren. Es ist gar nicht zu fassen, dass ich mit Ihnen diese Stunden erleben darf und dass Sie mich derart begeistern. Ich würde sagen, Sie sind megageil." Schon legte sie sich auf das Bett und streckte mir eine Hand entgegen. Ich setzte mich auf die Bettkante und legte meine Hand vorsichtig auf ihren Bauch. Dann ließ ich sie wandern, mal über die Taille, mal über die Brüste zu ihren Schultern. Mit der anderen Hand hielt ich die ihre und ließ diese auf meinem Schenkel ruhen. Als ich erneut über ihre Brüste wanderte, da spürte ich ihre Brustwarzen, die sich aufgerichtet hatten und sich steif durch den BH drückten. Der Reiz war nicht zu übersehen, diese Frau genoss jede Berührung und erlebte einen unglaublich schönen Tag, an welchem sie endlich ihre Sehnsüchte befriedigen konnte. Auf dem Weg über ihren Bauch hörte ich ihren Wunsch, tiefer zu gleiten. Also erkundete ich ihre Hüfte und ihre Schenkel.

Nichts von einer jungen Frau, aber eben doch sehr angenehm zu spüren, diese reife Dame.

„Bitte, wenn es nicht zu verdorben ist, bitte lassen Sie ihre Hand in die Mitte wandern, bitte." Zugegeben, ich war etwas überrascht. Es war nicht wirklich mein Ziel, auch wenn ich es für diese Frau einräumen wollte. Wenn sie es sich wünschte, dann wollte ich auch versuchen, ihr dies zu erfüllen. Ich war unsicher, ob sich in dem Bereich noch alles so geschmeidig anfühlen würde oder ob wir ein Hilfsmittel nutzen müssten. Sie hielt mir eine Cremedose hin und ich verstand. Schon glitten meine Finger in ihre Liebeshöhle und suchten nach einem Punkt. Es dauerte nicht lange, da spürte ich, wie sie zu reagieren begann. Die Creme vermittelte ganz klar, dass diese Frau wohl nicht mit jemandem geschlafen hatte, sehr wohl aber an sich Hand angelegt hatte und genau wusste, wie sie sich befriedigen konnte. Es war irre schön, ich genoss die Erregung und das Vertrauen dieser sympathischen Frau. Sie löste ihre Hand aus der meinen und zog an meiner Hose. „Ziehen Sie die aus, ich möchte Sie ganz sehen und spüren. Natürlich nur, wenn Sie es auch möchten."

„Ich kann nicht!"

„Wieso?"

„Es geht nicht, ich darf das nicht tun."

„Ich habe mich Ihnen anvertraut, war das nicht gerechtfertigt?"

„Doch schon, ich bin auch sehr angetan und dankbar, aber …"

„Was aber? Nun reden Sie doch. Ich werde Sie bestimmt nicht fressen."

„Es ist nur weil …, weil ich etwas seltsam bin und nicht so ganz üblich und bestimmt verrückt und pervers und so, ich habe Angst, Sie zu verletzen."

„Keine Angst, ich bin ja hier nicht so schnell zu schockieren und ich werde Ihnen nichts tun, alles ist gut, jetzt vertrauen Sie mir endlich, so wie Sie es doch von mir auch erwarten oder?"

„Aber …"

„Kein aber, na los, runter mit der Hose!" Ich stand auf und zog ganz langsam die Hose nach unten. Darunter wurde schon sehr bald meine Strumpfhose sichtbar und der Damenslip in Weinrot. Ich hatte das Gefühl, ich würde verglühen, doch ich musste da durch. Sie schaute mich an und fing an zu lachen. „Ist das etwa alles, was Ihnen Angst gemacht hat? Wenn da weiter nichts ist, das hatte ich schon längst vermutet."

„Sie haben das vermutet?"

„Ja, aber sicher doch. In ihren Büchern haben sie von Männern geschrieben, die Frauen sein wollten oder sich als solche empfunden haben. Die Ohrstecker, die Ketten, es kam zumindest der Verdacht in mir auf, als ich ihre Texte gelesen hatte und meinte, dass so etwas nur eine Frau geschrieben haben könnte. Abgesehen davon finde ich es toll, wenn Sie sich so kleiden und es sichtbar genießen. Seien sie einfach Sie selbst und haben Sie nicht so viel Angst, ich beiße bestimmt nicht."

„Dennoch könnte ich Sie so verschrecken, dass Sie sich abwenden und unsere Beziehung sich einfach auflöst. Dass ein Mann sich so kleidet, ist ja nicht ganz üblich und nicht jeder kann damit umgehen. Schnell wird man dann zu einem perversen oder kranken Menschen abgestempelt. Und wenn das einmal rausgekommen ist, gibt es kein Zurück mehr. Menschen

können so grausam sein." Während ich mich zu erklären versuchte, streichelte sie meine bestrumpften Beine, es fühlte sich unglaublich schön an, was mich maximal reizte.

„Ziehen Sie sich ganz aus und legen Sie sich bitte neben mich. Ich möchte Sie ganz spüren und berühren können." Schon lag ich neben dieser fantastischen Frau und diese ließ ihre Hände über meinen Körper gleiten. Als sie meine Nippel erreichte, begann ich heftig zu zucken und sie spürte sofort, wie extrem mich diese Reizungen verführten. Meine Männlichkeit stand fest und steif aufrecht, sie genoss den Anblick. Schon legten sich ihre Finger um den Schaft, massierten ihn sanft und sensibel. Ich bebte heftig, die sexuelle Erregung, diese Dame, da wollte ich nun auch kommen. Sie ließ von mir ab, für einen Moment entspannte sich alles. „Alles gut?", fragte ich sie, da ich erneut unsicher war. „Alles ist gut, ich genieße es, mit Ihnen hier im Bett zu liegen und so zauberhaft schöne Momente zu erleben. Ich möchte nur noch nicht, dass sie zum Ende kommen, sie sind ja fast so weit, da mache ich lieber eine Pause."

„Das stimmt, ich bin beinahe so weit, dass ich zum Höhepunkt komme. Was kann ich Ihnen Gutes tun?"

„Legen Sie sich einfach zu mir und schmiegen Sie sich ganz eng an mich. Lassen Sie ihre Hände wandern und streicheln Sie mich noch ein wenig." Ich tat wie mir geheißen und erspürte diesen Körper in der wundervollen Wäsche und war überrascht, wie schön sich ihre Brüste noch anfühlten. Erneut erreichten meine Finger den Eingang zu ihrer Liebeshöhle. Schnell fanden sie den Punkt, der diese Dame sogleich in heftige Erregung versetzte. Schon nach kurzer Zeit kam diese reife

Dame zu einem irre geilen Orgasmus. Ich hielt sie fest und drückte sie an mich, ein wundervoller Moment, den ich nicht missen möchte. Nach einer kurzen Pause stand sie auf, ich dachte schon, sie würde nun ins Bad gehen, doch sie drehte sich herum und ergriff meinen Schaft, der noch immer so erigiert war. Sie massierte ihn und dann war ich wie von Sinnen heiß.

„Da ich nicht mehr so ganz jung bin, muss ich mir eine Stellung suchen, die hilfreich ist. Ich habe das noch nie getan, aber ich möchte es einmal versuchen. Wäre es ihnen recht, wenn ich ihn in meinen Mund nehmen würde?"

„Wenn Sie es möchten, habe ich nichts dagegen." Schon spürte ich ihre weichen Lippen, wie sie sich über die Eichel schoben und den Schaft. Sie verschlang den „Kleinen" fast ganz, ich ließ es geschehen und genoss diese Frau und ihre Zärtlichkeit. Schon machte ich sie darauf aufmerksam, dass ich schon sehr bald kommen würde. Sie lutschte weiter, schien diesen Augenblick zu genießen und den Samenerguss sehnlichst zu erwarten. Dann spürten wir beide, wie sich dieser Höhepunkt durch meinen Körper wandernd aufmachte, um mit einer Heftigkeit zu explodieren, die ich nicht erwartet hatte. Sie nahm alles auf und ich fragte nicht, wo sie diesen Liebessaft gelassen hatte.

Am nächsten Tag trafen wir uns und schauten uns nur an. Sie sah so richtig zufrieden und glücklich aus. „Wann treffen wir uns wieder? Oder ist es nur ein einmaliges Erlebnis gewesen?"

„Wann immer Sie es möchten und ich es einrichten kann. Ich möchte mit Ihnen gerne noch oft so irre tolle Erotik und so

geilen Sex erleben. Es war so wunderschön, vielen herzlichen Dank. So erlebte ich also ne olle Fru?“

Da ich viele Aufgaben zu erledigen hatte, war ich wenig zu Hause, sodass wir uns nicht sehen konnten. Nach einer Woche etwa, ich war gerade bei der Erledigung der Hauswoche, da öffnete sich ihre Tür. Sie schaute mich an, in ihren Augen bemerkte ich einen Glanz, wie ich ihn nie vorher von einer solchen Frau gekannt hatte. „Haben Sie ein wenig Zeit, ich würde gerne mit Ihnen reden.“

„Gern, wenn ich fertig bin, melde ich mich bei Ihnen.“ Sie nickte und verschwand in ihrer Wohnung.

Gleich nachdem ich wieder Ordnung in meinen Haushalt gebracht hatte, zog es mich förmlich zu ihrer Tür. Die Erinnerung an das letzte Treffen ließ mich bereits leicht in Wallung geraten. Das Summen, welches meldete, jemand sei an der Tür und suchte Einlass, war deutlich zu vernehmen. Es wurde geöffnet, ich schaute in diese Augen, die voller Sehnsucht gierig darauf zu warten schienen, dass ich eintreten würde. „Es ist schön, dass sie etwas Zeit haben, kommen sie herein. Darf ich ihnen einen Kaffee anbieten?“

„Danke gern. Sie sehen heute so anders aus.“

„Anders?“

„Ja, ich meine, ich sehe Sie heute mit einer Ausstrahlung, die sie deutlich jünger erscheinen lässt. Wunderschön anzusehen.“

„Das kann nur an Ihnen liegen, die Zeit bleibt nicht stehen, weder für mich noch für Sie. Vielleicht betrachten Sie mich heute nur anders, obwohl, doch ich fühle mich viel jünger, auch wenn das nur eine Illusion ist.“ Ich wollte meine Wallun-

gen beruhigen und fragte deshalb nach, ob unser Treffen heute vielleicht negativer erscheinen würde. Sie meinte nur, dann würden wir kaum jetzt gemeinsam Kaffee trinken. Meine Unsicherheit war aber noch nicht ganz verflogen. „Wie haben Sie unsere Begegnung von neulich verkraftet? Ich meine, es war ja etwas überraschend und ungewohnt, da kann vieles passieren.“ Sie steckte den Kopf durch die Küchentür und schaute mich an. Der Blick beantwortete meine Frage mehr als deutlich. Schon folgte dem Kaffeeduft ein Tablet und eine Dame servierte. „Ich bin mir nicht sicher, ob unser Treffen letztens so richtig gewesen war.“

„Weshalb sollte es nicht richtig gewesen sein? Ich hatte eine tolle Zeit und habe jede Minute mit Ihnen genossen, was soll daran nicht richtig sein? Waren Sie es nicht, der mich darauf hingewiesen hatte, meine Einstellungen zu überdenken?“

„Nun ja, ich meine, habe ich Sie vielleicht etwas gedrängt? Fühlten Sie sich bedrängt durch meine Frage?“

„Keineswegs, es war unerwartet, somit überraschend, aber im Grunde hatte ich mich darüber gefreut. Für mich war es der Moment, den ich nutzen wollte, um mich Ihnen zu öffnen. Es war einfach ein Gefühl, das mir sagte, jetzt oder nie mehr.“

„Ich wollte gar nicht dahin, wo wir dann gelandet sind, aber es war so irre schön. Es stand lediglich die Frage, mit wem könnte ich über dieses Thema sprechen, vor allem da sich niemand bislang dazu geäußert hatte. Es war eigentlich nur meine Interpretation Ihrer Äußerungen, die mich dazu veranlasst hatte, Ihnen diese Frage zu stellen. Dass sich dies so entwickeln würde, konnte ich nicht vorhersehen. Allerdings kann ich nur das Beste berichten, es war traumhaft schön mit Ihnen. Uner-

wartet und doch so wundervoll, so irre geil, vielen Dank."

„Ich war zuerst auch perplex, doch dann wollte ich die Chance nutzen und schauen, was sich ergeben würde. Dass ein junger Mann sich mit mir einlassen würde, das konnte ich ja nicht ahnen. Aber es war auch für mich wie ein Wunder, himmlisch schön, ich danke auch." Sie streckte ihre Arme zu mir aus und forderte mich so auf, mich zu ihr zu setzen. Natürlich folgte ich der Einladung, was mit einem Kuss belohnt wurde. „Darf ich Sie heute etwas fragen?" Sie schaute mich seltsam an.

„Klar, fragen Sie, ich denke, das ist gut so."

„Wie kommt es, dass sie Damenwäsche tragen?" Ich bin geschockt, nein verwundert, überrascht und unsicher.

„Seit ich etwa 8 Jahre alt war, zog ich mir Kleidung von meiner Mutter an. Es fühlte sich so irre schön an und so stimmig und ich fühlte mich unglaublich wohl darin. Damals wusste ich nichts von dem, was ich heute weiß. Zu der Zeit war es nur dieses Gefühl und ich spürte, dass der „Kleine" nicht zu mir gehörte. Immer wieder suchte ich, ihn zu verstecken, aber er blieb, wo er war. Es ergab sich, dass ich davon Abstand nehmen musste und erst vor einigen Jahren erneut darauf gestoßen bin. Da tauchte es überraschend auf und ich war fasziniert, all die Gefühle von damals waren plötzlich wieder da. Erst wollte ich nichts davon wissen, aber es ließ mich nicht wieder los. Als ich dann zum ersten Mal wieder in Strumpfhosen laufen konnte, war mir klar, ich bin so und ich werde und will nicht anders sein. In der Auseinandersetzung mit meinen Gefühlen kam ich immer mehr zu der Erkenntnis, ich bin innen eine Frau und außen ein Mann. Das aber kann ich nicht jedem sagen, es könnte mein Untergang sein."

„Sie meinen tatsächlich, Sie sind eine Frau und haben nur diesen männlichen Körper?"

„Ja, genau so empfinde ich es. Auf der Suche nach einer Lösung dachte ich daran, den Weg eines Transsexuellen zu gehen. Sehr intensiv beschäftigte ich mich mit dieser Möglichkeit und beinahe wäre ich dem auch gefolgt. Meine Neugier trieb mich durch die Welt, so sprach ich mit ganz vielen Leuten, die ebenfalls solche Gefühle in sich tragen. Viele waren den Weg der TS gegangen und beschrieben seltsame Ergebnisse. Es machte mich sogar traurig, dass diese Menschen berichteten, wie sie sich fühlten und wie wichtig der Weg für sie gewesen war. Und dann hörte ich Wahrheiten, die ich vorher nie in Betracht gezogen hätte. Eine Frau saß vor mir und meinte, eigentlich wären die Gefühle die gleichen wie früher, selbst einen Orgasmus spürt sie nicht anders, als vor der Anpassung. Lediglich das Äußere wurde, so gut es eben ging, verändert und es reicht nicht, um von allen akzeptiert zu werden. Sie beschrieb noch einige böse Folgen, die sich im Job und zwischenmenschlich ereignet hatten und die sehr belastend waren, aber sie wäre froh, als Frau leben zu können. Ich habe nachgedacht und gegrübelt, welche Folgen es für mich haben würde und ob ich damit leben könnte oder nicht. Ich entschied ganz klar, ich kann es nicht. Somit lebe ich für mich allein und trage gewisse Kleidungsstücke nur für mich, unsichtbar für andere. Immer ein Risiko, insbesondere wenn man täglich mit gesundheitlichen Problemen rechnen muss. So fühle ich mich irgendwie zwischen den Geschlechtern und bleibe einfach nur ein Mensch."

„Das hört sich aber nicht besonders schön an, es muss doch

traurig machen, wenn man nicht so leben kann, wie man es fühlt."

„Sie kennen das doch selbst. Als ihr Mann lebte, haben Sie da so gelebt, wie sie es wollten? Und als Ihr Mann sie verlassen hatte, haben Sie da ihren Bedürfnissen Raum gegeben und ihre Sehnsüchte erfüllt? Es ist leicht sich über so extreme Geschichten eine Meinung zu erstellen, aber sein eigenes Problem vernachlässigt man dann doch immer wieder."

„Ja, Sie haben recht, in gewisser Weise habe ich nicht anders gelebt, als Sie es tun. All meine Gefühle blieben in mir versteckt und unerfüllt, ich traute mich nicht, so zu leben, wie ich es mir wünschte, die Gesellschaft hatte mich schon eingenordet. Es ist so normal, dass wir uns so einschränken, ohne es bewusst zu bemerken. Nur wenn wir hin und wieder mal an etwas erinnert werden, dann spüren wir wie heftig wir im Grunde leiden. Sie mit Ihren Büchern haben mich erinnert und Ihre Frage nach der Erotik hat mich aufgeweckt. Ich bin leider schon sehr alt, aber nun will ich noch erleben, leben was möglich ist. Wenn Sie mit mir zurechtkommen, dann wird es noch ein schönes Leben sein."

„Ich weiß nicht, was gut und richtig ist. In mir ist so ein tolles Gefühl, weil ich Sie angestoßen habe und Sie sich auf wundervolle Weise geöffnet haben. Es liegt mir am Herzen, Sie so gut ich es vermag zu verwöhnen, um Ihnen ein schönes Leben zu ermöglichen. Und ja, auch ich habe unser Treffen sehr genossen und ich möchte mit Ihnen gerne noch so zauberhaft schöne Stunden verleben."

Die Tassen geleert, einen Keks genascht und schon meinte sie, ich möge sie kurz entschuldigen.

Frau Schminko betrat das Wohnzimmer. Sie trug einen langen weinroten, leicht transparenten Morgenmantel. Ich schaute sie an und war hin und weg, total begeistert konnte ich meinen Blick nicht von ihr abwenden. Diese ältere Dame, nicht gerade groß gewachsen, lockiges Haar und Fältchen im Gesicht, sie stand in der Tür und ich war zu allem bereit. Dann reichte sie mir ein kleines Päckchen. Ich bedankte mich. Die Überraschung war gelungen, in meinen Händen hielt ich zwei nagelneue Strumpfhosen.

„Das ist aber ganz lieb von Ihnen, vielen herzlichen Dank, das wäre nicht nötig gewesen."

„Doch das war notwendig, ich wollte Ihnen so zeigen, dass ich es toll finde, wie Sie mich ins Vertrauen gezogen haben und mir von ihren Gefühlen berichtet hatten. Gefällt Ihnen meine neue Wäsche?"

„Ich habe noch nicht so viel gesehen, aber der Morgenmantel ist zauberhaft schön." Sie öffnete das transparente Kleidungsstück. Passende Strümpfe, gehalten von einem gleichfarbigen Hüfthalter, ein Traum für mich. Komplettiert wurde dies noch von einem unglaublich schönen Long-BH in der gleichen Farbe. In mir tobten die Gefühle hin und her. Da war die Frau vor mir, die Frau in mir und der Mann, der spürte, wie schön diese bezaubernde Frau in Weinrot war. Unglaublich, diese alte Dame wurde von mir als schön empfunden, kann das normal sein?

„Sie duften bezaubernd, ich möchte sie immerzu riechen. Sie sind so schön und diese Wäsche ist mehr als nur schön. Ich beneide Sie dafür, dass Sie eine Frau sind." Sie streckte mir ihre Hand zu und ich folge ihr. Klar, ins Schlafzimmer führte sie mich, wo sie sich hinlegen konnte und es leichter für sie

war, sich dem Vergnügen hinzugeben. Meine Begeisterung machte es möglich, dass ich ihren Körper Zentimeter für Zentimeter erspüren wollte. Meine Hände wanderten über diese supergeile Wäsche und ich spürte ihren heißen Körper. Ich musste unbedingt ihre Knospen küssen und ihre Lippen spüren.

In den folgenden Wochen und Monaten hatten wir viele Treffen, ich wollte niemals aus diesem Traum aufwachen. Bis heute brauchte ich das auch nicht und wovon träumst du?

ALLES NUR EIN TRAUM!

Ich stehe in roter Reizwäsche vor einem gut gebauten Mann in Gelb. Er ist leicht geschminkt und sieht reizvoll aus, was sich deutlich etwas tiefer zeigt. Wir tragen beide schwarze, halterlose Strümpfe. Ich in Rot mit Slip und transparentem Nachthemd, welches von einem ebenfalls transparenten Morgenmantel bedeckt wird. Der Typ vor mir trägt einen schwarzen Slip mit viel Spitze und ein gelbes Babydoll. Wir berühren uns und unsere Erregung wird so heftig, dass sich die Slips viel zu klein anfühlen. Ich lege meine Arme um diesen schönen Mann und ziehe ihn dicht an mich heran. Unsere Lippen berühren sich und verschmelzen zu einem Kuss. Die steifen Glieder berühren sich und lassen mich vor Geilheit erschaudern. Da spüre ich, wie seine Hände an meinem Körper nach oben wandern und meine Knospen erreichen. Es ist wie ein Stromschlag, ich bin auf der Stelle so megageil, dass ich es kaum aushalten kann. Meine Hände gleiten über seinen Po und erspüren diesen zarten Slip. Dann taste ich mich über seine Lenden nach vorn und nehme seine Eier in meine Hand. Die arbeitet sich langsam etwas höher und ergreift sein steifes Teil. Schon ziehe ich seinen Slip etwas runter, damit ich dieses edle Stück vollständig erspüren kann.

Dieser geile Typ reagiert extrem heftig und schiebt sich dann an meinem Körper nach unten.

Dort legt er meine erregte Männlichkeit frei und stülpt seine Lippen über diese.

Der Wecker schubst mich aus der Nacht.

Der Tag ist nicht wie jeder andere, ich kann diesen Traum nicht wieder loslassen. Ablenkung ist gut, aber nicht so ausreichend, dass ich mich von diesen Gedanken ganz befreien kann. Der Traum war so überraschend und neu und doch so faszinierend und bezaubernd schön. Das soll ich sein? Ich will Sex mit einem Mann? Nein, ich denke nicht, dass ich so etwas tatsächlich möchte. Da mich diese Gedanken so fest im Griff haben, suche ich im Internet nach einer Lösung, nach einer Antwort auf meine Fragen. Es gibt tausende Seiten, die Erotik und Sex für jede nur denkbare Lust zeigen. Als ich mich dort umschaue, finde ich Seiten mit pornografischen Darstellungen in Bildern und Videos. Neugierig bin ich unterwegs, suche nach den Fotos, die mich berühren. Da sehe ich Bilder von reifen Damen, oh sind die schön. Ich reagiere sofort und weiß, das ist ganz meine Kragenweite. Plötzlich löst sich meine Erregung wieder auf und ich muss nachprüfen, was mich da so einfach rausgeschmissen hat. Die Bilder zeigen Nahaufnahmen von Genitalien der Frauen und so schön empfinde ich diese nun nicht, darauf reagiere ich also. Einige Seiten weiter erfasst mich wieder eine heftige Erregung, aber dieses Mal bei dem Anblick eines steifen Gliedes. Noch etwas weiter verlässt mich diese schöne Erregung erneut. Die Darstellung eines nackten Mannes hat mich runtergeholt und mir klar gemacht, darauf stehe ich nicht. Seltsam, ich mag steife männliche Genitalien, aber keine Männer? Frauen faszinieren mich nur ohne diese gewissen Nahaufnahmen. Extrem reagiere ich aber auf die schöne Wäsche. Nacktheit ist zwar irgendwie schön, aber ein Geschenk superschön verpackt, das ist doch etwas anderes. Weil ich ja neugierig bin, suche ich nach Seiten mit Schwulen.

Ich schaue sie an und spüre nicht wirklich etwas. Nur ganz selten berührt mich mal ein Bild und meistens dann, wenn ich die erregte Männlichkeit schön finde. Werden die Körper dieser Männer präsenter, dann verfliegt meine Geilheit ganz schnell wieder.

Plötzlich habe ich Bilder von Damen in Dienstmädchenuniformen vor mir. Sie reizen mich sehr, doch die Bildverläufe zeigen mir eine Welt, die ich nicht nachvollziehen kann. SM ist wohl nicht meine Welt. Dennoch finde ich es unglaublich schön, Körper in Lack und Latex zu betrachten. Aber auch hier kann ich nicht alle Bilder als reizvoll einordnen. Solange es sich um Strümpfe, Röcke und Kleider handelt, kann ich es für mich mehr als nur reizend empfinden oder auch einige Oberteile. Wenn es dann aber um Einschnüren und luftdicht Verpacken geht, bin ich völlig raus. Der Anblick von Latex ist unglaublich schön, wie eine zweite Haut sitzen die Kleidungsstücke, ich bin ganz hin und weg.

Männer in diesem Bereich erscheinen mir nicht anziehend, sie blättere ich einfach um.

Dann sind da ganz viele Damen in Miederwaren gehüllt, ein Traum, einfach nur traumhaft schön. Die Farben sind so kräftig und die weiblichen Rundungen werden noch besser hervorgehoben als sonst. Sehr dünne Frauen kann ich nicht leiden, aber wenn sie ihre Weiblichkeit so wundervoll in Rundungen präsentieren, dann weiß ich, dann spüre ich, wie sehr ich an diesen Damen interessiert bin. Plötzlich sehe ich die schönste Wäsche, aber an einem Mann. Meine Verwunderung ist stark und irritiert mich. Schon ist mein Traum wieder das bestimmende Thema. Gierig blättere ich die Bilder dieser Kategorie durch.

Was mich selbst überrascht ist, ich reagiere heftig bei diesem Anblick. Männer in Damenwäsche, DWT, die sich zeigen und nach Interessierten suchen. Meine Suche bringt mich auf Seiten, auf denen ich mich anmelden muss. Nur wegen meiner Neugier versuche ich es, abmelden kann ich mich ja auch jederzeit wieder. Was mich verwirrt und doch auch begeistert ist, es gibt wohl auch Frauen, die das mögen und mit ihren Liebsten dieses Verlangen ausleben. Weil ich mich angestachelt fühle, will ich noch mehr wissen. Ich lese so gut und viel wie ich kann, um einen besseren Eindruck von diesen Leuten zu bekommen. Woher die wohl das Geld nehmen, um diese vielen Kleidungsstücke zu erwerben, frage ich mich, der ja nicht so reichlich davon hat. Da sind wundervolle Kleider zu sehen und ich finde sie auch noch schön an diesen Männern. Na gut, nicht an jedem aber doch sehr reizvoll an ganz vielen, die so empfinden. In mir macht sich eine Erregung breit, eine Sehnsucht spüre ich, die mich einfach immer weiter treibt. Erstaunlich was Männer für schöne Beine haben können. Natürlich vorausgesetzt, sie stecken in schönen Strumpfhosen oder Feinstrümpfen. Ich spüre, wie mich diese Fotos reizen und mir meine Sehnsüchte immer deutlicher vor Augen führen. Ich muss diese Seite verlassen und nach anderen schauen, ob und wie sie mich mitnehmen können. Da sehe ich eine Suchanzeige, die kostenlose Bilder und Videos verspricht. Vorsicht, das kann schnell nach hinten losgehen. Kostenlos klingt gut, stimmt das denn auch? Nur mal hinschauen und das Kleingedruckte lesen, dann sollte sich herausstellen, ob es tatsächlich kostenlos ist. Ich finde nichts, was mich beunruhigt, dennoch gehe ich vorsichtig vor. Ich öffne diese Seite, die mich nun doch sehr interessiert.

Es werden viele Kategorien angezeigt, in denen ich stöbern kann. Ich mache eine Seite auf und durchsuche diese nach Bildern, die mir gefallen. Plötzlich bemerke ich, wie ich innerlich sehr warm werde, ich schaue genauer hin. Ein Mann in Frau gekleidet kniet am Boden und vernascht eine erregte Männlichkeit. Der Typ sieht nicht so überzogen aus, versucht wohl nicht, eine Frau zu sein, nur ein Mann in Frauenkleidung. Er scheint zu genießen, was er da macht und ich fühle, dass ich das auch gerne machen möchte. Daneben ist ein Foto, auf dem ein steifes Glied zu sehen ist, welches in einen Gummi verpackt wurde. Eine Hand hält diesen fest und wer weiß schon, was da geschieht, es ist nur ein Bild. In mir spüre ich eine starke Sehnsucht und ich weiß ja, wie sehr ich Latex und Gummi liebe. Es ist aber ein Mann! Stehe ich nun doch auf Männer? Ich bin ein Mensch und muss mich nicht auf eine Seite festlegen, ich kann, wenn es mir gefällt, eben auf beiden Hochzeiten tanzen. Deshalb bezeichne ich mich weder als Hetero noch als schwul, nicht als DWT, noch als TS, ich bin ein Mensch mit vielen Interessen und Neigungen, die nicht in eine einzige Schublade passen, es sei denn, es steht „Mensch“ drauf. In mir steigt das Verlangen, diesen Schwanz im Gummi zu lecken und zu küssen und an ihm zu lutschen.

Auf anderen Darstellungen sind die Herren anal zu Gange. Ich bin nicht besonders angetan davon und doch meine ich, es einmal erleben zu wollen, wie das wohl sein würde. Hoch erregt suche ich weiter und finde viele Bilder, die mich immer mehr anstacheln und dann dazu treiben, mich auf einer Seite anzumelden. Anmelden deshalb, um Kontakte zu knüpfen, wenigstens heute ist mir so.

Als ich mich auf der Plattform umschaue, wird erkenntlich, dass es viele aus meiner Region gibt, die ähnliche Gelüste haben. Sofort schaue ich konkret auf die Profile derer, die in meiner Nähe wohnen. Da sehe ich eine Erscheinung, die mich gleich anspricht. Die Kleidung ist einfach bezaubernd und die gesamte Aufmachung passt zu dem Typen. Ich bin begeistert und weil ich so auf seinem Profil erscheine, als Besucher, schreibt er mich sofort an. Ich bin überrascht und möchte fliehen, doch ich bin genau deshalb hier. Also schreibe ich mit ihm und stelle fest, der gefällt mir und ich fühle im Augenblick, ich würde ihn gerne näher kennenlernen. Erstaunlich schnell verabreden wir uns bei ihm zu Hause.

Ich klingele, ein Herr öffnet die Tür und bittet mich hinein. „Hallo!"

„Hallo!"

„Es ist schön, dass du gekommen bist. Ich habe da keine Erfahrungen und weiß nicht so recht, wie wir uns verhalten sollen."

„Entschuldige, ich kenne noch gar nichts davon, es war mehr ein Zufall, dass ich überhaupt auf der Seite gelandet war und nun bei dir bin." Ich bin unsicher und total nervös.

„Na ja, ich habe schon einige Zeit dort verbracht und es haben mich schon viele angeschrieben, aber die wollten etwas, das ich nicht mag, also habe ich nur mal so geschrieben und mit dem einen oder anderen geile Worte gewechselt." Er schaut mich an und ich werde rot, weiß nicht wohin und würde am liebsten wieder zu Hause sein in meiner Wohnung. „Wollen wir uns umziehen?"

Ich bin verblüfft und froh, denn er übernimmt die Führung, was mir sicher einiges leichter machen wird.

In seinem Schlafzimmer steht ein großes Ehebett, alles sieht gepflegt aus und sauber, das bringt schon Vertrauen. Wir stehen jeder auf einer Seite und beginnen uns auszuziehen. Ein ungewohnter Moment für mich. Ich spüre innere Unsicherheit und Neugier. Ganz klar, der Mann sieht nicht sehr reizvoll aus, doch mit jedem weiblichen Kleidungsstück verändert sich dieser Eindruck. Bestrumpfte Beine, ein seidiger Slip und das gelbe Babydoll sehen schon toll aus an diesem Typen. Dann benutzt er den Lippenstift und setzt sich Haare auf sein Haupt. Plötzlich sehe ich nicht mehr den Mann, der er zwar noch ist, der nun aber eine sehr emotionale Ausstrahlung hat. Ich bin fasziniert und aufgeregt. „Magst du einen BH?“

„Ich liebe BHs, aber leider habe ich nicht die Brüste, die dort hineingehören. Deshalb darfst du gerne einen anlegen, ich hingegen möchte darauf verzichten, denn wenn ich das tun würde, wären meine Knospen abgedeckt, man könnte sie nicht so reizen und verwöhnen, wie ich das gern habe.“ Mein Gegenüber legt ihn an und füllt ihn mit Silikoneinlagen. Optisch sieht das richtig gut aus und ich kann immer mehr eine Frau in seiner Person erkennen. Dann kommt er zu mir, stellt sich genau vor mich hin und ich atme den Duft ein, der wundersam weiblich zu mir herüberzieht. „Ich träume.“

„Bitte, was machst du?“

„Ich träume, nein, ich denke an einen Traum, den ich neulich morgens im Bett erlebte. Es ist unglaublich, aber es ist, als würde sich dieser Traum gerade erfüllen. Da war ich auch in Rot gekleidet mit jemandem zusammen, der sich in Gelb hüll-

te, gerade so wie wir jetzt hier stehen, so habe ich es dort erlebt."

„Und was habt ihr dann getan?"

„Ich weiß es nicht, der Wecker attackierte mich und trieb mich aus dem Traum und aus dem Bett."

„Das klingt gut, also wollen wir mal schauen, was wir nun daraus machen." Ich schaue ihn an und bin extrem aufgeregt. In meiner Mitte spüre ich ein Gefühl, wie ich es noch nicht erlebt habe. Etwas tiefer regt sich mein Körper und zeigt deutlich an, dass mir diese Erscheinung megagut gefällt, die vor mir steht und mich mit gierigem Blick mustert. Meinem Verlangen nachgebend berühre ich sein Babydoll. Es fühlt sich unglaublich schön an. Dieses Material ist einfach bezaubernd und reizvoll. Transparent, mit viel Spitze und dieses Gelb, wie es leuchtet. Ich kann mich gar nicht sattsehen und möchte noch mehr spüren. Also trete ich etwas dichter an ihn heran und spüre eine Energie, wie sie mich zum Kochen bringen kann. Schon lege ich meine Arme um dieses heftig reizende Objekt meiner Begierde und unsere Gesichter kommen sich so nahe, dass es beinahe Funken geben könnte. Dann sehe ich seine Lippen auf mich zukommen und spüre, wie sie sich sanft auf die meinen legen. Ein zarter Versuch eines Kusses. Das fühlt sich schön an, deshalb erwidere ich und presse meinen Mund gegen seinen und küsse ihn einfach mit aller Heftigkeit, die ich gerade in mir spüre. Unsere Zungen tanzen einen Tanz, den ich nicht kannte und den ich gerne erlernen möchte. Die Hände sind unterwegs und ertasten die Körper, die nun schon ganz eng umschlungen dastehen und sich daran aufgeilen, was sie spüren. Zwischen unseren Körpern spüre ich unsere Erregtheit, wie sie sich den

Raum in dieser Enge teilt. Es ist wundervoll, es gefällt mir supergut und ich weiß gar nicht, was ich in diesem Moment noch möchte. Die Leidenschaft in dem Kuss und die warme, sanfte Berührung der beiden Körper, die erregten Glieder zwischen uns und diese Geilheit, die immer stärker wird, es ist ein Traum. Es kann nur ein Traum sein, aber ich lebe diesen und ich will noch etwas mehr davon.

Als er seine Hände über meinen Po gleiten lässt, zeige ich ihm, wie mich das reizt und schiebe meinen Unterkörper gegen seinen. Schon presst er seine Hände auf meine Pobacken und ich genieße es. Beide bewegen wir uns ganz sanft und leicht, spüren so auch die Erektion unserer beider Schwänze viel intensiver. Ich bin so eingetaucht, dass ich gar nicht mehr die Realität erkenne, nur noch einen bezaubernd schönen Traum erlebe.

Der Wecker wirft mich wieder einmal aus dem Bett und die Arbeit erwartet mich. Der Blick in den Spiegel ist grausam und doch kann ich nicht auf ihn verzichten. „Oh Gott, bin ich so nach Hause gegangen? Das ist nicht gut, wenn mich jemand gesehen hat, dann …“ Da ist noch Lippenstift auf meinem Hals zu sehen. Der gelbe Typ muss nächstes Mal besser aufpassen, zumindest wenn ich ihn verlasse. Dann einen Kaffee und ab ins Büro.

Der Tag ist nicht gerade von kreativer Arbeit erfüllt, eher schwelge ich in Träumen und bin unkonzentriert. Es ist über eine Woche her, dass ich mich auf diesen Kontakt aus dem Internet eingelassen hatte. Die Nachwirkung ist jedoch immer noch sehr stark und das Erlebte sehr präsent.

Im Geiste lasse ich ihn erneut erscheinen. Das bleibt nicht ohne Wirkung. Rot wie eine Tomate muss ich zur Toilette. Als ich beinahe fertig bin, spüre ich den gierigen Blick meines Nachbarn in meinem Glied. Schon stellt er sich auf und wächst zu einem kräftigen Ständer heran. Wieder schlägt das Rot heftig zu und ich bin überrascht, schäme mich wegen meiner Gefühle, die ja gut sichtbar werden. Um der Situation zu entgehen, schaue ich dem Typen tief in die Augen. Der fühlt sich ebenso ertappt und wird rot. Dann packen wir schnell ein, was nicht sichtbar sein sollte, und gehen an unseren Arbeitsplatz zurück. Der Tag ist nicht sehr erfolgreich, zumindest was die Arbeit angeht, denn in meinem Kopf ist kein Platz für diese. Vielmehr habe ich extrem deutliche Reaktionen und meine Sehnsucht nach einem Treffen mit dem gelben Typen übernimmt die Herrschaft. Auch meine ich, erst jetzt zu bemerken, dass der Kerl in der Toilette ebenfalls einen Steifen hatte und heftig erregt gewesen war. Allein dieser Gedanke macht mich heiß und ich fühle mich nicht richtig wohl, ich beende meinen Arbeitstag etwas früher und gehe nach Hause.

Der Rechner ist grausam, denn er zeigt mir keine neuen Nachrichten. Als ich wieder auf die Plattform gehe, erscheint die Meldung, „Sie haben eine neue Nachricht.“ Gierig öffne ich sie. Der Mann in Gelb fragt mich, ob ich nicht Lust hätte, mit ihm erneut ein Treffen zu organisieren. Ich stimme ohne Umschweife zu. Allerdings erwähnt er noch, dass sich jemand gemeldet habe, der ebenfalls an einem Treffen teilnehmen möchte. Das verunsichert mich und ich frage nach, ob er diesen denn näher kennt. Als der antwortet, er habe schon oft mit ihm

geschrieben und finde ihn ganz reizvoll, lasse ich mich auf diese Erfahrung ein.

Als ich sein Wohnzimmer betrete, glaube ich zu träumen. Da sitzt ein gut gebauter Mann in Damenkleidung, genau wie meine Bekanntschaft. Zunächst sehe ich nur diese bezaubernde Kleidung und rieche den weiblichen Duft, der als Parfüm den Raum erfüllt. Plötzlich wird mir bewusst, ich kenne den Typen irgendwo her. Extrem aufgeregt versuche ich zu denken und suche nach dem Kontakt, den ich ganz sicher schon mit ihm hatte. Plötzlich fällt es mir wie Schuppen von den Augen, der Typ aus der Toilette, der so gierig auf meinen Schwanz geschaut hatte, was mich mächtig erregte. Umziehen und wieder in Rot gekleidet betrete ich das Wohnzimmer. Die beiden Herren in weiblicher Kleidung sehen mich an und grinsen. „Hallo, wir kennen uns schon, von der Arbeit neulich."

„Ja, klar, ich hatte etwas gebraucht, bis es mir bewusst wurde. Aber ja, es fühlte sich supergeil an."

„Du siehst toll aus, ich spüre schon, wie sehr mir dieses Treffen gefällt."

„Da sieht man wieder, wie klein diese Welt ist, wir kennen uns schon, ohne uns jemals vorgestellt zu haben. Ich finde es irre geil, dass wir so reizvoll gekleidet hier sind und uns verwöhnen wollen." Die beiden zeigen an, ich solle mich in ihre Mitte setzen. Gelb rechts und Blau links und beide benutzen dasselbe Parfüm. In mir spüre ich sehr deutlich, dass mir diese Position gefällt. Schon wandern Hände über meine Schenkel, ich schaue nach beiden Seiten und hoffe auf Lippen, die sich auf meinen Mund legen möchten. Die Wärme ihrer Hände löst

meine Nervosität etwas, sodass ich mich immer besser auf das Kommende einlassen kann. Die blauen, roten Lippen schieben sich mir als Erstes entgegen. Ich bin gespannt, wie sie sich anfühlen werden und dann spüre ich diese weichen, zarten Lippen, wie sie sich sanft und ganz behutsam auf meine legen. Meinen Kopf lasse ich nach hinten fallen und genieße diesen Kuss, der noch etwas fremd ist, aber der sich toll anfühlt. Als seine Zunge sich in meinen Mund drängt, gebe ich alles, was ich kann, um diesen Kuss mit Leidenschaft zu füllen. Meine Hände liegen auf den Schenkeln meiner Nachbarn. Das leise Geräusch, welches entsteht, wenn sich diese zarten und wundervollen Materialien reiben, entgeht mir nicht. Da berührt mich eine Hand ganz in der Mitte und wandert von unten langsam höher. An meinem Schaft entlang, der steif ist und hart, ergreifen die Finger meine Spitze. Ich zucke vor wachsendem Verlangen und sexueller Erregung immer heftiger. In meiner Geilheit suche ich die Schwänze meiner Nachbarn und lege meine Finger fest um diese. Dann massiere ich die ebenfalls steifen Glieder und wichse sie immer schneller. Als Blau seine Lippen kurz entfernt, suche ich die rot geschminkten Lippen meines Bekannten. Wieder ergeben wir uns in einen leidenschaftlichen Kuss. Plötzlich steht mein gelber Freund auf und zeigt uns mit einer Handbewegung an, wir mögen ihm folgen. Im Schlafzimmer legen wir uns auf das schöne breite Bett. Jetzt liegt Gelb in der Mitte und ich streichele seinen Körper von oben bis unten. Als ich seine „Zuckerstange" spüre, kommt in mir ein Verlangen auf, wie ich es noch nicht erlebt habe. Ich will unbedingt diese Erregung in meinem Mund spüren, so wie ich es schon oft in Pornofilmen gesehen hatte. Ganz

langsam und vorsichtig suche ich mir den Weg zu diesem heißen Ständer, der mich unglaublich anmacht und den ich jetzt auf jeden Fall vernaschen werde. Der Mann in Gelb spreizt seine Beine, als er bemerkt, dass sich mein Kopf zwischen seine Schenkel platziert. „Hast du einen Gummi, ohne will ich nicht, einfach nur wegen der Sicherheit und weil ich Gummi liebe, das wäre wunderschön."

„Klar, habe ich Kondome, fasse bitte in die Schublade, dort müssen einige liegen. Blau tut wie ihm geheißen und reicht mir ein Präservativ. Diesen rolle ich langsam über den Schaft von meinem gelben Freund, dann rieche und koste ich von diesem irre geilen Material.

Es ist so herrlich und schmeckt mir einfach supergut, schon lasse ich diesen Schwanz im Gummi in meinen Mund gleiten. So tief ich es kann, schiebe ich ihn in mich hinein. Noch nie habe ich das getan und doch ist es unglaublich schön, für mich einfach nur herrlich geil. Noch habe ich keine Übung darin, einen Schwanz zu blasen, aber ich gebe mir alle Mühe. Das lauter werdende Stöhnen meldet mir, ich mache das gut und wunderschön. Die beiden küssen sich, während ich meine Fähigkeiten erweitere. Da spüre ich den Blick von Blau und dieser ist irgendwie anders. Ein kurzer Kuss noch, schon begibt er sich zu mir, wo er sich hinter mich platziert. Seine Hände streicheln zärtlich meine Pobacken und ich empfinde es als irre schön, will mehr davon, es soll gar nicht wieder aufhören. Klar habe ich mich schon selbst versucht zu streicheln und auch das gefiel mir gut, aber eine Fremdberührung ist etwas anderes, das ist so megascharf und heizt mich extrem an.

Ich lasse den Schwanz immer wieder rein und raus gleiten,

genieße tierisch diesen Gummi und die darin versteckte Geilheit, die ich nun gerne zum Orgasmus blasen möchte. Blau ist sehr damit beschäftigt, meinen Hintern zu verwöhnen, dabei zieht er meinen Slip runter und kreist um meinen Hintereingang. Ich höre ein Geräusch, das ich kenne, aber gerade nicht richtig einordnen kann. Der Typ in Blau zieht sich Gummihandschuhe an. Plötzlich wird es kühl, ich hatte nicht bemerkt, wie er sich das Gleitmittel gegriffen hatte und es mir nun auf meinem Pöker verteilt. „Oh Gott, ist das schön, das ist so wundervoll, so neu und doch so unglaublich geil. Höre bloß nicht auf!"

„Ach ja, das gefällt dir also, dann willst du noch mehr?"

„Oh ja, ich möchte noch mehr, jetzt will ich es spüren, bitte." Da schiebt sich ein Finger in meinen Anus. Ich hatte es wohl selbst schon getan, aber nun ist es unglaublich schön. Sanft wie eine Frau fingert er mich, und weil es so schön ist, nimmt er noch einen Finger dazu. Ich weiß gar nicht, wo ich mich konzentrieren soll, der Schwanz in meinem Mund oder die Finger in meinem Hintern, es ist alles irre geil und bezaubernd schön. „Ich rolle mir mal einen Gummi über, ist dir das recht?"

„Meinst du mich?" Ich bin nicht sicher, ob er mich meint oder meinen gelben Freund.

„Na sicher meine ich dich, ich möchte in dich einfahren, also frage ich nur, ob es dir so gefällt."

„Noch kann ich nur sagen, es ist irre geil und ich möchte es spüren, aber ganz vorsichtig."

„O. k., dann lasse dich mal überraschen, entspanne dich und lass mich rein." Ich bin in großer Erwartung, werde ich das mögen oder muss ich es doch abbrechen.

Als seine Eichel sich ihren Weg bahnen wollte und den leichten Druck auf meinen Anus ausübt, da will ich es nur noch wissen, ich will es spüren und endlich diesen Traum erleben. Dort war es immer wieder toll und unglaublich schön, aber Träume sind eben nur eigene Konstruktionen und nicht die Realität. Schon spüre ich den sich erhöhenden Druck und dann schiebt sich dieser steife Schwanz in mich hinein, was mir zwar gerade etwas unangenehm ist, aber nicht so, dass ich es nicht weiter haben will. Auf einmal ist es einfach und schön, die langsamen Bewegungen sind tatsächlich super spürbar. Nie im Leben hätte ich geglaubt, dass sich das wirklich so geil anfühlen könnte, aber jetzt bin ich total positiv überrascht. Was für ein Wunder, ich blase einen Schwanz und habe einen im Po. Das ist so irre geil, dass ich es kaum richtig fassen kann. Ich genieße es, diesen Moment erleben zu dürfen und schon denke ich daran, wie lange es wohl dauern wird, ehe ich wieder so wundervoll gevögelt werde.

Ich sitze vor meinem Rechner und warte. Die jüngste Vergangenheit ist so präsent und hat in mir einen tiefen Eindruck hinterlassen. Der Wunsch nach mehr, nach mehr von diesem Wunder ist heftig und raubt mir den Verstand. Also sitze ich hier und warte darauf, dass sich diese beiden geilen Böcke in Frauenkleidern melden, ich brauche sie!

ICH HATTE KEINEN BOCK

Ich hatte keinen Bock, alleine zu Hause zu sitzen, daher ging ich auf die Suche nach einer gastronomischen Einrichtung, in der ich vielleicht eine Ablenkung finden würde. Immerhin wohnte ich erst kurze Zeit in der Stadt und kannte mich noch nicht gut aus. In einer Straße nicht weit von meiner Wohnung entfernt, befand sich ein solches Objekt, in das ich erwartungsvoll eintrat.

Es war gerade nicht voll, so setzte ich mich an den Tresen, in der Hoffnung, mit dem Personal eventuell belangloses Zeug schwatzen zu können. Ein Kännchen grüner Tee sollte mir helfen, meine Ruhe zu finden. Dem Alkohol habe ich abgeschworen, der bringt meistens nur Ärger und Kopfschmerzen ein. Der Typ hinter dem Tresen war freundlich und sympathisch. Er fragte mich schon sehr bald, ob ich auf jemanden warten würde, die Freundin oder so. Ich verneinte. Was sollte ich auch sagen, schließlich war ich schon einige Jahre geschieden und fand keine neue Frau, nicht einmal ein Flirt ergab sich, weshalb auch immer. In der Zwischenzeit habe ich mich auch ganz gut an meine Freiheiten gewöhnt und wäre nicht mehr sicher, ob ich die wieder aufgeben wollte. Klar mit 32 Jahren hatte ich noch viel Zeit, aber ich spürte auch keinen Druck, mich intensiver umzusehen. Dennoch empfand ich das ständige Alleinsein als erdrückend. Freunde hatte ich nicht und die Familie wohnte weit weg, sodass ich nicht auf diese zurückgreifen konnte. So saß ich in der, ja, mein Gott wie soll ich sagen, es war keine richtige Kneipe, es war so ein Ding dazwischen.

Ich hatte auch nicht auf den Namen geschaut, bin einfach reingegangen. Da näherte sich ein junger Mann, begrüßte den Typen hinter dem Tresen so, als würden sie sich schon ewig kennen und setzte sich direkt neben mich. Ich dachte noch, fragen kostet nichts, aber ich war ja auch irgendwie froh, dass da jemand war, mit dem ich vielleicht ins Gespräch kommen konnte. „Hallo“, der unhöfliche Kerl sprach mit mir. „Hallo“, ich wollte nur höflich sein. „Neu hier? Ich habe dich noch nie hier gesehen.“ Ich schaue ihn überrascht an, er hat mich angequatscht, dabei wollte ich doch …

„Ja neu, sehe mich gerade ein wenig um.“

„Wo kommst du her?“

„Eigentlich komme ich aus dem Norden, musste arbeitsmäßig umziehen.“

„He Klaus, ein Fischkopp hier in deinem Lokal, das ist mal was Neues.“ Der Typ hinter dem Tresen grinst freundlich. „Und gesund lebt er auch, trinkt Tee, das hast du wohl nicht so oft oder?“ Der Typ, der Klaus heißt, nickt, dann dreht er sich um und geht zu einem Tisch, um die Gäste zu begrüßen. „Wieso Tee?“

„Ich mag keinen Alkohol, der bringt nur Ärger und vernebelt die Denkschüssel.“

„Du musst also viel denken? Nur der Arbeit wegen oder weshalb ist das so wichtig?“

„Meine Zeit habe ich gehabt, bin mit viel Glück gut über die Runden gekommen, aber ich durfte leider auch mit ansehen, was Alkohol aus Menschen machen kann. Ich habe nichts dagegen, wenn jemand etwas trinken möchte, nur ich brauche das nicht mehr.“

„Das muss ja schlimm gewesen sein."

„Leider ja, es reichte bis zum Tod."

„Oh, das tut mir leid, ich wollte bestimmt nicht in alten Wunden herumkratzen."

„Kein Problem, ist schon lange her und nur noch Erinnerung. Aber manche Dinge lassen einen nicht wieder los. Es war mein Arbeitskollege, seine Frau stand nicht weit von uns entfernt, als er sich verabschiedete und tot umfiel."

„Klingt echt nicht gut, was hatte das mit dem Alkohol zu tun?"

„Er war Alkoholiker und wurde nach dem Trockendock von seinen vielen „netten" Kollegen erneut zum Alkohol getrieben. Meine Einwände wurden schnöde übergangen, und so kam es zu dem tragischen Ereignis."

„Ich wollte auch nichts gegen den Tee sagen, es ist nur so selten, dass man hier jemanden beim Tee antrifft. Dann denkst du heute noch so viel darüber nach?" Ich schaue ihn prüfend an, ob sich ein Gespräch auf dieser Themenbasis lohnen würde. Etwas aber erschien mir so, dass ich es versuchen könnte. „Es ist dieser Fakt, aber noch tausend andere mehr. Menschen als solches sind so interessant und so verschieden, dass ich mich einfach aus Neugier dafür interessiere, was Mensch sein bedeutet. Hier könnte es einige Leute geben, die mein Interesse wecken könnten." Jetzt schaut er mich an, als würde er überprüfen, ob ich das ernst meine.

„Ist ja heftig, ich kenne niemanden, der so hinter die Menschen schauen möchte. Dann ist hier sicher nicht der beste Ort, dies zu diskutieren, eine andere Plattform wäre sicher angebracht."

„Ich habe es schon versucht, habe zwei Bücher geschrieben und auf den Markt gebracht. In denen habe ich mich intensiv um die menschlichen Verhaltensweisen und Gefühle gekümmert. Allerdings bin ich mit den Verlagen nicht besonders glücklich, sie tun viel zu wenig, leider."

„Du hast Bücher geschrieben? Klaus, dies ist ein Schriftsteller, vielleicht bald eine Berühmtheit." Ich empfand seinen Spruch als sehr negativ und abwertend. Schon ärgerte ich mich darüber, dass ich mich einlassen wollte. „Wie heißen deine Bücher?"

„Das Leben ist bunt, grausam und schön, in zwei Teilen."

„Der Titel klingt zumindest stimmig, egal wie man es auch drehen mag, es passt immer, gut gewählt."

„Na ja, der Titel ist oft das Schwierigste, was ein Buch fordert. Besonders wenn es so viele verschiedene Themen sind und ich nicht genau weiß, wie ich die unter einen Hut bekommen soll. Ich schreibe immer erst die Texte und suche dann nach einem passenden Titel."

„Das Leben ist bunt, grausam und schön, oh ja, das klingt wirklich nach tiefen Gedanken. Ich finde das toll, ich selbst versuche mich auch hin und wieder an der Schreiberei. Allerdings nur mal so kleine Verse oder Gedichte."

„Na, da habe ich ja Glück, dass ich mit einem kreativen Menschen hier am Tresen sitze. Kann man deine Texte auch irgendwo lesen?"

„Ja, sicher, aber nur bei mir zu Hause, ich habe noch nichts veröffentlicht, bin zu feige."

„Vielleicht können wir uns da ja einmal treffen und uns über unsere Schreibgedanken austauschen."

Er schaut mich lächelnd an und ich verliere ein wenig von meiner Zurückhaltung. Aus irgendeinem Grund bemerke ich Freude in mir, das fühlt sich gut an.

„Wir können auch gleich zu mir gehen und ein wenig plaudern. Ich wohne nicht weit weg und Zeit habe ich auch. Also wenn du Lust hast …“ Ich bin etwas überrascht, aber ich bin auch neugierig und würde gerne eine Diskussion über meine Texte führen und vielleicht sind seine ja auch für mich reizvoll. „Also ich hätte auch Zeit und Lust.“

„O. k. Klaus, wir verschwinden mal zu mir, kannst du es anschreiben bis morgen?“ Klaus nickt und lächelt seltsam.

In einem älteren Mehrfamilienhaus, dessen altehrwürdiges Treppenhaus hin und wieder unter der Last seiner Bewohner knarrt, betrat ich die Wohnung von Martin, wie ich in Erfahrung bringen konnte. „Setz dich, kann ich dir etwas anbieten, Kaffee oder Tee?“

„Danke, nein, derzeit bin ich zufrieden, aber danke der Nachfrage.“ Schon saß ich auf der Couch und Martin goss Orangensaft in ein Glas, dann holte er einen Ordner aus dem Schrank. Gerade als er mir diesen reichte, öffnete sich die Tür. „Hallo!“

„Hallo!“

„Wer ist das, ich wusste nicht, dass du jemanden mitgebracht hast.“

„Roland, das ist Gerhard, wir trafen uns bei Klaus und stellten fest, dass wir beide schreiben. Gerhard hat schon zwei Bücher auf dem Markt und ist neugierig.“

„Hallo Gerhard, schön, dich kennenzulernen, ich bin der Lebenspartner von Martin. Und wie findest du die Texte?“

„Ich kam noch nicht dazu, einen einzigen zu lesen, wir sind gerade erst hereingekommen.“ Ich schaute also in den Ordner und war positiv überrascht, denn was ich da zu lesen bekam, war sehr emotional geschrieben. Zumindest meinte ich, ich würde seine Worte gut nachvollziehen können. Die Verse gefielen mir sehr gut. „Schön geschrieben und so gefühlvoll, toll.“

„Findest du, ich meine, jeder hat ja so seine eigenen Ansichten über das, was gut ist oder auch schlecht.“

„Kunst ist immer nur individuell zu betrachten. Ich meine, man kann Kunst nicht über einen Kamm scheren, es gibt für mich nicht die Kunst, jeder hat seine eigene Kreativität.“ Ich konnte die Freude im Gesicht von Martin sehen, Roland stand hinter mir und legte seine Hände auf meine Schultern. „Dann hast du ja endlich jemanden gefunden, mit dem du dich so richtig über das Schreiben auslassen kannst.“

„Gefühle sind für mich so wichtig, für andere oft nur null und nichtig und manchmal sogar schlecht, ich mach es keinem recht. Wen ich liebe, ist mein Ding, drum verschenke ich den Ring, an meinen Liebsten hier und gleich, das macht mein Leben schön und reich.“ Ich las es und dachte daran, wie dies als Liebeserklärung ankommen würde und wie gleichzeitig auch die Leser konfrontiert werden mit einer Welt, von der die meisten wohl träumen, aber nichts verstehen und auch nichts verstehen wollen. „Schön geschrieben, dein Mann muss sich gefreut haben, oder? Ich meine, ich spüre, wie viel Leidenschaft du darin eingefangen hast, mir würde es gefallen.“

In den Augen von Martin fanden sich Tränen ein, die er sogleich wegdrückte. Roland schob seine Hände über meine

Schultern. „Dann bist du anscheinend auch so ein Sensibelchen?“ Seine Hände wanderten weiter nach vorn und glitten an meinem Brustkorb herunter. Ich war geschockt, überrascht und doch auch irgendwie neugierig. Da bemerkte ich in mir ein Gefühl, das ich nicht erwartet hatte. Als die Finger von Roland meine Knospen erreichten, zuckte ich zusammen. „Nanu, du bist ja tatsächlich sehr sensibel, Martin schau dir den Kerl an, der reagiert an seinen Brustwarzen sehr heftig.“ Ich wollte mich schon wehren, doch ich spürte plötzlich auch den Wunsch, diesen Moment auszukosten und einfach eine Berührung anzunehmen. „Oh, Verzeihung, ich habe mich gehen lassen, das tut mir leid.“

„Ist schon in Ordnung, es ist ja nichts passiert. Ich habe keinen Schaden davongetragen, also alles ist gut.“

„Danke, ich habe mich einfach nur etwas gehen lassen und dabei bemerkt, wie interessant du für mich bist. Martin hat das gleich bemerkt, sodass er mir den Freiraum lassen kann oder es mir verwehren. Wir kennen uns schon sehr lange und wissen, wie wir zueinander stehen. Manchmal brauchen wir unsere Freiheiten, Zeit für andere, neue Gefühle, das macht unsere Partnerschaft erst richtig schön.“

„Ja, ich weiß, was du meinst, ich denke auch immer wieder, eine gute Beziehung muss auch erweiterbar sein. Was ich meine ist, eine Beziehung ist toll, aber in jedem Menschen stecken auch noch mehr Neugier und Reize, die gelebt werden wollen.“ Martin schaute mich mit einem Lächeln an, das mich verunsicherte. Roland hingegen ließ seine Finger weitermachen und ich reagierte heftig. Schon setzte sich Martin ganz dicht neben mich und legte eine Hand auf meinen Schenkel.

Ich hatte noch nie solche Empfindungen, doch an jenem Abend war ich einfach nur überrascht und wollte diesen Augenblick auskosten. Die lange Enthaltsamkeit machte es wohl möglich. Ich spürte Roland und die wandernde Hand von Martin, es war wundervoll. Ich schloss meine Augen, legte den Kopf nach hinten an die Lehne und genoss diese zauberhaften Berührungen. Roland nahm die Gelegenheit wahr und begann, mich zu küssen. Als ich zusammenzuckte, hielt er kurz inne, mein Blick jedoch forderte mehr. Wieder schloss ich die Augen und ließ diese Streicheleinheiten auf meinen Nippeln zu. In meiner Hose wuchs etwas heran, das ich niemals erwartet hätte. Martin nutzte die Chance und schob seine Hand über die Beule, die sich vor ihm bildete. In dem Moment dachte ich nicht daran, dass ich schwule Handlungen zuließ, ich wollte nur diese Berührungen, diese Zärtlichkeit genießen. Um zu zeigen, dass ich es gerne annahm, legte ich eine Hand auf die Finger von Roland, die andere auf die Hand von Martin. Da spürte ich, wie sich eine Hand in meinen Pulli schob und sich bis zu meinen Brustwarzen durchtastete. Als sie diese fand und liebkoste, wurde ich immer heißer und wollte mehr. Da mir diese Art von sexuellem Kontakt aber gänzlich unbekannt war, hielt ich mich zurück und ließ es nur geschehen, was mir so wundervoll begegnete und mich irre geil machte. Wieder und wieder pressten sich Lippen auf meinen Mund. Die Hand auf meiner Beule fasste fester zu, ich wollte einfach, dass sie mich noch intensiver verwöhnte. Da klingelte es an der Tür.

Zwei Herren betraten das Wohnzimmer und wurden mir vorgestellt. „Das ist ein befreundetes Paar. Kurt und Fred, sie leben wie wir in einer eingetragenen Lebenspartnerschaft.“

Martin stellte uns vor, Roland wich derweil nicht von mir. Ich war nicht sicher, ob ich mich freuen sollte, denn wir wurden unterbrochen, ehe etwas Tiefgreifendes geschehen war. Ich musste mehr als deutlich ausstrahlen, dass sie in einem heißen, ja sehr heißen Moment störten. Roland machte schon weiter, als ob sie das alle kennen würden. „Ist ja wirklich heiß hier, dann kommen wir ja genau richtig.“ Kurt schien sehr erfreut, in diese Situation hineingeplatzt zu sein. Alle küssten sich zur Begrüßung und ich saß dazwischen und wusste nicht, wie ich mich verhalten sollte. Fred setzte sich neben mich und drückte mir seine Lippen auf die Wange. Als ich mich ihm zuwendete, nutzte er das aus und küsste mich auf den Mund. Ganz zärtlich und sanft berührten sich unsere Münder und ich glitt bereits wieder ab in den Rausch meiner sexuellen Begierden. Da sich die anderen bereits gut kannten, drehte sich beinahe alles um mich. Ich genoss jede Berührung und dieses Gefühl, begehrt zu werden. So viele Hände an meinem Körper, das war neu und doch so unglaublich schön. Warum auch immer, ich hatte all meine Vorsicht und meine Angst über Bord geworfen und mich auf diese Männer eingelassen. Martin machte heftig mit Kurt rum, schon fielen erste Kleidungsstücke. Roland massierte meine Knospen sanft und verzaubernd, was ich in vollen Zügen genoss. Fred berührte meine Beule, öffnete meine Hose und packte diese meine heiße Erregung aus. Ich knutschte mit Fred weiter und spürte, wie meine Hose mir vom Körper gezogen wurde. Pulli aus, schon saß ich nackt zwischen den Herren, die mir noch vor wenigen Stunden völlig unbekannt gewesen waren. Roland schlug vor, dass wir ins Schlafgemach gehen sollten, wo wir mehr Platz hätten. So entblößt, wie ich war,

ging ich in voller Erwartung mit. Martin schob mich auf das Bett und ich sah, wie sich die restliche Bekleidung von den Männern entfernte. Kurt machte sich daran, meinen steifen Schwanz zu verwöhnen. Fred und Roland knieten neben mir und streichelten meine Knospen, was mich sofort wieder irre geil machte. Martin kniete neben meinem Kopf und küsste mich leidenschaftlich. Für mich war es wie ein Märchen, ich hatte noch nie Kontakt zu einem Mann auf diese Weise und da waren es gleich vier geile Typen, die mich total verwöhnten. Es war zauberhaft schön, ich wollte es, so lange ich konnte, genießen. Vor meinen Augen standen diese Herren in höchster Erregung und ich fand diese steifen Luststäbe hocherotisch, unglaublich sexy. Kurt fing an, meinen Schwanz zu blasen, oh, war das schön, ich konnte es nicht fassen, wie irre geil das für mich war. Die anderen berührten mich mit ihrer erregten Männlichkeit und ich empfand dies als wundervoll und megageil. Meine Hände suchten diese steifen Glieder zu erreichen, so erfasste ich die Schwänze von Fred und Roland und massierte sie, so gut ich es vermochte. Da spürte ich plötzlich den Steifen von Martin an meiner Wange. Es war der Moment, in dem ich zum allerersten Mal unbedingt eine Eichel in meinem Mund spüren wollte, es einfach mal ausprobieren und schauen wollte, wie es sich anfühlt und was sich ergeben würde. Also streckte ich meine Zunge nach diesem schönen Stück aus und Martin schob ihn mir entgegen. Ich saugte ihn in meinen Mund, lutschte und blies, so gut ich es konnte. Vier steife Schwänze, die sich gegenseitig verwöhnten, das war so himmlisch geil. Auf einmal spürte ich, wie einer der Schwänze in meiner Hand immer dicker wurde und zu zucken begann.

Ein klarer Hinweis darauf, dass er gleich kommen würde. Das leise Stöhnen kündigte es an und dann spritzte dieser Schwanz seinen lieblichen Saft auf meinen Körper. Auch ich bemerkte in mir den herannahenden Orgasmus. Doch noch ehe ich so weit war, kam der Saft von Martin in meinen Mund. Er spritzte einfach ab und ich schluckte seinen Samen. Ein seltsamer Geschmack und ungewohnt, doch in dieser geilen und heftig erregten Situation schien es mir nur wie eine verzaubernde Angelegenheit, wie die süße Belohnung für meine Bemühungen, mich mit diesen Gefühlen auseinanderzusetzen. Dann stöhnte ich laut auf, als mich dieser Megaorgasmus durchströmte und mich zu einem heftigen Schuss kommen ließ. Kurt kannte sich aus und saugte meinen Samen in sich hinein. Er selbst kam damals nicht direkt zum Zug. Ich war geschafft und dann gingen Fred, Martin und Roland ins Bad. Kurt schaute mich an und fragte mich, wie es mir gefallen habe. Ich erklärte ihm, dass ich noch nie solche Erfahrungen gemacht hatte, es aber einfach himmlisch schön fand. Und als ich seinen Ständer sah, da fragte ich, ob ich ihn auch in meinem Mund spüren dürfte. Er stellte sich vor mich hin, ich kniete mich auf den Boden und leckte, küsste seinen Schaft. Meine Hand hielt den Schwanz fest und ich stülpte meine Lippen über diesen heißen Luststab. Voller Leidenschaft blies ich seinen Steifen und bemühte mich, ihn so gut und schön zu verwöhnen, wie ich nur konnte. Dann dauerte es nicht lange, bis er mich fragte, ob er in meinem Mund kommen dürfe. Ich stimmte dem zu und erwartete diesen geilen Moment, wenn der Luststab noch steifer und dicker wird und dann zu zucken beginnt. Schon spürte ich, wie er mich erreichte, der heiße Samen, der aus diesem geilen Teil in mei-

nen Mund spritzte.

Noch nie hatte ich auch nur mit dem Gedanken gespielt, mich einem Mann hinzugeben, von mehreren mal ganz zu schweigen. Ich war von mir selbst überrascht und gleichzeitig so fasziniert. Diese Männerrunde hatte mich tief bewegt und mir etwas gezeigt, das ich noch nicht von mir kannte, niemals erwartet hätte. Bis heute bin ich der Ansicht, ich bin nicht schwul, dennoch habe ich Gefallen daran gefunden, auch mit Männern schöne geile Stunden zu erleben. Ich hatte keinen Bock, allein zu Hause zu sitzen, jetzt habe ich Bock, erneut einem Treffen dieser Herren beizuwohnen. Was kenne ich noch nicht von mir? Worauf könnte ich noch Bock haben?

Deshalb bin ich seither auch Stammgast in der gastronomischen Einrichtung und Klaus freut sich immer wieder, mich zu sehen. Ob der auch diese Art der Gefühle hat, weiß ich noch nicht.

Nur, hätte mich früher jemand darauf angesprochen, ich hätte ihn für verrückt erklärt. Dass ich jemals mit Männern ins Bett gehen würde, das hätte ich selbst nicht glauben können und wollen, heute ist das ganz anders!

FÜSSE

Hallo, ich bin Thomas, 24 Jahre alt und noch sehr unerfahren, was den Kontakt mit dem weiblichen Geschlecht angeht. Ein junges Mädel hat mich fasziniert, deshalb hatte ich versucht, mich mit ihr zu unterhalten. Schnell stellte sich heraus, sie war gerade 17 geworden. Klar, war das sehr jung, aber ich hatte irgendwie den Wunsch, sie besser kennenzulernen. So kam ich eines Tages zu ihr nach Hause, wo ihre Mutter den Kaffeetisch bereits gedeckt hatte.

Höflich begrüßt wurde ich, dann saßen wir schon am Tisch. Die Stille war unerträglich für mich.

„Sie sind also der Freund von Natalie?“ Die Frau, die ihre Mutter war, sprengte diese angespannte Situation. Ich schaute sie an und war unsicher. „Ich bin nicht sicher, ob ich der Freund bin, aber ich finde Natalie sehr schön.“ Die aber saß schweigend da und wartete ab.

„Aber Sie sind doch hier und haben die Einladung zum Kaffee angenommen, warum, wenn Sie nicht befreundet sind?“ Total eingeschüchtert saß ich da und wusste nicht so richtig, was ich sagen sollte. „Nun ja, ich muss gestehen, ich habe keine Erfahrungen mit Mädchen gemacht …“

„Soll das bedeuten, Sie haben es mit Männern getrieben?“ Entsetzen klang in der Stimme der Mutter mit. „Oh nein, ich meine, ich habe nichts mit Männern am Hut, aber eben auch noch nichts mit Mädchen oder Frauen gehabt.“

„Wie das denn, Sie sind doch schon in einem Alter, wo man

sich normalerweise bereits ausgetobt hat, was ist los mit Ihnen?“

„Das liegt an meinem Elternhaus. Da waren Kontakte nicht erlaubt und Freunde hatte ich nie, von Freundinnen gar nicht zu reden. Ich habe nie verstanden, weshalb das so sein musste.“

„Das klingt aber sehr nach strengen und erbarmungslosen Eltern, die müssen einiges durchgemacht haben. Und wieso haben Sie jetzt Natalie angesprochen?“

„Ich weiß nicht genau, ich habe sie gesehen und etwas gespürt, was ich bis dahin noch nie bemerkt hatte. Sie sieht ganz bezaubernd aus, ganz wie ihre Mutter. Sicher haben ihre wundervollen, langen, gewellten Haare mich eingefangen. Aber es war auch ihre Ausstrahlung, die Augen die leuchteten und ihre Ruhe, das gefiel mir. Als ich mich schon abwenden wollte, dachte ich, ich müsste es einfach mal versuchen, so geschah es dann auch.“ Die Schokosahnetorte passte beinahe nicht durch meinen Hals. So weich, wie sie auch war, ich hatte zu sehr mit der Situation zu tun. Meine Nervosität war unbeschreiblich heftig und mein Magen sprach auch schon ein Wörtchen mit. Natalie schaute einfach zu und wartete auf etwas, so schien es mir, was mich noch zusätzlich verunsicherte. „Sie haben die Attraktivität meiner Tochter wahrgenommen und sie dann belästigt? Immerhin ist sie erst 17 Jahre alt.“

„Belästigt habe ich sie nicht, ich hatte sie nur angesprochen und gefragt, ob wir ein Stück zusammen gehen wollten. Ich war so plump, dass ich nicht damit gerechnet hatte, dass dieses schöne Mädchen sich auf mich und meine Anmache einlassen würde. Abgesehen davon wusste ich nicht einmal, was ich wirklich von ihr wollte, es war doch nur ein Versuch.“

Natalie saß da und schaute uns an. Ich fühlte mich irgendwie nicht wohl und auf eine Weise in eine Lage gedrückt, die mir über den Kopf wuchs. „Natalie, weshalb bist du mit ihm gegangen?“

„Ach Mutti, ich habe es dir doch schon gesagt. Er kam so unerwartet schüchtern zu mir und konnte kaum sprechen, das fand ich süß, ich wollte einfach wissen, wie er sich weiter anstellen würde.“ Da saß ich nun und hatte das Gefühl, ich würde soeben von zwei reizvollen Damen zerfleischt werden. „Und weshalb sitzen wir nun hier bei deiner Mutter und trinken Kaffee?“

„Du warst so süß und ich fand dich nett und so höflich und du siehst ja auch nicht schlecht aus. Ich habe mich in dich verguckt, deshalb.“ Sie hatte sich in mich verguckt, das war schon etwas Besonderes. So hatte ich das auch nicht gesehen, dennoch schien sich so meine Lage an diesem Tisch zu verbessern. Die Zeit verging langsam und ich hoffte darauf, dass mich die Damen bald wieder freilassen würden.

Es dauerte etwa drei Wochen, da klingelte mein Handy. Natali rief an und lud mich, auch im Namen ihrer Mutter, erneut ein. Nein, es gab keine Trennung, wir telefonierten viel, sahen uns nur wenig. Das klang superschön, aber diese Einladung kam mir doch etwas komisch vor. Vielleicht war es auch nur meine Erfahrung vom letzten Mal, der Druck, dem ich nur schwer widerstehen konnte. Dennoch könnte ich die beiden Frauen, na gut, das Mädchen mit seiner Mutter treffen, was ja auch überaus reizvolle Erscheinungen waren. Das war auch ein Grund meines Unwohlseins, diese Frauen hatten in mir so tolle

Gefühle entfacht, dass ich mich schon schämte, diese zu spüren.

Dieses Mal kaufte ich Blumen, um mich bei der Gastgeberin höflich für die Einladung zu bedanken. Kurz nach meinem Erscheinen standen die Blumen auf dem Tisch, gelbe Rosen mit rotem Rand. Ich wunderte mich etwas darüber, dass Natalie gar nicht anwesend gewesen war.

„Nehmen sie Platz, Natalie ist noch verhindert, sie hatte einen Termin vergessen und wird sicher bald kommen."

„Das ist sehr schade, ich meine, ich hatte mich so auf sie gefreut."

„Dann bin ich nicht interessant für Sie? Bin ich schon zu alt, um mit mir allein zu sein?"

„Nein, ganz sicher nicht, nur ich …, ich war nicht darauf vorbereitet, mit Ihnen allein zu sein."

Diese Frau sah hinreißend aus, was ich in mir immer öfter zulassen konnte. Seit ich Natalie sah, wollte ich diese Gefühle auch noch intensiver erleben. Es war so heftig schön, dass ich an einer Stelle reagierte, die verräterisch sichtbar werden konnte. Deshalb war ich froh, an diesem Kaffeetisch zu sitzen. Die Mutter war eine große Frau, ich schätze 175 cm und in ihrem kurzen Rock mit den bestrumpften Beinen, das war irre schön anzusehen. Beinahe ärgerte ich mich schon darüber, dass wir beide am Tisch saßen. Dafür entschädigte mich diese transparente Bluse, mit ganz viel Spitze. Der rote BH hielt ihre üppigen Brüste geradezu als Angebot unter der schwarzen Bluse. Ich konnte mich kaum dieses Anblicks erwehren und stierte gierig auf diese unglaublich weibliche Erscheinung. Natalie hatte ich ganz vergessen und da lud mich diese reife Frau ein,

mit ihr auf dem Sofa Platz zu nehmen. Zwischen uns blieb nicht viel mehr Raum, als zwei Hände brauchen würden. Die schwarzen langen Haare faszinierten mich, ich ließ meinen Blick an ihr heruntergleiten und genoss diese heftig spürbare Weiblichkeit. „Sie sehen so rot aus, ist es Ihnen zu warm?“

„Sie sehen bezaubernd schön aus und ich spüre etwas, dass ich vermutlich nicht empfinden sollte.“

„Was spüren Sie denn?“ Das fragte sie mit einem Blick, den ich so interpretierte, sie würde von mir mehr wollen als nur reden. „Verzeihung, aber ich möchte lieber nicht darauf antworten.“

„Warum das, immerhin wollen sie meine Tochter haben, also keine Scheu, ich werde Sie nicht gleich fressen.“ Unsicher saß ich da, kochte innerlich extrem und spürte den Drang, dieser Frau näherkommen zu dürfen. Dass Natalie jeden Moment kommen könnte, das war mir längst entfallen. „Ich bin nicht sicher, ob ich das sagen sollte, ich schäme mich etwas.“ Sie schaute mich an und das mit einem Blick, der mir zu verstehen gab, ich dürfte alles erzählen.

„Sie sehen bezaubernd aus, einfach wunderschön und ihre Weiblichkeit könnte wohl jeden Mann verzaubern. Da ich aber keine Erfahrung habe in solchen Sachen, stehe ich unter einem Megadruck. Ich spüre eine Bedürftigkeit, die ich so nicht kenne und die mich nun gerade wie eine Lawine überrollt.“

„Sie sind also bedürftig, was möchten Sie denn tun? Es ist ja nur mal eine Frage, die Ihre Wünsche gegenüber Natalie verdeutlichen würde. Mir als Mutter können Sie ruhig sagen, was Sie so begehrenswert finden.“ Mein Blick verharrte auf ihren Beinen. Diese bestrumpften Beine, sie hielten mich fest und ich

spürte ein Verlangen, sie zu berühren. „Es gefällt Ihnen? Habe ich schöne Beine?“

„Oh ja, superschöne Beine und die Strümpfe sehen einfach nur einladend aus. Verzeihung!“ Die Frau schaut mir in die Augen und ergreift meine Hand. Ich zucke kurz zurück, dann lasse ich mich führen. Abgelegt auf ihrem Schenkel erspürten meine Finger intensiv dieses Gefühl, welches das Material mir sendete. Das war so irre schön, dass ich bereits heftig reagierte und auch Natalies Mutter entging nicht meine immer enger werdende Hose. Nur sehr zögerlich ließ ich meine Hand wandern. Sie fühlte diese Wärme, dieses Material. Ich meinte schon, elektrische Entladungen zu spüren, die zwischen uns entstanden sein mussten. „Gefallen Ihnen meine Beine, meine Füße und die Schuhe?“ Ich gierte nach genau diesen und konnte mich nur mit großer Mühe bremsen. „Sie können ruhig alles berühren. Wenn Sie möchten, auch noch mehr.“ Ich saß da, völlig überrollt von Gefühlen und Bedürfnissen, dass ich nur allzu gerne auf ihre Einladung eingehen wollte. Meine Arme waren zu kurz, als dass ich hätte ihre Füße erreichen können, also kniete ich mich vor ihr nieder. Sie streckte ihr Bein etwas nach vorn und ich atmete den Duft ein, der sich mir quasi aufdrängte. Es war irre geil, wie sich das anfühlte. „Wenn sie mögen, dann ziehen sie mir den Schuh einfach aus, dann können sie den ganzen Fuß liebkosen.“ So zaghaft ich nur konnte, öffnete ich die Schnalle der Sandale und zog sie von diesem megageilen Fuß. Wie von Sinnen massierte ich dieses Fleisch in einen Strumpf gehüllt, dann küsste ich die Fußsohle. Sie genoss meine devote Art und ließ sich von mir verwöhnen. Alles verschwand um mich herum, nur diese Frau mit ihren unglaub-

lich reizvollen Beinen war für mich von Bedeutung. Ich streichelte den Fuß, die Wade und das Knie, küsste mich über die Zehen hoch bis zu ihrem Schenkel. In meiner Hose war kein Platz mehr und meine Geilheit schmerzte schon leicht. Da spreizte sie ihre Geschöpfe meiner Begierde und bot mir so ihren Schoß dar. Meine Lippen eroberten sich jeden Millimeter. Als ich an ihrem Strumpfhalter knabberte, stieg mir dieser Geruch in die Nase. Es war so neu und doch so heftig anziehend, dass ich nicht umhin kam, mich noch weiter vor zu wagen. Das unbedeckte Fleisch ihrer Beine küsste ich und ich leckte mich noch weiter in ihre Mitte. Schon wanderte meine Zunge über ihr Höschen und meine Hände hielten sich an ihrer Hüfte fest. Der Rock bedeckte meinen Kopf, als ich plötzlich die Tür hörte. „Hi Mam. Wo ist denn Thomas, ich denke, wir wollten Kaffee trinken?“

„Der ist gerade sehr beschäftigt. Wir hatten versucht, uns besser kennenzulernen, wo du schon mal nicht da warst.“

„Oh nein, Mam, das darf doch nicht wahr sein.“ Ich fühlte mich schlecht. So geil diese Frau auch war, so sehr heftig empfand ich nun meinen Fehler gegenüber Natalie. Gerade wollte ich mich von dem bezaubernden Höschen der Mutter trennen, da presste sie ihre Beine zusammen und hielt mich fest. Ich konnte nicht sehen, was die Damen taten, nur spürte ich plötzlich Hände, die meinen Rücken streichelten. „Damit hättest du auch noch warten können, bis ich hier bin. Jetzt will ich auch, du weißt doch, wie sehr ich mich auf dich und Thomas gefreut hatte.“ Ich glaubte, meinen Ohren nicht trauen zu dürfen. Mutter und Tochter stecken unter einer Decke und vernaschen die Männer?

Ich war nicht sicher, was ich nun wollte, mich erfüllten noch die Beine und der Duft von dieser reifen Frau. Meine Geilheit war so maximal herangewachsen, dass ich nicht mehr rational denken konnte. Zwei so wundervolle und geile Frauenzimmer, die mich vernaschen wollten, das musste ich nun durchziehen und auskosten.

Da vernahm ich ein Geräusch, welches mir sagte, die Damen küssen sich. Ich saugte den Duft in meine Nase, der sich heiß durch das Höschen in die Freiheit wagte. Als ich den Schenkel der Mutter streichelte, da spürte ich das Bein von Natalie und ließ meine Hand sogleich über diesen gleiten. Plötzlich klemmte meine Hand zwischen ihren Schenkeln, die Natalie kräftig zusammenpresste. Meine andere Hand ertastete sich den Hintern von Mutti. „Thomas, du hast ja viel zu viel an, mache doch mal den Oberkörper frei." Ich erfüllte den Wunsch von Natalie. „Wenn du schon dabei bist, dann kannst du auch gleich den Rest ablegen und uns in deiner ganzen Schönheit, wie Gott sie geschaffen hat, verwöhnen." So stand ich vor diesen bezaubernden weiblichen Wesen und entkleidete mich. Meine Erregung war mehr als deutlich sichtbar und die Augen blickten gierig auf meine steife Männlichkeit. Während ich so dastand, küssten sich die Damen und streichelten sich. „Mutter und Tochter so innig beim Küssen?"

„Wieso, stört dich das?"

„Stören wäre übertrieben, aber es verwundert mich ein wenig. Immerhin ist das nicht erlaubt."

„Aber es gefällt dir doch supergut, wie wir sehen können." Natalie schien kein schlechtes Gewissen zu haben.

Ihre Mutter genoss jede Berührung und machte eher den Eindruck nun erst recht. Da drehte sich Natalie um und zog ihrer Mutter das Höschen aus. Sie selbst brauchte etwas länger, denn sie trug ja eine Feinstrumpfhose, die zunächst abgelegt werden musste. Was ich da erst bemerkte, war, unter der FSH hatte sie halterlose Strümpfe an. Ich stand immer noch etwas unsicher da und spürte, wie meine Erregung geringer wurde. Die Steifigkeit ging zurück und schon senkte sich mein Ständer ab. „Moni, ich glaube, wir müssen ihn aufklären, unser Mutter-Tochter-Spiel hat ihn so verwirrt, dass er schon wieder abgetörnt ist.“ Natalie schaut ihre …, ja was denn nun, an. „Du hast wohl recht, also es ist so, die Mutter von Natalie ist meine beste Freundin und die ist derzeit auf Dienstreise. Wir alle haben eine lesbische Seite und leben diese hin und wieder so schön aus, wie es möglich ist. Als wir unterwegs waren, haben uns einige Leute angesprochen und meinten, wir wären Mutter und Tochter, so sind wir darauf eingestiegen. Ich bin Monika und seit vielen Jahren mit Franziska befreundet, was die Mutti von Natalie ist. Da wir uns als Lesben kennengelernt hatten, ist es wohl nicht ungewöhnlich, dass auch die Tochter eine lesbische Seite hat.“

„Dann seid ihr nur Freundinnen?“

„Na sicher doch, wir hatten nur nicht damit gerechnet, dass du so reagieren würdest, sonst hätten wir dich gleich eingeweiht.“ Ich stand immer noch da und wurde wieder ruhiger, was Platz ließ für meine Erregung. Natalie streckte ihr Bein aus und berührte mit ihren Zehen meinen Erschlafften. Der reagierte sofort und füllte sich erneut mit Leben. Schon stieg er wieder hoch und wurde steif. „Das sieht gut aus, da kannst du dich ja

wieder um unsere Füße kümmern." Monika schaute mich dabei so zwingend an, dass ich sogleich auf die Knie fiel und mich ihren leckeren Füßen zuwendete. Natalie schob derweil ihren Fuß unter mich und berührte mein Gehänge. Ich war wieder extrem geil auf diese Füße und darauf, wie mich jede Berührung reizte. Als der Fuß in meiner Mitte nicht mehr richtig arbeitete, bemerkte ich erst, dass sich die Damen gegenseitig ihre Nippel verwöhnten. So schön ich diese Füße fand, meine Neugier wurde immer stärker. Ich leckte und küsste mich die Beine hinauf und schob meine Lippen gerade über den Schenkel von Monika, als Natalie sich mir zuwendete und mir in die Haare griff. Dann zog sie mich hoch, ganz dicht an ihr Gesicht und küsste mich auf den Mund. Meine Erregung wurde von ihren Beinen eingeklemmt und Monika rieb meine Knospen. Ich war so heiß und erregt, ich wollte nur noch den Höhepunkt erreichen, aber sie ließen mich nicht kommen. Da drückte mich Natalie erneut zu den Füßen herunter. „Komm, du geiler Bock, lecke und küsse sie uns und wehe du bist nicht gut."

So nackt, wie ich war, folgte ich den Anweisungen und konzentrierte mich ganz auf diese vier geilen und schönen Füße. In jeder Hand hielt ich einen Fuß, einen von Natalie und einen von Monika. Gierig küsste ich die Fußsohlen und drückte diese, so gut es ging, an mein Gesicht. Der Duft war heftig erregend und meine steife Männlichkeit pochte vor Entzücken. Dann ließ ich jeden Zeh einzeln in meinen Mund und lutschte ihn mit großer Leidenschaft. Dies schien auch den Damen gut zu gefallen. „Das ist toll, jetzt aber langsam immer höher kommen." Monika gefiel es wohl besonders gut und ich streichelte und küsste mich die bezaubernden Beine hinauf.

Als ich ihren Schenkel ableckte, erfasste sie meinen Kopf, zog ihn genau vor ihr Gesicht und küsste meine Lippen so süß, wie ich es noch nie erleben durfte. Natalie streichelte meinen Rücken und strich mir durchs Haar. Schon rutschte diese Frau zur Seite, legte sich auf den Rücken und zog mich auf sich. Ich spürte diesen heißen Körper, der weich und anschmiegsam unter mir lag. Da bemerkte ich den heftigen Wunsch, diese wunderschönen und reizvollen Brüste zu küssen. Ich küsste und saugte an ihnen herum, bis ich leises Stöhnen vernahm. Während ich mich so leidenschaftlich betätigte, spürte ich eine Hand von Natalie, wie sie sich über meinen Rücken, über den Po zu meinen Eiern bewegte. Unglaublich zärtlich verwöhnte sie mich und dann ergriff sie meinen Steifen. Ich genoss ihre Behandlung und weil ich schon so extrem erregt war, begann ich auch, leise zu stöhnen. Natalie massierte meine Männlichkeit so gekonnt, dass ich schon kurz vor einem Höhepunkt war, als Monika meinen Schwanz für sich in Anspruch nahm. „Komm steck ihn rein, ich will ihn in mir spüren und ficke mich."

„Oh ja, das ist schön, ich schaue euch gerne zu und verwöhne mich dabei selbst." Natalie kniete sich neben uns nieder und ließ ihre Finger in ihrer Muschi verschwinden. Ganz nebenbei küsste sie Monika und ich gab alles, um endlich eine Erlösung zu erfahren. Erstaunlich eng war Monika, die noch keine Kinder hatte. Das fühlte sich so unglaublich schön an, dass mein Orgasmus nicht lange auf sich warten ließ.

Völlig erledigt lag ich auf dieser Frau und wartete darauf, dass alles aus mir herausgelaufen war. Entspannt legte ich mei-

nen Kopf auf ihre Brust und wäre beinahe eingeschlafen. Doch Natalie war noch so voller Lust, dass sie mich noch nicht freigeben wollte. Nach einer kurzen, einer sehr kurzen Pause forderte sie mich erneut.

Ihre Füße, so hatte ich sie noch nie betrachtet, nicht im Traum daran gedacht, mich einmal so sehr an ihnen aufzugeilen. Diese Frauen waren so anziehend, so megascharf, dass ich mich nicht von ihnen trennen wollte. Selbst als die Mutti von Natalie wieder zurückgewesen war, trafen wir uns immer mal wieder, um diese bezaubernde Spielart der sexuellen Begierde zu erfahren.

Das sehr junge Ding hatte bereits das Talent einer reifen Frau, irre schön anzusehen und es war so unglaublich schön, sie zu spüren. Ob sie ihrer Mutti je etwas von unseren Treffen erzählt hat, kann ich nicht sagen, aber sie wurde immer fordernder, was ich immer wieder extrem genießen konnte. Der Traum von zwei Frauen, die so irre geil aussehen und so intensiv ihrer Leidenschaft Raum geben, mich miteinbeziehen, das war und ist für mich eine absolut himmlische Erfahrung!

DIE HITZE EINES MOMENTS

Bärbel hatte einen Termin bei ihrer Physiotherapeutin. Als sie in der Praxis eintraf, spürte sie eine angenehme Wärme. Der Frost dieses Winters erschien ihr besonders intensiv zu sein, sie konnte nur sehr schlecht damit umgehen. Deshalb kam ihr die Wärme dieser Einrichtung gerade recht.

Kaum hatte sie sich gesetzt, da wurde sie auch schon aufgerufen. Als sie den Therapieraum betrat, bekam eine Patientin bereits eine Wohlfühlmassage. Die Vorhänge waren nicht ganz dicht zusammengezogen, so konnte Bärbel einen Augenblick lang zusehen, wie genüsslich diese Massage ausgeführt wurde. Der Frauenkörper auf der Liege sah hinreißend aus. Noch mehr faszinierte sie die Therapeutin.

Diese Frau, die da in der Praxis stand und spürte, wie sie von den Bildern aufgeheizt wurde, sie wusste schon von Kindesbeinen an, dass sie anders war als ihre Freundinnen. Immer verspürte sie eine unglaublich schöne und innige Wärme, wenn sie mit ihren Freundinnen zusammen gewesen war. Mit 15 Jahren erfuhr sie zum ersten Mal, was sie so anders machte, als ein Mädchen sie zu ihrem Geburtstag einlud und damit eine Übernachtung einschloss. Das war besser, weil sie ja etwas außerhalb des kleinen Städtchens wohnte. Bärbel freute sich darauf, auch weil sie so endlich mal nicht von ihren Eltern überwacht werden konnte. Die Geburtstagsfeier verlief ganz normal, alle waren fröhlich und ausgelassen. Als die Mädchen spät ins Bett gehen wollten, da saßen sie noch ein wenig beisammen. Ganz dicht beieinander, sodass sie ihre Wärme spüren konnten.

Sie berührten sich zwar nicht, aber es kam ihnen so vor, als würden Blitze hin und her springen und sie heftig aufheizen. Statt zu reden, schwiegen sie und schauten sich nur in die Augen. Sie wussten damals noch nichts von diesen Gefühlen und was mit ihnen geschah. Aber sie betrachteten sich ganz anders als sonst. Die zarten Brüste, die bereits sichtbar wurden, faszinierten sie, auch die Rundungen die sich langsam entwickelten erschienen ihnen unglaublich reizvoll. Nur die Hitze des Moments, die war ihnen in jener Situation gegenwärtig. Sie schienen sich wie zwei Magneten anzuziehen.

„Danke, dass ich hier sein darf." Bärbel musste diese Stille unterbrechen, denn sie konnte ihren inneren Druck nicht mehr ertragen. „Das war doch nichts, ich finde es toll, dass du gekommen bist. Es ist super, dass du heute bei mir übernachten darfst."

„Das finde ich auch. Es ist nur so …, ich weiß nicht, was abgeht, ich bin so aufgeregt."

„Geht mir auch so, das sind wohl die Hormone, wir werden älter."

„Hormone?"

„Na sicher doch, wir kommen in die Pubertät und da verändern wir uns, die Hormone machen es möglich, dass wir uns anders wahrnehmen können."

„Woher weißt du das?"

„Meine Mutter hat mich darüber aufgeklärt, sie hat Angst, ich könnte mich einfach an einen Jungen heranschmeißen und so etwas Unbedachtes tun."

„Über so etwas haben meine Eltern nie mit mir gesprochen. Und an Jungs habe ich noch gar nicht gedacht."

„Ich auch nicht."

„Woran denkst du denn so?"

„Weiß nicht, ich bin mir nicht sicher. Aber ich finde es bei den Mädchen so angenehm, so schön und warm."

„Ich kenne das auch von mir, Jungs sind eben nur Jungs, aber Mädchen können in mir Gefühle auslösen, die ich unglaublich schön finde." Bärbel schaute ihrer Freundin tief in die Augen. Diese erwiderte den Blick und wieder war es die Stille, die dem Raum erfüllte. „Ich …"

„Was ist los?" Die Freundin wollte etwas sagen, brach dann aber verunsichert wieder ab. Bärbel spürte, dass es wichtig sein musste, also drängte sie Melanie, ihre Freundin, dazu, sich etwas genauer auszudrücken, sie könne doch alles mit ihr bereden. „Ich weiß nicht, es ist mir peinlich. Ich spüre da etwas, das irgendwie nicht sein sollte."

„Was sollte nicht sein? Na rede schon, ich kann schweigen wie ein Grab."

„Es ist so, dass ich dich gerne berühren möchte. Ich finde dich so reizend und möchte meine Lippen auf die deinen legen."

„Du willst mich küssen?" Und wieder diese Stille. Bärbel ergriff eine Hand von Melanie und hielt sie fest, ganz dicht an ihrem Körper. „Geht mir auch so. Ich glaube, ich verstehe dich nur allzu gut." Das heiße Knistern war deutlich spür- und beinahe auch hörbar. Noch immer hielten sich nur die Hände aneinander fest, doch zwischen ihren Gesichtern brannte die Luft. Es war so heiß, dass sie es nicht mehr aushalten konnten. Ein Funke entlud sich und zeigte an, dass sie ihre Gesichter bis auf wenige Millimeter genähert hatten. Die Nasenspitzen berührten

sich, wo auch dieser Blitz einschlug. Sie schoben sich immer dichter, bis sich ihre Lippen trafen und sich sanft aufeinanderlegten. So neu, so schön, so begehrenswert, sie wollten nicht aufhören. Beide spürten eine Leidenschaft in diesem Kuss, den sie bis dahin nicht kannten.

In der Nacht, sie schliefen in einem Bett, erfuhren sie noch einiges mehr über sich, dass sie nie mehr vergessen konnten.

Bärbel erinnerte sich ganz deutlich an ihre ersten Erfahrungen mit der heranwachsenden Weiblichkeit. Sie kam allerdings nicht wegen einer Verwöhnmassage, sondern weil sie starke Rückenprobleme hatte. Bei jedem Erscheinen in der Praxis hoffte sie darauf, die beiden Frauen erneut anzutreffen und betrachten zu können. Bei ihrem vierten Termin entschuldigte man sich, denn ihre Physiotherapeutin war erkrankt und konnte sie so nicht behandeln. Dafür stellte sich eine Kollegin vor und das war für Bärbel wie eine Erfüllung ihrer Träume. Es war die Frau, die sie so sehnsuchtsvoll erhofft hatte, die nun ganz für sie da war. Wie das so ist, redeten sie über dieses und jenes. Dabei stellten sie fest, sie kamen aus der gleichen Gegend. Als sie sich austauschten, wurde es ihnen seltsam zumute. Irgendwie kam ihnen alles so bekannt vor, so vertraut. „Melanie?“

„Ja klar, natürlich, Bärbel?“ Es ergab sich also, dass sie sich schon lange kannten, sich aber seit vielen Jahren nicht mehr gesehen hatten. Beinahe vergessen war ihre Zeit in der Jugend und dann standen sie sich wieder gegenüber und erkannten sich nicht. Nun aber war die Freude groß, sie verabredeten sich sogleich für den Abend.

Im „Lamour“ trafen sie sich um 18:00 Uhr zum Essen. Sie saßen sich gegenüber und schauten sich wie damals in die Augen. Klar waren nun einige Fältchen in ihre Gesichter gezogen, die Zeit konnte auch an ihnen nicht ohne Spuren vorbeiziehen. Es war wieder dieses Schweigen, diese Stille, die ihnen die Illusion erzeugte, sie wären allein. Erst als der Kellner sie fragte, was sie bestellen wollten, da erwachten sie aus ihren Träumen. „Du siehst unglaublich gut aus, hast dich fast nicht verändert.“ Bärbel musste diese Ruhe unterbrechen.

„Ja, ist klar, deshalb haben wir uns auch nicht gleich erkannt, du machst mir Spaß. Aber jetzt, wo du das sagst, eigentlich siehst du wirklich noch so aus wie damals, nur dass wir beide eben etwas älter geworden sind. Was machst du denn so?“

„Ich bin Stationsärztin in der Klinik am See.“

„Und wie sieht es mit Männern aus?“

„Ich habe es versucht, aber irgendwie konnte ich sie nicht lange ertragen, etwas war nicht so, wie es sein sollte. Wenn ich dich so anschaue, dann weiß ich jetzt auch, weshalb.“

„Ach ja, weshalb denn?“

„Ich schaue dich an und ich sehe eine bezaubernde Frau, die mich total fasziniert. Ich betrachte ein schönes weibliches Wesen und spüre sofort, ich bin richtig, es ist so stimmig.“

„Ja, das geht mir auch fast so, nur dass ich schon sehr lange sicher bin, dass ich es mit Damen treiben möchte und nichts mit Männern zu tun haben möchte. Das ist so, seit wir uns damals an meinem Geburtstag so wundervoll berührten.“

„Na ja, ich habe es damals genossen und fand es superschön, aber ich hatte das nicht so ernst genommen. Im Laufe der Zeit habe ich zwar bemerkt, dass ich nicht zufrieden war, habe aber

nicht begriffen, warum. Ich habe viele Männer ausprobiert und keinen gefunden, den ich für richtig empfunden hätte. Heute sitze ich hier mit dir und ich weiß genau, was mit mir los ist. Du hast mir gefehlt.“ Sie griffen sich bei den Händen und hielten sich aneinander fest. Das Essen war gut und das Glas Wein im Anschluss ließ sie träumen. „Hast du Zeit und Lust mit zu mir zukommen, wir könnten bei einem Glas Wein noch ein wenig schwatzen.“ Bärbel sah so zufrieden aus, genau darauf hatte sie schon gewartet und Zeit hatte sie auch.

Als sie die Wohnung von Melanie betraten, schaute sich diese Altbekannte um. Eine schön eingerichtete Adresse, gemütlich und warm. Vielleicht lag es am Winter, aber es kam den Damen doch sehr heiß vor. Es dauerte nicht lange, da stand der Wein auf dem Tisch und etwas zum Knabbern. Beide saßen nebeneinander, sodass sie sich ganz nah waren. Ein lieblicher Klang beim Anstoß der Gläser, der gute Wein machte es möglich, dass sie sehr schnell an den Punkt kamen, dass sie nichts mehr zu sagen wussten. Nur die Augen sprachen Bände, sie verzehrten sich beinahe mit Haut und Haar. „Es ist so warm hier, hast du so extrem geheizt?“

„Nein, ganz sicher nicht, das muss an etwas anderem liegen.“ Dabei sahen ihre Augen so seltsam aus, so als ob sie gleich zu glühen beginnen würden. Bärbel legte ihre Hand auf die von Melanie. Da vermischten sich die Energien und in ihren Nasen spürten sie die Spannung, die sich kontinuierlich aufbaute. Die Gesichter kamen sich näher und hielten sich auf einem Abstand von etwa 2 cm. Eigentlich hätten sie leuchten müssen, so viel Energie befand sich zwischen ihnen und heizte ihre Haut extrem auf. Die Stille machte ihren Teil, so kochten beide beinahe

über vor Lust auf die andere und der Erwartung an die Situation. Fast unbemerkt berührten sich ihre Lippen. Sanft und vorsichtig legten sie sich aufeinander, ehe sie sich in einem leidenschaftlichen Kuss wiederfanden. Die Sehnsucht trieb sie an und die Begierde forderte alles von ihnen. Während sie sich leidenschaftlich küssten, legten sie die Arme um sich und drückten sich fest aneinander. Das führte zu noch größerer Hitze in dem Moment, sodass sie sich etwas freier machen wollten. Als sich ihre Arme lösten, ergriffen die Hände den Kopf der anderen und drückten ihn erneut heftig. Erst einige Minuten später waren sie frei genug, sich ihrer Kleidung zu entledigen. Melanie fasste Bärbel an die Hand und zog sie in ihr Schlafzimmer, wo ein großes Bett stand und von vielen Teelichtern in ein romantisches Licht gehüllt wurde. Sanft schob sie ihre Freundin auf das Bett, wo diese sich auf ihren Ellenbogen abstützend hinlegte. Neugierig schaute sie auf Melanie und wartete darauf, was sie nun tun würde. Sie streichelte ihre Beine, die Schenkel und den Po. Dann ließ sie ihre Lippen auf der glatten und seidenweichen Haut entlanggleiten und küsste sich hinunter bis zu den Zehen. Sie genoss den Duft ihrer Füße, liebkoste die Fußsohlen und lutschte an den lackierten Zehen. Für Bärbel war das neu, aber nicht unangenehm. Sie nahm dieses Geschenk sehr gerne an und ließ sich so auf eine ganz neue Art verwöhnen. Schon küsste sich der gierige Mund an dem Schienbein hinauf, über den Schenkel bis zur Mitte ihres Unterleibes. Dort verzauberte ihre Zunge die Lustgrotte von ihrer Freundin, die dies mit leisem Stöhnen kommentierte. Dann schob sie die Beine so hoch, dass sie ihre Liebeshöhle an die von Bärbel legen und so aneinander reiben konnte.

Die Frauen wurden immer erregter und steigerten sich noch. Schon setzte sich Melanie so auf einen Schenkel von ihrer Geliebten, dass sie sich gegenseitig heftig aufreizten. Beide gaben Laute von sich, die ihnen ganz eindeutig mitteilten, sie waren extrem erregt und enorm bedürftig. Die Sehnsucht riss sie einfach mit sich und ließ sie tun, wonach sie schon einige Jahre lechzten. Melanie hielt inne und massierte die straffen Brüste von Bärbel. Ihre Nippel reckten sich kerzengerade und total steif in die Höhe. Sie wollten nun unbedingt Lippen spüren und sie wurden erhört. Genüsslich küsste dieser heiße Mund die üppige Oberweite dieser bezaubernden Frau. Diese wuselte mit ihren Händen in den Haaren ihrer Freundin herum.

Plötzlich ließ Melanie von Bärbel ab, stand auf und ging zu ihrem Kleiderschrank. Dort holte sie etwas heraus, einen Umschnalldildo und etwas Gleitmittel. Sie legte sich den Verwöhner an und näherte sich Bärbel, die erwartungsvoll dalag und neugierig darauf wartete, wie sich das wohl anfühlen würde. Sie berührte den Gummischwengel und empfand diesen als sehr reizvoll. Melanie hielt ihr den Prachtlümmel vor den Mund und der leckte und küsste den künstlichen Penis. Dann nahmen die Lippen ihn auf und versenkten ihn, so tief es eben ging, in ihrem Mund. Wie ein Rausch kam es über sie und sie saugte und lutschte diese Lustkeule, als würde sie aus ihm etwas herauslocken können. Während sich Bärbel genüsslich über den Dildo hermachte, rieb Melanie ihr die Muschi. Das machte sie beinahe wahnsinnig und ihr Mund bewegte sich immer schneller, saugte den Schwanz immer tiefer in sich hinein. Als sie ihn dann etwas zu tief reinzog, da bekam sie einen Hustenanfall.

Melanie nutzte das aus und setzte den prächtigen Lümmel an ihre Muschi und drückte ihn dann sanft in die Lustgrotte. Ein überwältigendes Gefühl erfasste Bärbel. Sie bewegte von ihrer Lust angestachelt ihren Unterleib. Schon gaben sie sich ganz dieser unglaublich schönen Aktion hin. Der Luststab glitt rein und raus und die Wirkung ließ nicht lange auf sich warten. Immer schneller bewegten sich die Frauen zueinander und wieder voneinander weg, ganz wie von einem Mann gevögelt zu werden, stöhnte Bärbel immer lauter. Dann strömte ein Megaorgasmus durch ihren geilen Körper. Melanie war sichtlich erfreut über ihr Tun und natürlich über dieses wundervolle Ergebnis. Dann legte sie sich so vor ihrer Freundin hin, dass sie mit ihrem Mund den lieblichen Saft eines bezaubernden Höhepunktes genießen konnte. Den Umschnalldildo legte Melanie ab und Bärbel ergriff diesen, um ihrerseits einen Höhepunkt herauszukitzeln. Es war ein Wunder, ein Traum, der sich für beide erfüllt hatte und dann lagen sie eng umschlungen beieinander und genossen diese verzaubernde Zweisamkeit. Die Hitze eines Moments erfüllte Träume, die schon Jahre in ihnen geschlummert hatten. Die Mädchen von damals lebten endlich das aus, wonach sie sich die ganzen Jahre gesehnt hatten. Zwei reife Frauen haben sich verwöhnt und beglückt, toll!

Diese Begebenheit blieb nicht die einzige, es wiederholte sich ständig und bei jedem Treffen bemerkten sie neue Spielarten und Wünsche und erfüllten sich diese so gut sie es vermochten. Eines Tages meinten sie, der Dildo wäre toll, aber ein Original wäre sicher noch besser. So erweiterten sie ihren Spielraum auf die Männerwelt und genossen so, was eine Frau überhaupt genießen kann.

Die Hitze eines Moments war der Start in ein neues und erfülltes Sexleben für diese Frauen. Und wenn sie nicht gestorben sind, dann genießen sie die Erotik und erfüllen sie sich noch immer wie verrückt ihre Träume.

DER AUTOR THORSTEN REDLIN

Ich wurde 1957 in Schwerin geboren, wo ich auch aufgewachsen bin. Mit dem Schreiben begann ich 2002, woraus bereits Bücher entstanden sind. Ich bin seit 2007 geschieden, habe zwei Kinder, ein Mädchen und einen Jungen. Seit 2016 bin ich Opa, worauf ich sehr stolz bin.

Menschen sind für mich extrem spannend, immer eine Herausforderung. Es bleibt ein Wagnis, in die Tiefen der menschlichen Seele schauen zu wollen.

MEHR ZUM LESEN VON THORSTEN REDLIN

Wir reden immer über das Leben, als würde es uns nicht betreffen. Vieles ist tabu und wird nicht von uns angesprochen, weil wir ja selber auch eine Rolle in diesem Leben spielen. Die hier vorliegenden Texte sollen helfen, sich zu trauen und über sich und sein Leben oder seine Lebensweise nachzudenken. Was brauchen wir tatsächlich, um glücklich zu sein? Der Alltag macht uns etwas vor und versucht uns zu manipulieren, aber tief in unseren Herzen sieht es oft ganz anders aus. In diesem Buch könnten Sie sich selbst wiederfinden und ganz neu entdecken. Wer sich das traut und es dann auch noch lebt, der hat wirklich Mut. Wahre Liebe können wir nicht kaufen, erarbeiten oder gar erzwingen, sie ist einfach da, wir müssen sie nur zulassen. Stichworte zum Inhalt: Lyrik; Erzählungen; Philosophie; Tod; Liebe; Erotik; Natur; Religion

ISBN-13: 978-3861964179, Taschenbuch, 284 Seiten